Chris Power
Ein einsamer Mann

Chris Power

EIN EINSAMER MANN

Roman

Aus dem Englischen von
Claudia Voit

Ullstein

Besuchen Sie uns im Internet:
www.ullstein.de

Die Originalausgabe erschien 2021 unter dem Titel
A Lonely Man im Verlag Faber & Faber

ISBN 978-3-550-05056-5

© Chris Power 2021
© der deutschsprachigen Ausgabe
2022 Ullstein Buchverlage GmbH, Berlin
Alle Rechte vorbehalten
Gesetzt aus Stempel Garamond und Helvetica Neue
Satz: LVD GmbH, Berlin
Druck und Bindearbeiten: GGP Media GmbH, Pößneck

für Sofia

Sie lernten sich im Saint George's im Kollwitzkiez kennen, als beide nach demselben Buch griffen. »Entschuldigung«, sagten sie gleichzeitig und zogen den Arm zurück.

»Bitte«, sagte Robert.

»Nach Ihnen«, sagte der andere.

Er lallte. Er stank nach Alkohol. »Kein Problem«, antwortete Robert und wandte sich ab. »Schon gut, ich wollte mir nur das Cover ansehen.« Diese Ausgabe kannte er noch nicht. Er würde warten, bis der Mann weg war. Hinter ihm hörte er ein Husten, dann ein schroffes »Hier«. Er drehte sich um, und der Mann hielt ein wenig dümmlich lächelnd das Buch so, dass Robert das Titelbild sehen konnte. Er warf einen Blick darauf und nickte. »Danke.«

Der Mann drehte das Buch um und inspizierte die Rückseite. Robert sah ihn schwanken.

»Lohnt sich's?«, fragte der andere.

»Die meisten mögen die späteren Werke lieber, aber ich finde es super. Allerdings gefällt mir sowieso alles von ihm, also sollten Sie sich vielleicht nicht auf mein Urteil verlassen.«

Der Mann antwortete nicht, sondern starrte nur hinten auf den Einband. Er gähnte und kratzte sich an der Wange. Robert fragte sich, ob er die Wörter, die er betrachtete, überhaupt lesen konnte.

»Er ist gestorben?«

»Vor rund zehn Jahren.«

Der andere brummte und schlug das Buch auf. Robert widmete sich wieder den Regalen. Eigentlich suchte er nichts Bestimmtes, sondern schlug nur die Zeit bis zur Lesung tot. Saint George's war zwanzig Minuten zu Fuß von seiner Wohnung entfernt, und in den letzten Jahren, seit dem Umzug nach Berlin, war er dort Stammkunde geworden. Manchmal brachte er seine Töchter mit und stattete sie auf einem der rissigen Ledersofas im Hinterzimmer mit Malbüchern aus, bevor er vorne durch die antiquarischen Bücher stöberte. Heute Abend waren sie mit einem Babysitter zu Hause, und nach der Lesung war er mit Karijn zum Abendessen verabredet. Vor Kurzem hatte sie vorgeschlagen, sie sollten sich auch mal ohne die Kinder bewusst Zeit füreinander nehmen.

»Wenn Sie bitte alle Platz nehmen würden?«, sagte ein Buchhändler. Zusammen mit ein paar anderen, die sich umgesehen hatten, steuerte Robert das Hinterzimmer an. Als er eine Hand auf der Schulter spürte, drehte er sich um und sah den Betrunkenen, der immer noch das Buch umklammerte.

»Was ist das für eine Veranstaltung?«, fragte er. Sie waren ungefähr im gleichen Alter, dachte Robert, und auch den Akzent hatten sie gemeinsam: London oder Umgebung.

»Sam Dallow.«

Der andere sah ihn ausdruckslos an.

»Ein Schriftsteller. Er spricht über seinen neuen Roman.«

»Ich bin Schriftsteller«, sagte der Mann.

»Toll.«

Jetzt, da er neben Robert auf einem der Klappstühle aus Metall saß, die für die Lesung aufgestellt worden waren, stank seine Fahne noch penetranter. »Und dieser Dallow, taugt der was?«, fragte er so laut, dass auch der Rest des kleinen Publikums ihn hören konnte.

»Ich habe das Buch nicht gelesen«, flüsterte Robert. »Aber die Rezensionen waren gut.«

Das Interview wurde von einem Journalisten aus England geführt, der einmal eine Podiumsdiskussion geleitet hatte, an der Robert hier in dieser Buchhandlung teilgenommen hatte, seine erste und, wie sich herausstellen sollte, einzige Veranstaltung in Berlin. »Vielen Dank, dass Sie alle gekommen sind«, sagte der Journalist, »um von einer der aufstrebenden Stimmen 2014 zu hören, einem der aufregendsten jungen Gegenwartsautoren in ganz Großbritannien, ja sogar in ganz Europa.«

Robert musterte Dallow, einen dünnen, jungen Mann mit kurzem schwarzem Haar, blasser Haut und rotfleckigen Wangen. Er wirkte entspannt, blätterte wahllos durch seinen Roman und tat, als müsste er unwillkürlich das Gesicht verziehen, als der Journalist aus den Buchkritiken eine Reihe von Adjektiven vorlas. Robert schätzte Dallow auf Ende zwanzig, viel jünger, als Robert gewesen war, als vier Jahre zuvor sein erstes Buch, ein Erzählband, veröffentlicht worden war. Ein paar gute Rezensionen hatte es gegeben, einen kleinen Preis, keine nennenswerten Verkaufszahlen. Jetzt war er zwei Jahre mit dem Roman im Verzug, den er schon wer weiß wie oft angefangen und wieder abgebrochen hatte.

Robert versuchte, der Lesung zu folgen, doch die Wörter drangen nicht zu ihm durch. Er kniff sich in den Nasenrücken und drückte die Augen fest zu, um sich wieder auf Dallows Stimme zu konzentrieren, wurde aber abgelenkt, als der Mann neben ihm eine Miniflasche Wodka aus der Manteltasche zog, sie aufdrehte und hinunterkippte. Robert neigte sich auf dem Stuhl vor. Gerade sprach Dallow von Lichtsäulen, die auf einen Waldboden fielen. Er las gut, seine Stimme war kräftig und fest, aber er tat zu erhaben, als wäre jedes Wort unfassbar wertvoll. Unvermittelt stand Roberts Sitznachbar auf, der Stuhl quietschte übers Laminat, und als er sich durch die schmale Reihe drängte, stieß er Robert beinahe von seinem Platz. »Keine Zeit für so einen Schwachsinn«, knurrte er. Die Leute drehten sich zu ihm um, und Dallow, dem die Unruhe nicht entging, unterbrach sich kurz und sah dem Mann hinterher.

Robert schämte sich, als wäre er persönlich für das Verhalten des Mannes verantwortlich, aber die meisten hatten ihre Aufmerksamkeit bereits wieder Dallow gewidmet. »Am kargen Hang«, las er bewusst langsam vor, »standen sie schweigend, und auf Distanz.« Auch Robert wollte gehen, blieb aber, und schließlich kam Dallow zum Ende, und die erdrückende Stille des lauschenden Publikums löste sich auf. Robert zückte sein Handy, um auf die Uhr zu sehen. Karijn würde frühestens in zwanzig Minuten da sein. Er wollte nicht bleiben, aber Bücher wollte er sich auch keine mehr ansehen. Nach einer Weile empfand er antiquarische Bücher als deprimierend: Die ganzen Romane und Erzählungen, mit denen sich mal jemand abgemüht hatte, denen einen kurzen

Moment lang die volle Konzentration von jemandem gehört hatte, waren nun wie altes Blut, das durch einen versagenden Kreislauf gepumpt wurde. »Gibt es irgendwelche Gemeinsamkeiten«, fragte der Journalist Dallow, »zwischen Ihrer Familie und der im Roman?«

»Man kann schon sagen, dass die Familie einem Romanautor am meisten Material liefert«, begann Dallow, und Robert fand bewundernswert, dass es ihm gelang, die Frage interessant, geradezu unerwartet klingen zu lassen. Einmal hatte Robert eine Geschichte über seine Familie geschrieben, die auf einem Urlaub in Griechenland in seiner Kindheit basierte. Seine Eltern fanden sie furchtbar. Erst war er unsicher gewesen, wie er damit umgehen sollte, aber dann stellte er fest, dass ihm das egal war. »Du sollst dir doch Geschichten ausdenken«, sagte seine Mutter, nachdem sie die Erzählung gelesen hatte. »Du kannst nicht über uns schreiben.« Sie verstand ihn nicht, als er erklärte, dass manchmal nur wahre Begebenheiten einer Geschichte Leben einhauchen konnten. Seitdem hatten sie kaum ein Wort miteinander gewechselt. Er sah wieder auf sein Handy: 20:26. Der Journalist erkundigte sich, ob es Fragen aus dem Publikum gab. Ein paar Hände wurden gehoben, und während die ausgewählte Zuschauerin ihre Frage formulierte, schlich sich Robert so unauffällig wie möglich hinaus. Auf der Straße war es fast dunkel, der Himmel lila, immer noch über zwanzig Grad. Der September war ungewöhnlich warm gewesen. Er sah in beide Richtungen, an Tischen auf dem Gehweg wurde gegessen und vor der Kneipe an der nächsten Ecke getrunken. Ein paar jüngere Männer, in eine Geschichte vertieft, brachen in Gelächter aus, als sie an Robert vorbeigingen. Hinter ihnen näherte sich lächelnd Karijn.

»Wie war es?«, fragte sie.

»In vielerlei Hinsicht verwirrend. Und bei dir?«

»Super!« Sie umarmte Robert fest. »Gregor hat uns gezeigt, wie man Sitzpolster näht.«

Vor ein paar Monaten hatte Karijn angefangen, andere Polsterer aus der Stadt einzuladen, abends in ihrer Werkstatt Techniken vorzuführen. Hinterher war sie immer voller Energie. »Gut besucht?«, fragte Robert.

»Volles Haus! Ich musste auf einen Tisch klettern, um Gregor vorzustellen. Und er ist so ein guter Lehrer. Das hat er gar nicht verraten.«

»Vielleicht kann er dem Kerl da drin ja was übers Schreiben beibringen«, sagte Robert und nickte Richtung Buchhandlung. »Oder mir, wenn wir schon dabei sind.«

Karijn seufzte. »Wieder ein schlechter Tag?«

Er schüttelte den Kopf. »Hast du Hunger?«

»Ja, ich bin am Verhungern. Wo gehen wir hin?«

»November.« Das war das erste Restaurant, in dem sie nach dem Umzug nach Prenzlauer Berg vor zwei Jahren allein gewesen waren, während ihre Freundin Heidi in der Wohnung auf die Mädchen aufgepasst hatte. Seitdem waren sie nicht mehr dort gewesen, und vor der Tischreservierung heute hatte Robert gezögert. Als sie beim letzten Mal das Restaurant verlassen hatten, fanden sie sich am Schauplatz eines Suizids wieder. Der Leichnam lag in einem blauen Sack auf einer Trage, die von den Sanitätern in den Rettungswagen geschoben wurde. Jemand in der Schar von Menschen, die vom Gehweg aus zusahen, sagte, es sei eine Frau gewesen, seine Nachbarin. Sie sei aus dem Fenster gesprungen, erklärte er, aus ihrer Wohnung im vierten Stock. Als Robert und Karijn weitergingen, flackerte um sie herum die Straße blau vom Licht des Rettungswagens, als würden sie durch ein stummes Gewitter laufen. »Schrecklich«, sagte Robert. »Die arme Frau.« Er hatte auch heute noch, klar wie ein Foto, Karijns verständnislosen Gesichtsausdruck vor Augen.

»Du kanntest sie doch gar nicht«, hatte sie gesagt.

Jetzt gingen sie gemächlich die Straße entlang, Robert hatte den Arm um Karijn gelegt, und sie hatte die Hand in seiner Gesäßtasche. Die Luft vor den Bars und Restaurants war von Gesprächen erfüllt. Rauchschwaden stiegen von Zigaretten auf. Alle wollten draußen sein, solange der Indian Summer noch anhielt – der Altweibersommer, wie Robert gelernt hatte.

»Auf dem Weg hierher habe ich mit Greta gesprochen«, sagte Karijn. »Daheim passt alles.«

Robert hob die Hand. »Heute Abend haben wir keine Kinder. Wir sind ein junges, sexy Liebespaar in der tollsten Hauptstadt Europas. Keine Vorgeschichte.«

»Relativ jung, relativ sexy«, sagte Karijn.

Sie erreichten die Stelle, wo die Wörther Straße in den Kollwitzplatz mündete, einen dicht mit Platanen bepflanzten, rautenförmigen Park, umgeben von prächtigen, alten Wohngebäuden. »Wollen wir hier durch?«, schlug Robert vor. Die Strecke am Park vorbei wäre kürzer, aber sie hatten mehr als genug Zeit, und er wollte sich das Käthe-Kollwitz-Denkmal ansehen. Auf dem Weg zum Fußgängerübergang, der zum Park führte, hörten sie wütende Schreie aus einer Bar. Ein Mann rannte heraus, stolperte, kam vor ihnen zu Fall und knallte mit dem Gesicht aufs Pflaster. Drei Männer folgten ihm. Der erste, klein und muskulös, in Röhrenjeans und enger Trainingsjacke mit zugezogenem Reißverschluss, ging neben dem Mann am Boden in die Hocke und wuchtete ihn grob auf den Rücken. Robert erkannte ihn als den Betrunkenen aus der Buchhandlung. Als der Angreifer mit geballter Faust ausholte, machte Robert einen Schritt nach vorn. »Entschuldigung!«, rief er auf Deutsch und streckte die Hand aus, um den Schlag abzuwehren. »Entschuldigung, was ist …« Sein Wortschatz ließ ihn im Stich. »Sag ihm, dass ich den Mann kenne«, bat er auf Englisch Karijn, die ihn entgeistert ansah.

»Das geht Sie gar nichts an«, sagte der Kleinere. Er hatte einen rasierten Schädel und gebräunte Haut. Auf den Knöcheln der erhobenen Faust sah Robert verschwommene blaue Tattoos.

»Bitte«, sagte Karijn. »Das ist unser Freund. Wir wollen ihn mitnehmen.«

Der Angreifer sah sie an. Die Lippen hatte er fest zusammengepresst. Er atmete geräuschvoll durch die Nase. Den Mann am Boden schüttelte er, schrie ihm etwas ins Gesicht und ließ ihn wieder fallen. Er ging ein paar Schritte, dann wirbelte er herum, um Robert und Karijn anzusehen. »Your friend is asshole«, sagte er. Er ging zurück zu dem Mann, der immer noch auf dem Gehweg lag. Er hob den Fuß über dessen Gesicht. »Spast!«, brüllte er und stampfte mit dem Stiefel neben den Kopf auf den Boden. Dann drehte er sich weg, schwang mehrmals die Arme und winkte seine Begleiter zurück in die Bar.

Der Mann am Boden rollte sich auf die Seite. Ein Auge war rot und fest zugekniffen, die Lippe blutete. »Kennst du den wirklich?«, fragte Karijn Robert, während sie sich neben den Mann kniete.

»Er war bei der Lesung«, antwortete Robert. Er legte sich einen Arm des Mannes um die Schultern und hievte ihn auf die Beine. Alkoholgestank umgab ihn. Zusammen wankten sie zu einer Bank, und Robert half ihm, sich zu setzen.

Mit schwacher Stimme sagte er etwas; Robert verstand ihn nicht. Er räusperte sich und versuchte es noch einmal. »Danke.«

»Ich geh Wasser holen«, sagte Karijn und marschierte zügig Richtung Späti.

Der Mann beugte sich vor und spuckte Blut auf die Straße. Er schien zu lächeln, aber vielleicht verzog er nur das Gesicht.

»Worum ging es da?«, fragte Robert.

»Kleine Meinungsverschiedenheit. Im Grunde nichts Ernstes.«

»Dann will ich nicht wissen, was Sie unter ernst verstehen. Die haben Ihnen beinahe den Schädel eingetreten.«

»Die hätten auch jemand anderes sein können«, sagte der Mann.

Er redete wirres Zeug. Vielleicht hatte er eine Gehirnerschütterung, dachte Robert. »Wir sollten Sie ins Krankenhaus bringen und durchchecken lassen.«

»Nein.«

»Ich denke …«

»Nicht nötig«, sagte der Mann lauter und mit klarerer Stimme. Das unversehrte Auge war fest auf Robert gerichtet. »Hören Sie, ich weiß Ihre Hilfe zu schätzen.« Er streckte ihm die Hand hin. »Patrick.«

Robert schüttelte sie. »Robert.«

Karijn kam mit Wasser zurück. Sie drehte den Verschluss ab und reichte Patrick die Flasche.

»Karijn, das ist Patrick«, sagte Robert.

Patrick nickte, trank in kräftigen Zügen und zuckte vom Druck der Flasche an der Lippe zusammen.

»Ich habe gerade gesagt, dass wir ihn ins Krankenhaus bringen sollten«, erklärte Robert Karijn.

»Ja, glaube ich auch«, antwortete sie.

»Nein, ernsthaft. Ich komme sowieso nicht mit, ihr könnt euch das also sparen.«

Trotz der Fahne fand Robert, dass Patrick nicht mehr so betrunken schien wie in der Buchhandlung. Im Gegenteil, auf einmal wirkte er erstaunlich nüchtern.

»Darf ich mal sehen?«, fragte Karijn, legte Patrick behutsam die Hände auf den Hinterkopf und neigte ihn so, dass Patrick zu ihr hochguckte. »Ja, du siehst echt scheiße aus«, sagte sie. Er lachte.

Jetzt erst fiel Robert auf, dass Patrick ein bemerkenswertes Gesicht hatte. Breit mit markanten Zügen. Die Nase war krumm, vielleicht von einem alten Bruch.

»Du wirst es überleben«, sagte Karijn, »solange du dich nicht mehr mit den Einheimischen anlegst.«

»Ich habe meine Lektion gelernt«, sagte Patrick und hielt

sich die Wasserflasche an die Wange. »Gebt mir eure Nummer. Ich würde euch gern mal auf einen Drink einladen und mich bedanken.«

Robert zückte einen Bleistift und suchte in der Geldbörse nach einem Zettel.

»Robert, gib ihm doch deine Karte«, sagte Karijn.

Er fühlte einen Anflug von Ärger. Inzwischen waren ihm seine Visitenkarten mit der Aufschrift »Robert Prowe/ Schriftsteller« peinlich, denn wenn er gefragt wurde, was er schrieb, hatte er das Gefühl, nur eine Antwort geben zu können: »Ein paar Kritiken.« Trotzdem nahm er eine aus der Brieftasche und reichte sie Patrick, der sie sich ansah und sagte: »Ich auch.« Robert erinnerte sich, dass er das in der Buchhandlung erwähnt hatte.

»Dann habt ihr beide bestimmt viel, worüber ihr jammern könnt«, sagte Karijn. Sie zwinkerte Robert zu.

Patrick stand auf, schwankte einen Augenblick lang zwischen ihnen, und beide streckten den Arm aus, um ihn zu stützen. »Geht schon«, sagte er und winkte ab.

»Wo geht's hin?«, fragte Robert.

»Wo wohnt ihr?« Wie seltsam, dachte Robert, dass Patrick sofort eine Gegenfrage stellte.

»In der Gegend.«

Kurzes Zögern. »Ich lebe in Neukölln«, sagte Patrick.

»Sollen wir dich zur Bahn bringen?«, bot Karijn an.

»Nein, das schaffe ich allein. Mir geht's gut, ehrlich.«

Sie sahen ihm hinterher. »Sollen wir ihn begleiten?«, fragte Karijn.

»Er wird schon klarkommen, denke ich.«

Sie überquerten die Straße zum Kollwitzplatz. Das Licht der Natriumdampflampen strahlte von der Bronzeskulptur zurück, die Käthe Kollwitz sitzend in Robe mit von schwermütiger Akzeptanz gezeichneter Miene darstellte. Obwohl die Nacht hereingebrochen war, sah Robert auf der ausgedehnten Sandfläche des Spielplatzes gegenüber den schemenhaften Umriss eines Mannes, der ein Kind auf der Schaukel anschubste. Er fragte sich, wie oft er wohl schon mit Sonja und Nora hier gewesen war.

»Interessanter Typ«, sagte Karijn argwöhnisch.

»Wenn er auf Streit aus war, hätte er lieber einen in der Buchhandlung anzetteln sollen«, sagte Robert. »Vielleicht hätte er dann gewonnen. Stell dir vor, der hat während der Lesung einfach einen Wodka gekippt.«

»Also das wiederum finde ich ja irgendwie sympathisch.«

»Wahrscheinlich besser, als sich das nüchtern anzuhören.«

»War es wirklich so schlimm? Oder kannst du ihn nur nicht leiden, weil er ein Buch geschrieben hat?«

»Vermutlich Letzteres. Aber es war schon Mist.« Robert lachte verbittert auf.

»Rob.«

»Ich weiß, ich weiß, Negativität verboten. Ich bin wirklich froh, heute Abend mit dir hier zu sein. Bitte verzeih mir die Wehleidigkeit.«

»Wehleidigkeit hat viel mit Masturbation gemeinsam«, sagte Karijn. »Beides sollte hinter verschlossenen Türen stattfinden.«

Sie verließen den Park und überquerten die Straße, wo sie kurz anhielten, um einen Fahrradfahrer vorbeizulassen – seine

18

Hände ruhten auf den Oberschenkeln, die sich abwechselnd hoben und senkten. Sie gingen langsam. Die Nacht war noch warm trotz der Brise, die die hohen Platanen am Straßenrand bewegte, ihren Blättern ein sanftes Rascheln entlockte und vor dem November die Kerzenflammen auf den voll besetzten Tischen in der Dunkelheit tanzen ließ.

Als Robert sich resigniert vom Laptop zurücklehnte, fiel ihm der Espresso ins Auge, den er vor einer Stunde gekocht hatte. Er trank die kalte, bittere Brühe aus und rieb sich mit beiden Händen energisch übers Gesicht, als könnte die Reibung etwas lösen: ein Bruchstück einer Idee, mit der er arbeiten konnte. Seit Monaten hatte er nichts Brauchbares mehr zu Papier gebracht. Der Abgabetermin für seinen Roman lag achtzehn Monate zurück, und er hatte nichts, was er dem Verlag schicken konnte. Das im Exposé beschriebene Buch, für das er einen Vorschuss bekommen hatte, wollte er nicht mehr schreiben. Oder war vielleicht gar nicht dazu in der Lage. Er wusste selbst nicht mehr, was er von seinem schrift-stellerischen Schaffen halten sollte, außer, dass ihm die ein-zelne Zeile auf dem Bildschirm nicht gefiel: **Zehn Jahre spä-ter kam er zurück, als völlig neuer Mensch.** Das Ergebnis der letzten Stunde Arbeit. Die Geschichten in seinem ersten Buch waren über mehrere Jahre entstanden. Sie waren nach und nach auf natürliche Weise gewachsen. Inspiriert waren sie von eigenen Erlebnissen und Anekdoten, die ihm Freunde, Familie und Fremde, denen er auf Reisen begegnet war, erzählt hatten. Menschen, mit denen er irgendwo ge-strandet war, mit denen er blau oder high geworden war. Zu der Zeit war er ständig Leuten über den Weg gelaufen, die etwas zu erzählen hatten.

Inzwischen erkannte er, dass das Buch von Sehnsucht und Enttäuschung durchdrungen war, den damals, ohne dass ihm das bewusst gewesen wäre, vorherrschenden Stimmungen in seinem Leben. Vertrieben hatten sie Karijn und die Mädchen. Oder verlagert, dachte er manchmal, sodass es zumindest den Anschein hatte, als wären sie nicht mehr da.

Er klickte auf das E-Mail-Programm und fand eine Nachricht von Liam, einem Freund, mit dem er vor ein paar Jahren in London in einer Werbeagentur gearbeitet hatte. Seit Roberts Umzug nach Berlin hatten sie sich nicht mehr gesehen, aber Liam schickte regelmäßig kryptische Botschaften oder ungewöhnliche klinische Studien, die er im Rahmen seiner Arbeit als Medical Writer ausgegraben hatte. Diesmal war eine Veröffentlichung aus dem *Lancet* im Anhang, über etwas, das sich Penis-Allotransplantation nannte. Die Begleitnachricht lautete nur: Ich bin demnächst in Berlin. Bier? Robert antwortete: Auf jeden Fall. Und ein Sofa, falls du einen Schlafplatz brauchst. Er schickte die Nachricht ab. Nach Einzelheiten, zum Beispiel wann der Besuch geplant war, brauchte er sich nicht zu erkundigen, das wusste er. Auf direkte Fragen antwortete Liam nur selten.

Robert öffnete wieder Word. Zehn Jahre später kam er zurück, als völlig neuer Mensch. Robert wusste nicht einmal, wer diese Person war und inwiefern sie sich verändert hatte. Er versuchte, etwas zu fassen zu kriegen; manchmal fühlte es sich weit weg an, manchmal nah, aber was es war, konnte er nicht sagen. Er wusste nur, dass es ihm fehlte. Buchstabe für Buchstabe löschte er den Satz, immer fester hämmerte der Zeigefinger auf die Taste. Als alle Wörter weg waren, starrte er so lang auf die weiße Seite, bis er kein Gefühl mehr dafür hatte, wie weit der Bildschirm von seinen Augen entfernt war. Er knallte den Laptop zu. Dann stand er auf, streckte sich und riss die schwere Tür zum schuhkartongroßen Balkon auf. Er drehte sich eine Zigarette – eine Tätigkeit, die etwas Verstohlenes an sich hatte, seit er, was Karijn anwiderte, nach siebenjähriger Abstinenz wieder mit dem Rauchen angefangen hatte – und blickte über den Hinterhof auf den bröckelnden Putz des Wohnblocks gegenüber. Im Erdgeschoss, vier Stockwerke weiter unten, war ein Fitnessstudio. Auf dem Laufband joggte eine Frau in schwarzen Leggings und Trägertop. Er beobachtete sie, beobachtete das im Takt ihrer Bewegungen pendelnde, peitschende Kopfhörerkabel. Sein Blick schweifte über den Hinterhof: von der Witterung verfärbte Plastikmöbel und Kinderspielzeug, moosbewachsene Steinwege, Flächen mit hohem Gras und Gemüsebeete. Ein Baum, eine Birke, war fast so groß wie die siebenstöckigen Wohnblocks, die ihn einrahmten. Die Blätter hatten die Farbe noch nicht gewechselt, und wenn die Sonne schien, färbten sie das Licht auf dieser Seite der Wohnung grün, als wären die Zimmer unter Wasser. Heute war der Himmel grau, die Blätter waren fahl, und die abblätternde Rinde spiegelte die abblätternde Fassade des Wohnblocks daneben wider. Das Gebäude, in dem sie lebten, war nicht lange vor ihrem Einzug renoviert worden; die Wände waren glatt und in einem zarten, edlen Blauton gestrichen. An der Rückseite war ein Fahrstuhlschacht angebaut worden, der das Leben mit Buggy erleichterte, dem Nora, drei Jahre alt, ohnehin schon so gut wie entwachsen war. Bestimmt war sie bald wie Sonja, die von ihrem Fahrrad gar nicht genug bekommen konnte. Mit der Erlaubnis der Vermieterin hatte Robert am letzten Wochenende einen Haken im Flur befestigt, um das Fahrrad daran aufzuhängen. Sie hätten es auf dem Treppenabsatz stehen gelassen, aber in den letzten Monaten hatten mehrere Nachbarn von Diebstählen berichtet: ein Kinderwagen, ein Tretroller, sogar ein Paar matschige Fußballschuhe.

Robert drehte sich noch eine Zigarette. Diebe, die durch die Korridore von Wohnblocks streiften – könnte sich darin eine Geschichte verbergen? Vielleicht bekamen sie durch die gestohlenen Gegenstände ein Gefühl für die Besitzer. Ihm fiel die Erzählung von Carver ein, in der die Wohnzimmereinrichtung eines Mannes – Sofa, Couchtisch, Fernseher und Plattenspieler – auf dem Rasen vor seinem Haus aufgebaut ist, und eine andere, in der ein Paar, das nach der Wohnung der Nachbarn sehen soll, gar nicht mehr aufhören kann, Zeit dort zu verbringen, und anstelle des eigenen Lebens ein anderes zu führen versucht. Robert drückte die Zigarette in einem kleinen Tonaschenbecher aus, der schon so mit Stummeln überfüllt war, dass sie hochkant abstanden wie die Stacheln eines Igels. Er machte Anstalten, hineinzugehen, aber beim Anblick des Laptops auf dem Tisch ließ er die Hand vom Türgriff sinken. Er drehte sich eine dritte Zigarette. Während er das Papier anleckte, betrachtete er die Joggerin im Fitnessstudio. Er beobachtete gern Menschen. Feuchte Locken klebten ihr im Gesicht. Ihr Hals und ihre Brust glänzten vor Schweiß. Die Beine, schlank und muskulös, machten pumpende Bewegungen, während sie auf der Stelle sprintete. Ihre Arme schnitten durch die Luft. Als er seinen

Erzählband verkauft hatte, war es, als täten sich in alle Richtungen prächtige Wege auf, und er müsste sich nur entscheiden, welchem er als Nächstes folgen wollte. Aber jede dieser Prachtstraßen hatte sich zu einem Pfad verengt, der sich schließlich im Nichts verlor. Robert merkte, dass die joggende Frau ihn direkt ansah. Schnell hob er den Kopf und schaute weg. Noch immer war es warm, aber der Himmel war dunkler geworden, das Grau allmählich lila. Später sollte es gewittern. Er spürte den Blick der Joggerin. Aber nachsehen, ob sie ihn tatsächlich beobachtete, wollte er nicht. Er beschloss, sich für den Rest des Tages einen anderen Ort zum Arbeiten zu suchen, und ging hinein, um eine Tasche zu packen.

Das nächste Café war nur ein paar Häuser weiter, aber zum Arbeiten war es zu klein. Die spartanische Einrichtung bestand aus einem einzelnen klotzigen Kieferntisch mit Blick auf die Theke, und wenn er dort saß, hatte er immer den Eindruck, er sollte sich mit dem ausnahmslos fröhlichen, langhaarigen Barista aus Japan unterhalten, statt auf den Bildschirm seines Laptops zu gucken. Aber der Barista, der nur Deutsch und Japanisch sprach, gab Robert das Gefühl, dass er daran gescheitert war, Berlin zu seinem Zuhause zu machen, und daran würde sich wohl auch nichts ändern, bis er die Sprache lernte. Sonja war fünf, und sie konnte schon besser Deutsch als er, und sicher bald auch Nora. Sie wurden Berlinerinnen, während er sich wie ein Geist einsam und größtenteils schweigend durch die Stadt bewegte. Er ging weiter in die Schönhauser Allee und in die Anonymität des

Balzac. Das Café war Teil einer Kette und steril, aber auch ein Ort, an dem er mit niemandem sprechen musste, außer mit den Bettlern, die manchmal eine Runde machten, bevor jemand vom Personal sie wegschickte.

Anstatt zu schreiben, ging er ins Internet und las Nachrichten: Fußball, dann Politik. Die Literaturseiten hatte er sich schon länger nicht angesehen. Nach einer Stunde unproduktiven Lesens checkte er seine E-Mails. Der Betreff einer Nachricht von seiner Agentin lautete: LEBST DU NOCH? Er öffnete die E-Mail. Sie war leer. »Clever«, murmelte er. Wann hatte er zuletzt mit ihr gesprochen? Er tippte ihren Namen in die Suchleiste und stellte fest, dass er ihre drei letzten Nachrichten nicht beantwortet hatte, die neueste war zwei Wochen alt. Er rief wieder die aktuelle Mail auf und überlegte, was er ihr antworten sollte: Ich bin fertig, vielleicht, oder: Heute habe ich 10 Wörter geschrieben. Stattdessen tippte er: Hey Sally, mir geht's blendend! Hoffe, dir auch. Habe eine Idee, die vielversprechend scheint, will's aber nicht beschreien. Sollte in ein paar Wochen was Vorzeigbares für dich haben. Er las den Text noch einmal durch, löschte Wochen, schrieb stattdessen Monaten, dann löschte er Monaten und fügte wieder Wochen ein. Als er auf Senden drückte, kam eine E-Mail an, deren Absender er nicht kannte: punsworth221@gmail.com.

Hallo, hier ist Patrick. Ich bin der, den du vor dem sicheren Tod bewahrt hast. Das mit der Einladung war mein Ernst. Wie sieht es morgen Abend aus?

Robert fing an, eine Antwort zu tippen:

> Hi, Patrick, freut mich, dass du noch lebst. Hier ist im
> Moment ziemlich viel los.

Er stoppte, die Hände über der Tastatur. Instinktiv wollte er nichts mehr mit dem Mann zu tun haben, wer auch immer er war, aber etwas ließ ihn zögern. Karijn bestärkte er immer darin, sich mit Freundinnen zu treffen oder abends zum Yoga zu gehen, während er zu Hause bei den Kindern blieb. Er spielte lieber den Einsiedler. Denn Bekannte zu treffen, bedeutete, gefragt zu werden, was er gerade machte und was er vorhatte – Fragen, die er nicht beantworten wollte. Aber Patrick wusste nichts über ihn, also konnte Robert ihm erzählen, was er wollte. Ein paar Stunden lang könnte er alles hinter sich lassen, auch sich selbst.

Sie hatten sich in einem Restaurant in Mitte verabredet. Als Robert in der Schönhauser Allee in die U-Bahn Richtung Süden stieg, fragte er sich, ob das eine schlechte Idee war. »Eigentlich solltest du hingehen«, hatte er am Abend zuvor zu Karijn gesagt. »Immerhin hast du den Typen davon abgehalten, ihm den Schädel einzuschlagen.«

Stirnrunzelnd sah sie vom Laptop auf. »Warum sollte ich denn mit so jemandem was zu tun haben wollen?« Sie richtete den Blick wieder auf den Bildschirm, zwei weiße Ziegelsteine in den Gläsern ihrer Lesebrille. »Lass dich nur nicht verprügeln. Oder verhaften.«

»Eberswalder Sraße«, verkündete die automatische Ansage. Er hatte Karijn in die Schulter gepufft, während sie am Laptop getippt hatte. »Und wenn doch? Was, wenn ich mit blutigen Fingerknöcheln und blauem Auge nach Hause komme?«

Unbeirrt hatte sie weiter auf die Tastatur eingehackt. »Das willst du lieber nicht herausfinden.«

Am Alexanderplatz stand er auf, stieg aus und ging die Treppe zur S-Bahn hinauf. Ein Glas, sagte er sich. Ein Glas, dann würde er sich verabschieden und gehen. Er kniff die Augen zusammen, um sich gegen den rauen Wind zu schützen, den die S5 bei der Einfahrt in den Bahnhof vor sich herdrückte. Von seinem Platz aus sah er die Stadt am Fenster vorbeiziehen. Seit seinem ersten Besuch vor fast fünfzehn Jahren hatte sie sich so sehr verändert. Damals war Berlin ein nächtliches Ödland gewesen, durch das er auf dem Weg zwischen der höhlenartigen Dunkelheit im Tresor und im Berghain gestolpert war, zwischen Clubs in Hochhäusern, in stillgelegten Schwimmbädern und in verwirrenden Labyrinthen an der Spree. Er erinnerte sich an Bars, unangemeldete Raves in verlassenen Gebäuden, sonnige Vormittage im Park und an ein langes, merkwürdiges Runterkommen auf einer Bowlingbahn. Die Erinnerungen waren verworren – vieles hatte er vergessen und einiges wohl auch erfunden. Er hatte sich mit ein paar Deutschen angefreundet, die er noch einmal 2006 während der Weltmeisterschaft besucht hatte. Diesmal war er fast drei Wochen in Berlin geblieben, hatte angefangen, die Stadt auch bei Tag zu erkunden, und sich zum zweiten Mal verliebt.

Die Bahn fuhr im Hackeschen Markt ein, und Robert stand auf und wartete, dass sich die Türen öffneten. Im Gedränge der Aussteigenden ging er die Treppe vom Bahnsteig hinab und durch die dunkle Unterführung zum Ausgang des Bahnhofs. Zu seiner Rechten war der grässliche Club, rund um die Uhr geöffnet, in dem er mit seinen deutschen Freunden und ein paar Mexikanern tanzen gewesen war, die sie kennengelernt hatten, als Mexiko in der Gruppenphase gegen Portugal verloren hatte. Gegen acht Uhr morgens waren sie dort angekommen, alle high und darauf versessen, die Nacht noch ein paar Stunden andauern zu lassen. Am Ende waren noch er und einer der Mexikaner übrig, ein Kerl namens Alejandro. In der prallen Sonne tranken sie Bier an der Spree, umgeben von Büroangestellten in der Mittagspause. Er hatte noch nie gewusst, wann er aufhören sollte.

Das Restaurant, das Patrick vorgeschlagen hatte, kannte er nicht – Sophien 11, ein Lokal, das sich als gutbürgerlich entpuppte: gefliester Boden, Holztische, weiß getünchte, mit Bildern und gerahmten Fotos übersäte Wände. In der Luft lag der beißende Geruch nach gebratenen Zwiebeln und Essig. Eine mollige Frau in schwarzem Rock und Bluse kam auf Robert zu. »Guten Abend«, sagte sie mit einem höflichen, aber nicht warmen Lächeln.

»Guten Abend«, antwortete Robert auf Deutsch und sah sich nach Patrick um. »I'm meeting a friend. Ich … suche meinen Freund?« Er sprach die Wörter zögernd aus, wie immer, wenn er sich auf Deutsch unterhielt. Karijn, die im Laufe der letzten zwei Jahre gelernt hatte, fließend deutsch zu sprechen, verdrehte die Augen, wenn sie ihn hörte.

Mit einer Handbewegung lud die Frau Robert ein, sich umzusehen. »There is also outside«, erklärte sie mit Akzent und nickte zu einer Tür, durch die Robert einen Innenhof mit Tischen sah.

Als Robert hinausging, hörte er jemanden seinen Namen rufen. Patrick saß an einem Tisch in der Ecke, ein dichtes Geflecht aus Ranken bedeckte die Wand hinter ihm. Auf dem Tisch lag ein Buch, das von einem Glas offen gehalten wurde.

Patrick stand auf und schüttelte Robert die Hand. Er hatte ein blaues Auge und eine aufgeplatzte, geschwollene Unterlippe. »Bestellt habe ich noch nicht«, sagte er, als sie sich setzten. »Ich wollte auf dich warten. Hast du Hunger?«

Ein Glas, hatte Robert gedacht, aber vom Geruch nach

29

gebratenem Fleisch hatte er Appetit bekommen. »Ich bin am Verhungern«, sagte er.

»Gut. Geht auf mich.« Patrick reichte Robert eine dicke, schwarze, in Leder gebundene Speisekarte. »Wer verhindert, dass mir der Kopf eingetreten wird, hat sich ein Abendessen verdient.«

»Nicht nötig«, widersprach Robert, aber Patrick hob abwehrend die Hand.

»Schicke Uhr«, sagte Robert mit Blick auf Patricks Handgelenk.

»Das ist eine Breguet.« Patrick hielt sie so, dass Robert sie genauer ansehen konnte: eine schmale, goldene Uhr an einem Lederarmband, ein kunstvoll gemustertes Zifferblatt mit mehreren kleinen Anzeigen. »Die sind guillochiert«, erklärte Patrick.

»Ich habe keine Ahnung, was das bedeutet, sieht aber teuer aus.«

»Die war ein Geschenk. Von jemandem, für den ich gearbeitet habe.«

»Eins-a-Chef. Du kommst aus London?«

»Nein, aufgewachsen bin ich in Bracknell.«

»Ach was! Da war ich als Jugendlicher immer im Kino. The Point.«

»Ein widerlicher Drecksladen war das. Wie alt bist du?«

»Vierzig«, sagte Robert.

»Ich bin zweiundvierzig. Vielleicht waren wir mal gleichzeitig dort. Wo bist du aufgewachsen?«

»Farnborough. Da hast du dich bestimmt nie hinverirrt.«

»Doch, vor ein paar Jahren.«

30

»Echt?« Robert empfand eine kindliche Freude über den Zufall. »Zu welchem Anlass?«

Kurz zögerte Patrick, dann schüttelte er das Handgelenk mit der Uhr. »Mit dem Kerl hier bin ich mal dort am Flughafen gelandet. Wir sind direkt ins Auto gestiegen und ab auf die Autobahn. Viel gesehen habe ich nicht.«

»Da gibt's auch nicht viel zu sehen. Woher kamt ihr?«

Patrick schüttelte den Kopf. »Das ist eine lange Geschichte.«

Robert grinste. »Bracknell, Farnborough und jetzt Berlin. Du wohnst hier?«

»Ja«, sagte Patrick. »Na ja … sozusagen. Mal sehen, wie es mir gefällt.«

Eine Kellnerin kam an den Tisch. Sie war groß und dünn, hatte schwarz gefärbte Haare und ein blasses Gesicht mit tiefen Falten. Sie trug ein bauchfreies Batiktop und Röhrenjeans, die in kniehohen Plateaustiefeln steckten. »Möchten Sie schon bestellen?«, erkundigte sie sich auf Deutsch.

Patrick sah Robert fragend an. »Hast du das verstanden?«

»Sie möchte wissen, was du essen willst«, erklärte er ihm auf Englisch.

»Have you got meatballs?«, fragte Patrick.

»We have Bremsklotz«, sagte die Kellnerin. »Big meatball.«

Patrick nickte: »A big meatball, great. Danke.«

Die Kellnerin sah Robert an und zog eine dünne, nachgezogene Augenbraue hoch.

»Ich möchte …«, begann Robert und überflog die Speisekarte. »Putengeschnetzeltes, bitte.«

»Gerne«, sagte sie.

»And a beer, please«, ergänzte Patrick.

»Zwei«, sagte Robert.

»Vielen Dank«, antwortete die Kellnerin, nahm die Speisekarten und ging davon.

Einen Moment lang saßen sie schweigend da. Ein älteres Paar setzte sich an den Tisch nebenan, und Patrick musterte die beiden von Kopf bis Fuß. »Von wo aus London bist du?«, fragte er auf Englisch, den Blick immer noch auf das Paar gerichtet.

»Hackney. Und du?«

»Ich bin oft umgezogen.«

»Wohin?«

»Hammersmith, Tottenham. Unter anderem.«

»Also, warum der Umzug? Arbeit?«

Anstatt zu antworten, nahm Patrick das Buch in die Hand, das vor ihm auf dem Tisch lag. »Ich hab's gelesen«, sagte er.

Robert lachte, als er sah, dass es *Antwerpen* war, das Buch, nach dem sie beide in der Buchhandlung gegriffen hatten. »Wie fandest du es?«

Patrick blätterte wahllos durch ein paar Seiten. »Es war«, sagte er langsam, als müsste er sich noch entscheiden, »interessant. Es ist mehr eine Stimmung als eine Geschichte, oder?«

»Ja, das trifft es ganz gut. Konventionell ist es auf jeden Fall nicht, aber das gehört zu den Punkten, die mir bei ihm besonders gefallen. Er wollte die überkommenen Formen überwinden.«

»Wie das?«

»Auf alle möglichen Arten«, sagte Robert. »Er hat das, was er gelesen hat, was er getan hat und andere Sachen, die er sich ausgedacht hat, genommen und alles« – er klatschte in die Hände – »zusammengemischt.«

»Machen das nicht alle Autoren?«

Robert zuckte die Schultern. »Ja, schon, aber seine Bücher stehen alle in einem Dialog zueinander – je mehr du liest, umso mehr Bezüge findest du.«

»Wie, soll das etwa heißen, ich muss alle lesen, um daraus schlau zu werden?« Patrick klang unbeeindruckt.

»Nicht unbedingt. Aber, na ja, doch. Wenn du ihn richtig verstehen willst.«

Patrick ließ das Buch auf den Tisch fallen. Er sah nicht überzeugt aus. »Ist das nicht ein bisschen, ich weiß nicht, pubertär? Dichter und Femmes fatales.« Er nahm eine Schachtel Zigaretten aus der Jacke, die über seiner Stuhllehne hing. Er bot Robert eine an und gab ihm Feuer. »Hat er auch so ein Leben geführt, wie er es hier beschreibt?«, fragte er und kniff die Augen zusammen, während er sich selbst eine Zigarette ansteckte. »Harter Sex, Crime und das alles?«

Die Kellnerin warf zwei Bierdeckel auf den Tisch, auf beiden prangte ein Schwarzbär, und stellte die Biergläser darauf ab.

»Danke schön«, sagte Robert.

»Bitte schön«, antwortete die Kellnerin über die Schulter. Patrick neigte sich vor und sah ihr nach. Die Frau am Nachbartisch hüstelte kurz, aber deutlich, und wedelte den Zigarettenrauch weg.

»Es gibt da Geschichten über seine Jugend«, erzählte Robert und hielt die Zigarette so weit wie möglich von der Frau entfernt. »Heroin, solche Sachen.«

»Auf mich wirkt das, als wären das nur alberne Fantasien«, sagte Patrick. »Was Teenager so machen. Ich wette, als Jugendlicher stand der auf Messer. Wurfsterne. Du weißt schon, diese Art von Jugendlichen.«

Robert war sich nicht sicher, was Patrick meinte, aber er nickte trotzdem.

Patrick drehte seine Zigarette im Aschenbecher, formte die Spitze und bekam gar nicht mit, wie sich der Rauch in Richtung des Paars neben ihnen schlängelte. »Aber das Setting hat mir gefallen. Der Campingplatz am Meer. Der war unheimlich.«

»Ich bin hingefahren«, sagte Robert.

»Wohin?«

»Nach Blanes.«

»Wo ist das?«

»Katalonien. Von Barcelona aus die Küste hoch. Da hat er gewohnt.«

»Hast du ihn getroffen?«

»Nein.« Robert lächelte. »Das war ein paar Jahre nach seinem Tod. Kurz bevor ich Karijn kennengelernt habe. Ich bin mit dem Zug runtergefahren und ein paar Tage geblieben. Das war so etwas wie eine Pilgerfahrt.«

»Pilgerfahrt?«, sagte Patrick. »Meine Güte, er ist bloß ein Autor. Kein Heiliger.« Belustigt und zugleich geringschätzig schüttelte er den Kopf. »Pilgerfahrt«, wiederholte er.

»Ich bin froh, dass ich dort war«, sagte Robert. Er hatte

34

nicht vor, sich wegen Patrick zu schämen. Ihm war egal, was er dachte.

Patricks Lächeln verblasste, während er die Zigarette ausdrückte. »Wie ist es da?«

»Ruhig. Klein. Es gibt einen Hafen, große Strände. Im Sommer ist bestimmt viel los, aber ich war im Februar dort. Da war es grau und nass und kalt. Mir kam die Stadt wie der perfekte Ort zum Untertauchen vor, was er vermutlich auch wollte. Jedenfalls war er da ziemlich produktiv.«

»Warst du in seinem Haus?« Patrick lächelte wieder.

»Ich stand davor«, sagte Robert und lachte. Obwohl er fest entschlossen war, das nicht zu tun, kam er sich albern vor.

»Wie ist es?«

»Es ist einfach ein Haus. Weder alt noch neu. Es steht in so einer kleinen, engen Gasse.«

Etwas ging zu Bruch, und Patrick schreckte zusammen – mit panischem Blick suchte er den Innenhof ab. Robert drehte sich um und sah an einem Tisch auf der anderen Seite des Hofs einen Mann, der auf die Steinplatten hinabblickte, auf denen die Scherben einer Wasserflasche lagen. Die Kellnerin, die gerade wieder zu ihnen an den Tisch gekommen war, schob ihnen die Teller hin und eilte hinüber. Mit einer Handbewegung und strengem Ton ermahnte sie den Mann, der sich bereits bückte, das Glas nicht anzufassen.

Patrick betrachtete den grapefruitgroßen Klops auf seinem Teller. »Ach du Scheiße«, sagte er. »Das ist echt eine Riesenfrikadelle.« Er nahm Messer und Gabel und schnitt gierig hinein. »Hör zu«, sagte er mit vollem Mund. »Für die Rettung neulich möchte ich mich wirklich bedanken.«

Robert winkte ab. »Nicht dafür. Ist nicht der Rede wert.«

»Doch, ist es. Ich habe mich wie ein Arsch aufgeführt und hätte es verdient, dass die mich richtig vermöbeln. Haben sie aber nicht, und das habe ich dir zu verdanken.«

»Eher Karijn als mir, glaube ich.«

Patrick sah ihn verständnislos an.

»Meine Frau. Die den Kerl umgestimmt hat, mit dem du die Schlägerei hattest?«

»Stimmt, klar. Sorry«, sagte Patrick. »Und danke, dass du ›Schlägerei‹ sagst. Ich glaube, das war doch etwas einseitiger.«

»Worum ging es überhaupt?«

»Dummes Zeug, du hast mein Bier verschüttet, leck mich und so weiter.« Patrick hob sein Glas. »Jedenfalls: Cheers.«

»Cheers«, sagte Robert. Sie stießen an und tranken in kräftigen Zügen.

Beim Absetzen verzog Patrick das Gesicht und fasste sich an den Mund.

»Tut's weh?«, fragte Robert.

»So schlimm ist es gar nicht. Ich denke nur nicht dran, und dann …«

Robert lehnte sich zurück. Der Abend war warm, und der Innenhof war in Kerzenschein getaucht. Er nahm einen großen Schluck Bier und genoss das Stimmengewirr, das die Luft um ihn herum erfüllte. Er war erleichtert, dass Patrick doch keine so große Last war wie vermutet. Zu seiner Überraschung hatte er sogar Spaß. Sie sprachen über London, einen Artikel über einen mexikanischen Drogenbaron, den Patrick gelesen hatte, und darüber, was Patrick von Berlin hielt, einer Stadt, die, wie er sagte, auf erdrückende Weise trostlos sein konnte. »So geht's mir manchmal auch«, erzählte Robert. »Fahr doch mal zu den Seen. Wannsee, Müggelsee. Das hellt die Stimmung auf. Da kommst du auf andere Gedanken.«

Zum Essen tranken sie noch ein Bier, und als die Kellnerin die Teller abräumte und Patrick einen Absacker vorschlug, stellte Robert fest, dass er bleiben wollte.

»Zwei Whiskey«, bestellte Patrick auf Englisch. »Irgendwelche Vorlieben?«

»Jameson, bitte, und einen Espresso«, antwortete Robert in der Hoffnung, nach dem Kaffee wieder einen klareren Kopf zu haben. Er fühlte sich betrunken.

»Zwei Espresso, zwei große Jameson«, sagte Patrick. »Cheers. Danke.« Eine Weile saßen sie schweigend da.

»Warum hast du dich für Berlin entschieden?«, fragte Robert.

»Keine Ahnung. Hab wohl einfach viel Gutes gehört.«

»Hast du Freunde hier?«

»Interessierst du dich für Fußball?«, fragte Patrick.

»Ja. Aber seit den Kindern komm ich kaum noch dazu, mir ein Spiel anzusehen.«

»Welcher Verein?«

»Chelsea.«

Patrick lächelte. »Noch ein Zufall«, sagte er, während die Kellnerin sich vorbeugte und die Getränke vom Tablett auf den Tisch stellte.

Robert hob sein Glas. »Auf fast schon unheimliche Parallelen.« Als Antwort prostete Patrick ihm zu, beide nahmen einen Schluck, atmeten aus und lehnten sich zurück – über den synchronen Ablauf musste Robert lachen.

»Was?«, fragte Patrick und lächelte verwundert.

»Nichts. Du wolltest mir erzählen, warum du hergezogen bist.«

Patricks Lächeln erlosch. »Ich glaube nicht, dass ich das wollte.«

»Was ist passiert?«

»Was soll das heißen: Was ist passiert?«

Robert merkte, dass Patrick ihm auswich, aber er spürte auch, dass Patrick etwas erzählen wollte, etwas, das schon den ganzen Abend knapp unter der Oberfläche schlummerte. Er zuckte die Achseln. »Das wüsste ich gern von dir. Ich habe den Eindruck, es war vielleicht nicht ganz geplant, dass du hier gelandet bist.«

Patrick sah weg, dann wieder zu Robert. Er lachte und nickte anerkennend. Er verlagerte sein Gewicht und schwenkte den Whiskey im Glas. Diesmal hatte Robert den Eindruck, Patrick verschaffte sich Zeit, um abzuwägen, welche Version der Geschichte er erzählen wollte. Er verhielt sich bewusst ruhig und schwieg. Auf einer Party hatte ihm mal ein Therapeut erklärt, am besten bekomme man jemanden zum Reden, indem man selbst den Mund hielt.

»Ich habe für diesen Kerl gearbeitet, Sergej«, erzählte Patrick. »Sergej Wanjaschin. Schon mal gehört?«

»Der Name kommt mir irgendwie bekannt vor.«

»Der hat ordentlich Geld gemacht, als die Sowjetunion zerfallen ist. Hunderte Millionen, vielleicht Milliarden.« Er nippte an seinem Whiskey. »Irgendwann hat er sich's mit Putin verscherzt, also musste er raus aus Russland.«

»Wie Beresowski?«, fragte Robert.

»Ja, so ähnlich. Sergej ist geflohen, war eine Weile in Spanien und ist dann in London aufgetaucht. Er wurde gut beraten, darum wusste er, welche Politiker er bestechen und wem er was spenden musste. Er hat Asyl beantragt, ein paar Häuser gekauft und seine Kinder in der Schule angemeldet. Als ich ihn kennengelernt habe, war er schon seit ein paar Jahren hier – also dort.«

»Wie hast du ihn kennengelernt?«

»Er hat einen Ghostwriter für seine Autobiografie gesucht.«

»Und das ist dein Beruf?«

»Ich hab das ein paar Mal gemacht. Albie Coopers Buch ist von mir.«

»Ach Quatsch! Darüber habe ich viel Gutes gehört.« Vor ein paar Jahren war das Buch der Renner gewesen, erinnerte sich Robert. Für die Autobiografie eines Fußballspielers galt es als ungewöhnlich scharfsinnig und gekonnt geschrieben.

»Danach habe ich viele Angebote bekommen – von anderen Fußballern, einem olympischen Ruderer, ein paar Fernsehmoderatoren. Irgendwann hat mich einer von Wanjaschins Leuten kontaktiert und gesagt, dass er sich mit mir treffen will.«

»Die haben dein Buch gelesen?«

»Keine Ahnung. Wahrscheinlich.«

Robert wusste nicht, ob es am Alkohol lag oder an den Folgen der Schlägerei, aber Patrick wirkte auf einmal schläfrig. Er sah in seinen Whiskey, und anscheinend war er sich seiner Umgebung nicht bewusst. »Was hat dich dazu bewogen zuzusagen?«, fragte Robert lauter als nötig, in der Absicht, Patrick aus seinen Gedanken zu reißen.

»Beinahe hätte ich das nicht«, antwortete Patrick und konzentrierte sich wieder auf Robert. »Ich hatte noch nie was von ihm gehört, aber ich hab ihn gegoogelt – und meine Fresse«, er lachte. »Noch nie bin ich jemandem begegnet, der so gelebt hat. Ich meine, Cooper lag bei zweihundert Riesen die Woche, mindestens, aber das war noch mal eine andere Nummer: Häuser überall auf der Welt, Jachten, Hubschrauber, Jets. Das war unglaublich.«

»Ich nehme an, das war gut bezahlt«, sagte Robert und dachte an den Vorschuss, den er für seinen Erzählband erhalten hatte.

»Extrem gut«, sagte Patrick. Er kippte den Kopf in den Nacken und trank den letzten Schluck Whiskey. »Noch einen?«

Robert legte die Hand auf sein Glas.

»Ach, Robert, Mensch, ich will mich bei dir bedanken, schon vergessen?« Patrick hob die Hand und sah sich nach der Kellnerin um. »Noch ein Glas, dann lass ich dich« – er schnipste Richtung Tür, die zurück ins Restaurant führte – »entkommen.«

Etwas an Patricks Blick sagte Robert, dass ein Nein wohl nicht akzeptiert werden würde, und außerdem wollte er immer noch eine Antwort auf die Frage, was Patrick nach Berlin geführt hatte. »Einverstanden«, sagte er, »noch einen Letzten.«

»Kellnerin!«, rief Patrick so laut, dass das Paar am Nachbartisch zusammenfuhr und die Kuchengabel des Mannes klappernd auf den Teller fiel.

Die Kellnerin, die gerade auf der gegenüberliegenden Seite des Hofs eine Bestellung entgegennahm, klappte ihren Notizblock zu und marschierte zu ihnen. Robert wollte sich bei ihr entschuldigen, hielt aber den Mund.

»Was?«, fragte sie und sah mit Verachtung auf sie herunter.

Patrick tippte auf den Rand seines Glases. »Zwei, danke«, sagte er auf Deutsch. Sie machte auf dem Absatz kehrt und ging wieder hinein. »Wo waren wir?«, fragte er.

»Du hast mir gerade erzählt, wie du mit der Autobiografie von diesem Oligarchen ein Vermögen verdient hast.«

»Ein Vermögen, klar. Tja, daraus wurde nichts.«

»Warum?«

»Wanjaschin ist gestorben. Letztes Jahr.«

»Wie?«

»Laut gerichtlicher Untersuchung war es Suizid«, sagte Patrick. »Wurde gerade erst verkündet. Der Gerichtsmediziner hat letzte Woche sein Urteil abgegeben.«

»Du … was, du glaubst aber nicht, dass es so war?«

Mit einem lauten Wumms knallte die Kellnerin die Whiskeygläser auf den Tisch, und die beiden Männer zuckten zusammen. Sie nahm eine Ledermappe aus ihrer Schürze und warf sie neben die Gläser. Als sie ging, lachte Patrick. »Dann ist das wohl wirklich die letzte Runde«, sagte er und prostete Robert zu.

Robert nippte an seinem Glas. So viel hatte er schon lange nicht mehr getrunken. »Dann also kein Buch?«

»Kein Buch.« Patrick rieb sich über das Gesicht. Er sah müde aus. »Nur ein Haufen Probleme.«

»Was für Probleme?«

41

Patrick sah sich im Innenhof um, und Robert tat es ihm gleich. Das ältere Paar neben ihnen war gegangen. An den anderen Tischen waren nur noch wenige Gäste. Vor allem Pärchen, aber in der Ecke gegenüber saß ein Mann allein, vor sich auf dem Tisch ein Bier und eine Schale Pommes, und hielt sich das Handy vor das Gesicht. Patrick neigte sich nach vorn. »Die Art von Problemen«, sagte er, jetzt im Flüsterton, »über die ich lieber nicht spreche und über die du besser nichts weißt.« Er legte den Zeigefinger an die Lippen.

Vielleicht lag es an den absurden Worten, aber Patrick wirkte um einiges betrunkener als noch vor ein paar Minuten. »Du klingst ein bisschen paranoid, Kumpel«, sagte Robert und lächelte, um zu verdeutlichen, dass er ihn nur aufzog.

Patrick nickte, als hätte er mit dieser Reaktion gerechnet. »Es ist wahr.«

»Was ist wahr?«

»Ich weiß es«, sagte er, tippte mit dem Finger auf den Tisch und senkte die Stimme so sehr, dass Robert sich vorbeugen musste, um ihn zu verstehen. Patrick klopfte noch einmal auf den Tisch. »Ich weiß, dass Sergej Wanjaschin sich verdammt noch mal nicht umgebracht hat, und ich weiß, dass wer auch immer ihn getötet hat« – er deutete von links nach rechts, als könnte der Mörder an einem der Nachbartische sitzen – »jetzt hinter mir her ist.« Die Augen, auf Robert fixiert, waren weit aufgerissen, als wäre er selbst über seine Worte erstaunt.

»Hast du das der Polizei gemeldet?«, fragte Robert.

Patrick lehnte sich zurück und sah auf die Tischdecke. Er

42

wischte ein paar Krümel auf den Boden. »Die haben mich verhört. Ich habe ihnen erzählt, dass Sergej, soweit ich weiß, nie über Suizid gesprochen hat und sich auch nicht wie jemand verhalten hat, der suizidgefährdet ist, aber mehr habe ich dazu nicht gesagt.«

»Warum nicht?«

»Warum nicht? Was ist mit Badri Patarkazischwili? Oder Perepilitschnij? Oder Beresowski? Alle innerhalb weniger Jahre tot – alle miteinander verbunden. Die kannten sich alle. Was Litwinenko angeht, zeigt die Regierung vielleicht tatsächlich mal Richtung Kreml, schließlich lässt sich ein Fluss aus Polonium quer durch London schlecht ignorieren. Aber selbst da hat es acht Jahre gedauert, bis die Innenministerin zugestimmt hat, die Todesursache untersuchen zu lassen. Acht Jahre. Und die meisten Beweise sind unter Verschluss, und das werden sie auch bleiben.«

Die Namen Beresowski und Litwinenko sagten Robert etwas, aber die anderen nicht. Er wollte nachfragen, aber Patrick sprach weiter. Inzwischen redete er lauter, seine eben noch vorhandene Vorsicht war anscheinend vergessen.

»Die wollen Russland nicht auf der Anklagebank«, sagte er. »Es geht um zu viel Geld. Sogar als Putin auf der Krim einmarschiert ist, ist nichts passiert. Erst als ein verdammtes Passagierflugzeug abgeschossen wurde, hat Cameron angefangen, über nennenswerte Sanktionen zu sprechen. Es ist wirklich eine Schande. Sergej wurde nicht geschützt, und das werde ich auch nicht.«

War tatsächlich jemand hinter Patrick her? So ein Blödsinn, dachte Robert. »Also, wo …«, fing er an, aber Patrick gab ihm mit einer Handbewegung zu verstehen, leiser zu sprechen – ebenso plötzlich, wie er seine Vorsicht vergessen hatte, war sie offenbar zurück. Es kam Robert albern vor, aber er beschloss, mitzuspielen. »Also«, sagte er leise, »wo stehst du jetzt?«

»Im Moment hier. Ich weiß nicht, was ich machen soll. Ich weiß nicht, wo ich hinsoll. Jedenfalls hatte ich nicht vor, zu Hause zu bleiben und auf einen Anstandsbesuch vom SWR zu warten.«

»Ist das so was wie der FSB?«

»FSB ist fürs Inland zuständig. SWR fürs Ausland«, erklärte Patrick. »Wie der MI5 und MI6. Und dann gibt's noch die GRU. Militär. Wer weiß, wer von denen Sergej aufgesucht hat. Hoffentlich werde ich das nie herausfinden.« Er trank den letzten Schluck Whiskey. Ruhelos flackerte sein Blick vom Tisch über Robert und zum Hof hinter ihm.

»Warum sollten die nach dir suchen?« Robert bemühte sich, eher neugierig als ungläubig zu klingen.

»Wegen dem Scheißbuch«, zischte Patrick. »Wir hatten schon fast zwei Jahre daran gearbeitet. Er hat mir …« Patrick senkte die Stimme noch mehr und beugte sich dicht über der Tischplatte vor. »Er hat mir Sachen erzählt, die du nicht wissen willst, über Leute, denen man besser nicht ans Bein pinkelt.«

Robert lächelte.

»Was ist so wahnsinnig witzig?« Patrick kniff wütend die Augen zusammen, und Robert fragte sich, ob bei Patrick jeder Abend so ablief wie der, an dem sie sich kennengelernt hatten. Er hatte keine Lust, sein nächster Gegner zu werden.

»Ich bin auf deiner Seite, okay?«, sagte Robert und hob die Hände, als würde er sich ergeben. »Ich hab dir geholfen, weißt du noch?«

Patrick zog eine Grimasse und rieb sich über das Gesicht. »Tut mir leid, echt. Ich weiß nicht, wie ich über diese Angelegenheit sprechen soll. Ich weiß, das klingt verrückt. Am besten halte ich die Klappe.«

»Nein. Wenn du jemanden zum Reden brauchst, ich bin da.« Robert war selbst überrascht, dass er ihm das anbot, aber er war sich nicht sicher, ob Patrick ihn überhaupt gehört hatte; er nickte zwar, wirkte aber zerstreut.

»Ich hab dich lange genug festgehalten«, sagte Patrick. »Wir sollten langsam mal los.« Er zückte seine Geldbörse, und Robert tat das auch. »Steck die wieder ein«, sagte Patrick. »Keine Widerrede.«

»Danke.« Erst im Stehen spürte Robert, wie viel er getrunken hatte. Er wankte ein wenig, als sie ans Ende der Sophienstraße gelangten. »In welche Richtung musst du?«, fragte er. Patrick deutete die Straße entlang. »Ich muss dahin«, sagte Robert und zeigte in die andere Richtung.

Patrick hielt ihm die Hand hin. »Danke noch mal, Robert.«

»Gern geschehen. Danke fürs Abendessen. Und für den Rausch.«

Patrick lächelte. »Heute schlafen wir bestimmt gut.«

Robert war dabei, sich wegzudrehen, dann hielt er inne. »Wie hat er es gemacht?«, fragte er. »Wie ist er gestorben?«

»Offenbar ist er joggen gegangen und hat sich an einer alten Sommereiche erhängt. Poetisch, nicht wahr?« Patrick zeigte ein kurzes grimmiges Lächeln und hob zum Abschied die Hand.

Robert sah ihm hinterher. Der Abend war anders verlaufen als erwartet. Er ging an einem Schuhladen vorbei, in dessen Schaufenster auf einem Podest unter Scheinwerferlicht ein einzelnes Paar Herrenloafer stand. Es war nicht ausgeschlossen, dass Patrick die Wahrheit erzählt hatte, dachte er, aber es schien so abwegig. Er kam sich vor, als hätte man ihn zum Narren gehalten, als hätte er den Abend damit verbracht, in eine Falle zu tappen. Aber Patrick hatte ihn um nichts gebeten. Robert war schon beinahe am Bahnhof Hackescher Markt, als er begriff, dass Patrick, wenn er in Neukölln wohnte, in die völlig falsche Richtung gegangen war. Zusammengesackt auf dem Sitz im Zug und mit zunehmend dröhnendem Schädel, dachte Robert, dass es im Grunde egal war, ob Patrick die Wahrheit erzählt hatte oder nicht, denn er würde ihn ohnehin nie wiedersehen.

Vom lauten Geplapper der Mädchen im Bad wachte Robert auf. Karijns Antworten waren undeutlich: tiefer, ruhig. Robert griff nach dem Handy. Es war Viertel vor sieben. Bald würde Karijn zur Arbeit gehen. Sein Kater konzentrierte sich hinter dem linken Auge, das sich anfühlte, als würde es jeden Moment zu bluten beginnen. Er hob den Kopf, spürte das Zimmer schwanken und sank wieder zurück aufs Bett.

Er hörte das Getrappel von Sonja und Nora, das klang, als wäre er unter Beschuss, dann warfen sie sich auf ihn. »Pappa! Pappa! Wach auf!«

»Du musst mir Frühstück machen«, sagte Nora in einem leidenden Tonfall, der Roberts Mitgefühl wecken sollte. Als er nicht antwortete, pikste sie ihm mit starren Fingern in die Wange.

»Ja, ja, ist ja gut«, sagte er und wehrte ihre Hand ab. »Habt ihr zwei letzte Nacht was geträumt?« Mit einer Unterhaltung konnte er sich ein paar Sekunden Zeit verschaffen, in denen er noch liegen bleiben durfte.

»Nein«, antwortete Sonja. »Ich will jetzt Saltoos.«

»Und du, Nora? Du träumst doch immer was.« Robert machte ein Auge auf und sah, dass Nora nickte. »Worum ging es in deinem Traum?«

»Das Monster war in meinem Zimmer«, sagte sie.

»Du hast schon wieder von dem fiesen, alten Monster geträumt? Welche Farbe hatte es diesmal?«

»Rot«, antwortete sie und lächelte, als würde sie ihm ein Geheimnis anvertrauen.

»Hat es versucht, dich zu fressen?«

Nora nickte. »Es wollte mich ganz auffressen!«, sagte sie und führte die Hände an den Mund.

»Du weißt aber, dass Monster nicht echt sind, oder? Keiner frisst dich auf. Nicht, solange ich hier bin.«

»Pappa«, jammerte Sonja und zerrte an Roberts Schulter. »Saltoos!«

»Nicht quengeln, älskling«, sagte Robert gereizt. »Erst werden Zähne geputzt.«

Da brach Nora schluchzend zusammen, was größtenteils gespielt war, und Sonja behauptete, sie habe schon mit Karijn Zähne geputzt. »Ka!«, rief Robert.

»Was?«

»Haben sie schon Zähne geputzt?«

»Nej«, rief sie zurück. »Schönen Tag euch dreien!«

Die Tür knallte ins Schloss. Robert atmete ein. Jeden Morgen schwor er sich, den Kindern gegenüber nicht die Beherrschung zu verlieren, was ihm in der Regel nicht gelang. Irgendeine Streitfrage – übers Zähneputzen oder ein bestimmtes Paar Schuhe, das sie tragen wollten – sorgte für so große Spannungen, dass seine Ungeduld in Wut umschlug. Er fühlte sich miserabel, wenn er seine Kinder anbrüllte, aber abgesehen von dem unmittelbaren Ärger darüber, dass sie ihm nicht gehorchten, wurde seine Unfähigkeit zu schreiben in diesen Momenten ihre Schuld, und er war davon überzeugt, wenn sie auf ihn hören würden, wenn sie sich beneh-men würden, wenn sie es Viertel vor acht aus der Wohnung schaffen würden statt zehn nach, dann wäre sein Tag hoch-produktiv und nicht vergeudet voller Fehlstarts und schlech-ter Ideen.

An diesem Morgen kamen sie ohne Zwischenfälle aus dem Haus. Auf dem Weg zur Kita, an jeder Hand eins der Mäd-chen, fragte sich Robert, ob der Kater seine Reizbarkeit dämpfte und ihm wegen des verlangsamten Denkprozesses nicht so schnell die Sicherung durchbrannte. Oder vielleicht war er auch nur halb bei der Sache, ein Teil von ihm war immer noch damit beschäftigt, was Patrick am Abend zuvor erzählt hatte. Auch wenn Robert ihm nicht alles abkaufte, war es eine faszinierende Geschichte. Er hatte das Gefühl, damit ließe sich etwas anfangen.

Wieder zu Hause, verbrachte er den Großteil des Tages im Internet mit der Recherche von Berichten und Artikeln. Als er mehr über Sergej Wanjaschins Tod las, erinnerte er sich an ein paar Einzelheiten. Wie Patrick erzählt hatte, war Wanja-schin vor knapp einem Jahr im Wald, der an sein Anwesen in Buckinghamshire grenzte, an einer Eiche hängend aufgefun-den worden. Robert sah ein Foto: ein kahler Baum über einem Teppich aus dunklem, abgestorbenem Laub. Quer durch das Bild verlief ein rot-weißes Polizeiabsperrband, das so verdreht war, dass die sich wiederholende Aufschrift TATORT NICHT BETRETEN auf dem Kopf stand. Hinter dem Band war an einer Seite des Baums ein weißes Stoffzelt aufgebaut. Wanjaschins Leichnam war weggebracht worden, aber Robert vermutete, dass er den niedrigsten Ast verwendet hatte, lang, dick und etwa drei Meter über dem Boden. Dem Bericht zufolge hatte er einen Gürtel benutzt. Robert konnte sich nicht erklären, wie das konkret vonstattengegangen sein sollte, vor allem, wenn man Wanjaschins Statur zum Zeitpunkt seines Todes bedachte, aber vielleicht war er sportlicher gewesen, als der untersetzte Mann auf den Zeitungsfotos erahnen ließ.

In den Nachrufen hieß es, er habe sich aus dem Nichts hochgearbeitet: ein gescheiterter Theaterregisseur, der ein Händchen dafür hatte, in jener chaotischen Zeit Geschäfte zu machen, in der siebzig Jahre Kommunismus auf einen Schlag durch Kapitalismus und freie Marktwirtschaft ersetzt wurden. 1987 war er Taxifahrer in Moskau gewesen. Zehn Jahre später hatte er ein Immobilienimperium, einen der größten unabhängigen Radiosender in Russland und eine kleine, aber offenbar renommierte Zeitung. Mit jedem Klick wurden die Tabs schmaler, während Robert einen Link nach dem anderen folgend das wüste, blutige Terrain von Jelzins und Putins Russland bereiste. Er las, dass die Oligarchen während Jelzins Präsidentschaft eigene Regeln aufgestellt hatten, und als Putin an die Macht kam und ihre Loyalität einforderte, sicherten sie ihm die meisten zu. Wer das nicht tat, wurde entweder inhaftiert oder musste ins Exil. Manche waren inzwischen tot, einschließlich Wanjaschin. Einige Monate vor ihm hatte man Boris Beresowski im Bad seiner Villa in Ascot gefunden, ebenfalls erhängt. Ein Jahr zuvor war ein anderer Russe beim Joggen zusammengebrochen, Alexander Perepilitschnij – Robert erinnerte sich, dass Patrick den

Namen erwähnt hatte –, und anscheinend hatten noch eine Reihe weiterer Whistleblower und Kritiker für ihre Taten bezahlen müssen: der mit radioaktivem Tee vergiftete Alexander Litwinenko, dessen mutmaßlicher Mörder einen Sitz im Parlament erhalten hatte und somit Immunität genoss; mehrere Journalistinnen und Journalisten, einschließlich Anna Politkowskaja, die man vor ihrer Wohnung erschossen hatte; der Oppositionsführer Alexei Nawalny, der bedroht und mehrfach festgenommen worden war; Michail Chodorkowski, der der reichste Mann Russlands gewesen war, als man ihn vor rund zehn Jahren ins Gefängnis geworfen hatte. Wenn Robert diese Ereignisse, die ihm vage bekannt vorkamen, der Reihe nach betrachtete – eine zusammenhängende Geschichte, die sich vom Ende des Sowjetsystems bis heute erstreckte: die Kriege in Tschetschenien, Putins Aufstieg, die Bombenanschläge auf Wohnblocks, die Geiselnahmen im Moskauer Theater und in Beslan, die Zerschlagung von Jukos, der Mord an Litwinenko, der Einmarsch in Georgien und der aktuelle Konflikt in der Ukraine –, sah er das moderne Russland als einen Extremfall staatlich gelenkter Korruption und Gewalt. Falls Patricks Geschichte über seine Flucht ein Hirngespinst war, hatte er sich auf jeden Fall einen glaubwürdigen Schurken ausgesucht.

Robert dachte daran, wie Patrick sich bei ihrer ersten Begegnung im Buchladen verhalten hatte, und daran, wie er sich am Abend zuvor nervös im Innenhof des Restaurants umgesehen hatte. Mit diesem Gefühl des Gejagtwerdens konnte er etwas anfangen: ein Mann auf der Flucht, der nicht weiß, ob er seinem Umfeld trauen kann, und jeden

Moment mit einem Klopfen an der Tür rechnet. Mit geballten Fäusten streckte Robert die Arme zu einer Siegespose in die Höhe. »Du gehörst mir, du paranoider Spinner«, sagte er und lachte. Er schaute aufs Handy. Es war Zeit, die Kinder abzuholen.

Am nächsten Tag informierte Roberts Agentin ihn per Mail über einen Auftrag für eine Kurzgeschichte fürs Radio. Das Honorar ist mies, aber es ist trotzdem eine gute Chance.

Hey Sally, schrieb Robert zurück, endlich eine Gelegenheit, die Menschheit daran zu erinnern, dass es mich noch gibt. In mehreren Anläufen versuchte er, den Satz umzuformulieren, um das Selbstmitleid daraus zu tilgen. Das war schwieriger, als es sein sollte, denn, wie ihm letztendlich klar wurde, wollte er bemitleidet werden. Mit dieser Erkenntnis fühlte er sich erst recht schlecht.

Die Zeit bis zur Abgabe war knapp: drei Wochen, was bedeutete, dass er für jemanden einspringen sollte, der abgesagt hatte. Aber das störte ihn nicht. Zufällig hatte er vor ein paar Monaten einen Entwurf für eine Geschichte erarbeitet und beiseitegelegt. Drei Wochen sollten ausreichen, um etwas Ordentliches daraus zu machen. Die Erzählung basierte auf etwas, das er auf einer Dinnerparty gehört hatte. Eine Australierin hatte ihm von einer bedrohlichen Begegnung mit einem Amerikaner aus der Zeit erzählt, in der sie in Vietnam gelebt hatte. Der Mann hatte sich als Geheimagent entpuppt. Robert war fasziniert von der Geschichte, und als er Angelique, die Gastgeberin, das nächste Mal vor der Kita traf, fragte er nach der Telefonnummer der Frau. »Tu dir keinen Zwang an«, antwortete die Australierin, als er ihr erzählte, dass er darüber schreiben wolle. »Aber vergiss mich nicht, wenn du berühmt bist.« Er mailte ihr eine Fassung und warnte sie vor, dass ihr deutliche Abweichungen von ihrer Version der Geschichte auffallen würden. **Das war ganz anders**, antwortete sie ein paar Tage später und listete haarklein jeden einzelnen Punkt auf, den Robert falsch dargestellt hatte. Er reagierte nie darauf. Den Entwurf hatte er ihr nur aus Höflichkeit geschickt – seiner Ansicht nach war die Geschichte in dem Moment seine geworden, als sie sie ihm erzählt hatte.

Unter Sallys nächster E-Mail stand ein Postskriptum: **Was gibt's Neues über den Roman?**

Er formulierte eine lange, verzweifelte Antwort, in der er alle Sackgassen beschrieb, auf die er gestoßen war, dann löschte er sie. **So langsam fügt sich alles zusammen**, schrieb er und schickte die Mail ab.

Als er Karijn von dem Auftrag erzählte, musterte sie ihn ein, zwei Sekunden lang schweigend, dann lächelte sie. »Das ist toll, Rob!« Sie saßen auf dem Sofa, beide mit aufgeklapptem Laptop, und ließen *The Walking Dead* im Fernsehen laufen. Sie richtete sich auf, stellte den Laptop auf den Couchtisch und drehte sich zu ihm. »Freust du dich?«

»Ja … eigentlich schon. Solange der Redakteur die Geschichte nicht mies findet.«

Karijn nahm seine Hand. »Rob, hast du ein Buch geschrieben?«

»Das weißt du doch.«

»Ich schon«, sagte sie nickend. »Aber tust du das auch?«

»Es ist nicht so, dass ich das nicht wüsste, aber es fühlt sich an, als müsste ich wieder bei null anfangen.«

»Wenn ich ein neues Möbelstück in die Werkstatt bekomme«, sagte Karijn, »weiß ich erst, ob ich die nötigen Fähigkeiten habe, wenn ich mich darauf einlasse und anfange, es zu zerlegen. Aber wenn man sich mal darauf eingelassen hat, gibt es kein Zurück, und dann entwickelt man die Fähigkeiten, die man braucht, um sich zurechtzufinden. Es ist gut, dass du diesen Auftrag hast. Du schaffst das. Du gefällst dir nur zu sehr in deinem Leid. Das solltest du nicht.«

»Ich gefalle mir nicht darin.«

»Dir darin gefallen, es respektieren, in Angst davor leben, wie auch immer«, sagte sie und drückte seine Hand. »Du darfst ihm keine Beachtung schenken.« Sie lehnte sich an ihn und sah zum Fernseher. Eine Frau rammte einem Zombie ein Schwert durch den Kiefer, das am Hinterkopf wieder heraustrat. »Das Timing passt wirklich gut, finde ich. Du könntest doch im Sommerhaus an der Geschichte arbeiten.«

»Wir fahren erst wieder in zwei Monaten. Aber ich habe nur drei Wochen Zeit.«

»Ich meine jetzt. Vor dem Winter müssen wir uns ums Wasser kümmern. Wir können nicht Lars darum bitten. Das wäre zu viel verlangt.«

Das Wasser für ihr Sommerhaus in Schweden wurde aus einem Brunnen gewonnen. Vorletzte Woche hatte ihr Nachbar, der für sie ein Auge auf das Haus hatte, Karijn angerufen und Bescheid gesagt, dass die Pumpe nicht mehr funktionierte.

»Was meinst du?«, fragte Karijn.

Auf dem Bildschirm sah ein Junge mit großen Augen zu, wie sich verwesende Finger zwischen Tür und Rahmen schoben. Robert war klar, dass trotz hämmerndem Handwerker vier, fünf Tage dort ohne Kinder in etwa drei oder vier Wochen in Berlin gleichkämen. »Also gut«, sagte er. Der Junge rannte los, die Tür gab nach, und eine Herde Zombies taumelte ins Zimmer.

Robert und Karijn hatten sich ein Haus in Hackney gekauft, als sie es sich gerade so leisten konnten, und wieder verkauft, als sie dank der Wertsteigerung die Chance auf ein anderes Leben hatten. Robert wäre gern dortgeblieben, aber seit Sonjas Geburt hatte Karijn unbedingt der luftverschmutzten Stadt entfliehen wollen. Ein Jahr vor dem Verkauf, als Robert noch sein Marketinggehalt bekam, hatten sie sich das Sommerhaus angeschafft. Eine Weile dachten sie darüber nach, das ganze Jahr über dort zu wohnen, aber der Wechsel von mitten in London zum schwedischen Landleben erschien ihnen dann doch zu extrem, und so zogen sie im Frühjahr 2012, sobald das Haus in London den Besitzer gewechselt hatte, nach Berlin, weil es dort grüner, günstiger und nicht so überfüllt war. Robert stieg aus der Werbebranche aus und verdiente etwas Geld mit Buchkritiken und Workshops an einer englischsprachigen Schule für Kreatives Schreiben, aber den Großteil der Zeit sollte er eigentlich der Arbeit an seinem Roman widmen – Zeit, die er in den letzten zwei Jahren mehr oder minder verschwendet hatte.

Für Karijn war der Umzug die beste Entscheidung gewesen. Sie hatte den Job in der Personalabteilung gehasst, den sie in London während der nebenberuflichen Weiterbildung zur Polsterin ausgeübt hatte. Als Robert sein Buch verkaufte, zeigte sie nicht, wie unzufrieden sie war, um seinen Erfolg nicht zu trüben. Nun war es umgekehrt, und sosehr Robert die eigene Situation auch frustrierte, freute er sich, dass sie glücklicher war. Die Werkstatt, bei der sie angefangen hatte, genoss einen guten Ruf, und sie bekam genug Aufträge, um anständig zu verdienen – zu viele Aufträge natürlich, um sich vor der Reise nach Schweden, die sie für Ende November gebucht hatten, noch einmal freizunehmen.

Das Haus, zu dem sie zwei- oder dreimal im Jahr fuhren, lag am Ufer des Viaredssjön, gegenüber dem Dorf auf der anderen Seite des Sees, wo Karijn aufgewachsen war. Sie hatte dort keine Familie mehr. Ihr Vater war in ihrer Jugend gestorben, ihre Schwester lebte in Stockholm, und ihre Mutter war vor ein paar Jahren weggezogen, zurück in den Süden des Landes, wo sie gebürtig herkam. Zu beiden hatte Karijn kaum Kontakt, und abgesehen von Lars hatten sie nicht viel mit den anderen Leuten am See zu tun. Teile des Ufers waren sehr dicht bebaut, und im Sommer wimmelte es auf dem Wasser nur so von Booten. Im Winter, wenn der See zufror, wurde Schlittschuh gelaufen, Eishockey gespielt, da waren Eisangler und Leute, die ihn auf Tretschlitten überquerten oder unter der tief stehenden Sonne einen Spaziergang machten. Das ganze Treiben war zwar vom Sommerhaus aus zu sehen, aber größtenteils fand es in weiter Ferne statt. Der See war lang und schmal, und das Haus stand an der entlegensten Ecke. Außer per Boot war es nur über eine gewundene, unbefestigte Straße zu erreichen, die von der Landstraße abzweigte. Noch abgeschiedener war es im Winter, wenn der dahinter liegende bewaldete Hang das Haus für die meiste Zeit des kurzen Tages in tiefe Schatten hüllte.

Robert flog nach Landvetter und nahm sich am Flughafen ein Mietauto. Er mochte die Fahrt zum Sommerhaus, den Riksväg 40, der durch Kiefernwälder verlief, und die Landstraße Richtung Borås, die sich an Wiesen, Holzplätzen und Steilhängen aus dunklem Granit vorbeischlängelte. Es war Mittag, und der Himmel war klar und strahlend blau. Den restlichen Tag hatte Robert für sich. Am nächsten Morgen würde der Klempner mit einer neuen Pumpe kommen. Zur Sicherheit hatte Robert vier Tage für die Arbeit einkalkuliert, wahrscheinlich doppelt so viel wie nötig. Am Samstag würde er wieder nach Hause fliegen.

Abseits der Landstraße wurde der Weg mit zunehmender Entfernung schlammig – offenbar hatte es vor Kurzem geregnet –, und als Robert im Vorbeigehen die Birkenblätter streifte, die in die Einfahrt hingen, löste sich ein kleiner Schauer kalter Tröpfchen. Er war froh über den Regen: Der Sommer war ungewöhnlich trocken gewesen. Bei ihrem letzten Aufenthalt war der Pegel des Sees gesunken, der Rasen war braun geworden und das Unterholz, das im Dickicht der Bäume wuchs, die das Haus von der Straße abschirmten, brüchig. Wenn ein Auto vorbeigefahren war, was selten vorkam, waren Staubwolken aufgewirbelt worden, die langsam wie Rauch über den Rasen zogen.

Robert blickte über die Straße zu den Bäumen. Selbst im frühen Nachmittagslicht war es hinter dem Waldrand dun-

kel. Er wandte sich ab und folgte dem Plattenweg zur überdachten Veranda. Er stellte die Tasche ab, ohne die Haustür
zu öffnen. Stattdessen betrat er den Rasen und ging um das
Haus herum. Zum Ufer hin fiel das Grundstück ab, und auf
der zum See gelegenen Seite stieg Robert die Stufen zur
Steinterrasse hinauf. Um den Blick abzuschirmen, legte er
die Hände ans Panoramafenster, und er spähte ins Wohnzimmer und in die Küche dahinter. Ruhig und leer. Als er
hinuntersah, entdeckte er eine morsche Stelle am Fenster-
rahmen. Er drückte darauf, um den Schaden zu prüfen, und
das Holz zerfiel unter seinem Finger. »Mist«, murmelte er.
Er drehte sich zum See. Auf der gegenüberliegenden Seite,
unter dem dicht bewaldeten Hang, spiegelte sich die Sonne
auf den Autos, die über die Straße brausten, auf der er zwanzig Minuten zuvor selbst noch gewesen war. Auf den parallel
zur Straße verlaufenden Schienen fuhr ein Güterzug von
Göteborg landeinwärts. Wenn der Wind aus dem Norden
kam, trug er den Verkehrslärm bis zum Haus, aber heute
wehte er so stark durch den Wald zum See, dass sich auf
dessen blauer Oberfläche kleine, scharfe Sicheln bildeten.
Robert stieg von der Terrasse, überquerte den Rasen zwischen Haus und Wasser und betrat den Anleger aus Stein, der
einige Meter in den See ragte. Sie hatten zwar eine Anlegestelle, aber kein Boot. Geplant war, im nächsten Frühling
eins anzuschaffen, aber wenn es so weit wäre, gab es sicher
etwas anderes, wofür sie das Geld dringender brauchten.
Hier unten war die Brise frisch und wurde kräftiger. Eine
Böe peitschte ihm Wassertropfen ins Gesicht. Von einem
plötzlichen Impuls gepackt, zog er sich aus. Als er nur noch

in Boxershorts dastand, rieb er sich die Arme – die Sonne strahlte hell, aber die Temperatur lag bei etwa elf Grad, über Durchschnitt, aber alles andere als warm – und ging bis zum Gras zurück, rannte über den Anleger und platschte unelegant ins Wasser. Sein Atem ging stoßweise. Als er den Kopf in den Nacken warf, fühlte es sich an, als würde das eisige Wasser seinen Schädel umklammern. Er schrie auf, und das gewaltige Gebrüll hallte vom Ufer zurück. Sein Körper kribbelte vor Vergnügen. Er drehte sich auf den Rücken und strampelte mit den Beinen. Die leeren Fenster des Hauses starrten auf ihn herab.

Robert schwamm zurück zur Anlegestelle. Während er sich aus dem Wasser zog, fegte erneut eine Böe über den See, und er lief zitternd ums Haus herum – er konnte es kaum erwarten, sich abzutrocknen. Er streifte sich die Füße ab, öffnete die Tür, und als er ins Bad eilte, spürte er die ruhige Leere im Haus. Keine Handtücher. Er ging ins Schlafzimmer und nahm sich eins aus dem Schrank. Energisch rubbelte er sich ab, um die kalten Glieder aufzuwärmen.

Mit dem Handtuch um die Hüfte öffnete Robert die Schiebetür, die vom Wohnzimmer auf die Terrasse führte, und joggte hinunter zum Anleger, um seine Kleidung zu holen. Eine Wolke verdeckte die Sonne, und das Blau des Sees verwandelte sich in grünliches Grau. Beim Anziehen auf der Terrasse fiel ihm auf, dass einige der Steinplatten locker und uneben geworden waren. In den Fugen wucherte gelbes Moos. Er ging durchs Haus zurück in die Einfahrt. Aus dem Kofferraum holte er die Einkäufe, die er vor dem Flughafen in einem ICA besorgt hatte. Während er die Taschen in der

Küche auspackte – Nudeln, Thunfisch, Knäckebrot, Butter, Tomaten, ein paar Tüten Salat und ein Sixpack Leichtbier, das einzige alkoholische Getränk in dem Supermarkt –, wurde ihm noch einmal bewusst, wie viel Zeit er in den nächsten Tagen zum Arbeiten haben würde. Nichts hielt ihn davon ab, sofort anzufangen.

Vier Stunden später, der Himmel hing in roten und lilafarbenen Fetzen über dem See, hatte Robert noch kein Wort geschrieben. Er lag auf dem Sofa neben dem Panoramafenster und war fast mit dem Buch fertig, das er schon seit Monaten hatte lesen wollen. Der Roman war von einer Frau, die über eine seltsame reale Begegnung mit einem Ex-Liebhaber schrieb und über eine Reihe von Gesprächen, die sie später mit der Familie und Freunden darüber geführt hatte. Sie machte deutlich, an welchen Stellen sie von den tatsächlichen Begebenheiten abwich und wo sie wieder zu ihnen zurückkehrte, aber sie tat das auf eine Art, durch die alles – sowohl die klar gekennzeichnete Fiktion als auch die klar gekennzeichneten Fakten – viel echter und schlüssiger wirkte als ein konventioneller Roman. Mit dem aufgeklappten Buch auf der Brust betrachtete Robert die leuchtenden Streifen am Himmel. Er sah einen von einem Oligarchen beauftragten Ghostwriter, einen plötzlichen Tod, ein Treffen in Berlin. Er konnte spüren, welche Stimmung das Buch vermitteln sollte, aber schaffte es nicht, den Eindruck festzuhalten. Es war wie eine Flamme, die in einer Brise flackerte, nie lange genug still, um die genaue Form erfassen zu können.

Als Robert aufstand, fielen Knäckebrotkrümel von seiner Brust auf den Boden. Beim Strecken ächzte er, und in dem stillen Haus war das Geräusch unglaublich laut. Er sah hinaus auf das dunkel werdende Wasser. Im Laufe des Nachmittags hatte sich der Wind gelegt, und auf der glatten Oberfläche des Sees spiegelte sich das letzte bisschen Licht. Die Schatten drängten sich im Garten und krochen von den Ecken tiefer ins Zimmer. Er erkannte den Umriss der nächsten von mehreren Inseln im See: klein, bewaldet, unbewohnt. Einmal hatte er sich Lars' Boot geliehen und war hingefahren, aber der Ausflug hatte sich als Enttäuschung erwiesen. An Land hatte Robert nichts als Gestrüpp und Kiefern vorgefunden, und als er über die weiche, nadelbedeckte Erde gestapft war, hatte er das Geheimnisvolle der Insel dahinschwinden gefühlt. Aber dann hatte er zurück zum Haus geblickt und Karijn gesehen, die auf die Terrasse herausgetreten war. Einen Moment lang blieb sie regungslos stehen, dann wandte sie den Kopf, als hätte sie jemand gerufen, und ging zurück ins Haus. Damals spürte er den schaurigen Nervenkitzel des heimlichen Beobachtens. Er hatte vorgehabt, ihr davon zu erzählen, aber als er wieder zurück war, stellte er fest, dass er das nicht wollte. Es war, als wünschte sich das Geheimnis, bewahrt zu werden. Heute Abend waren die Bäume auf der Insel zu einer schwarzen Masse zerronnen. Er stellte sich vor, dass jemand unter ihnen stand und zusah, so wie er damals. Er dachte an die Läuferin, die zu ihm auf den Balkon heraufgesehen hatte. Es war halb sieben. Zeit, zu Hause anzurufen.

Am nächsten Tag kurz nach zehn kam der Klempner. Er war groß, breitschultrig und ein bisschen übergewichtig, das blonde Haar war beinahe zu einer Glatze geschoren. »Jag heter Jan«, sagte er, als Robert die Tür öffnete.

»Jag heter Robert«, antwortete Robert. »Kan du prata engelska?«

»Ja, natürlich«, sagte Jan.

Roberts Schwedisch war kaum besser als sein Deutsch. Er hatte ein paar Kurse belegt, aber es war nichts hängen geblieben. Hier allein zu sein, ohne Karijn, führte ihm sein Unvermögen noch deutlicher vor Augen. Am Morgen, als er im Supermarkt ein paar Sachen besorgte, die er gestern vergessen hatte, hantierte er an der Kasse ungeschickt herum, und die Jugendliche, die seine Waren scannte, lächelte und überschüttete ihn mit einem heiteren, unverständlichen Wortschwall. »Jag inte …«, stammelte er, bevor sie ins Englische wechselte und ihm anbot, beim Einpacken zu helfen.

Robert führte Jan in den Keller und knipste das Licht an. Durch die billige Holzverkleidung an den Wänden, die im Neonlicht einen schmutzig trüben Gelbton hatte, wirkte der Keller noch düsterer. Karijn wollte daraus ein Spielzimmer für die Mädchen machen, aber im Moment stand er bis auf ein paar Sitzsäcke auf dem Betonboden und einen Stapel Plastikboxen größtenteils leer. »Hier entlang«, sagte Robert und zeigte Jan den Weg zum Technikraum. Die Pumpe befand sich unter einer unfertigen Holztheke und war in den Linoleumboden genietet. Sie war eine smaragdgrüne Metallröhre, ein Meter hoch und an einigen Stellen rostig. Mehrere Gummischläuche führten von ihr ab. Jan kniete sich hin und zog an den Schläuchen. Er klopfte an die Seitenwand des

63

hohen Schranks zu seiner Rechten. »Varmvatten behålla-
ren?«, fragte er.

»Engelska?«, sagte Robert.

»Förlåt. Ist da Ihr Warmwasserspeicher drin?«

»Ja«, sagte Robert und öffnete die Schranktür. Er trat zurück, lehnte sich an den Wäschetrockner, der an der gegenüberliegenden Wand stand, und sah Jan bei der weiteren
Inspektion der Pumpe zu.

»Wie tief ist Ihr Brunnen?«, fragte Jan.

»Acht Meter, glaube ich.«

»Wie weit vom Haus entfernt?«

»Er ist auf dem Rasen, bei der Einfahrt. Zehn Meter?«

Jan schniefte. Er stand auf, schniefte noch einmal, räusperte sich laut und schluckte. »Ich geh mein Werkzeug
holen«, sagte er. »Solange das dauert, haben Sie kein Wasser.
Ist das okay?«

»Wie lange wird's denn dauern?«

»Wenn die Pumpe ersetzt werden muss, heute den restlichen Tag und morgen auch fast den ganzen.«

Robert nickte. »Soll mir recht sein. Wasser habe ich in
Flaschen. Baden kann ich im See.«

»Auf die natürliche Art«, sagte Jan ernst. »Sie können sich
glücklich schätzen.«

»Bis Sie mich zur Kasse bitten.«

»Zur Kasse bitten?«

»Bis ich die … äh, räkning bekomme?« Robert freute sich,
dass ihm das Wort eingefallen war.

»Räkningen, ja«, sagte Jan und klopfte Robert im Vorbeigehen auf die Schulter. »Die wird sehr groß.«

64

Robert ging wieder nach oben und hinaus auf die Terrasse. Auf dem Tisch lag sein Notizbuch, darunter die ausgedruckten Seiten seiner Geschichte. In der Morgendämmerung war er mit einer in der kühlen Luft dampfenden Tasse Kaffee herausgekommen. Beim Lesen seiner Arbeit hatte er gelegentlich aufgeschaut und gesehen, wie der See die Farbe wechselte, von Schwarz zu Grau zu Grün, und wie die Schatten der Bäume schrumpften und über den Rasen wanderten. Zum Glück hatte er die Erzählung nicht besser in Erinnerung gehabt, als sie war. Sie musste überarbeitet, aber nicht neu geschrieben werden. Ihm gefiel die Aussicht auf ein paar Tage Arbeit mit einem richtigen Ergebnis am Ende, im Gegensatz zu den Tagen und Wochen und Monaten, in denen er einer Idee für einen Roman nachgejagt war, ohne wirklich voranzukommen. Bis auf einen Skype-Anruf pro Tag musste er an nichts anderes als die Arbeit denken. Er sagte sich, er müsse kein schlechtes Gewissen haben, weil er nicht bei Karijn und den Kindern war; es war nicht so, als hätte er am Abend zuvor gelogen, als er ihnen über eine abgehackte Verbindung mit verpixeltem Bild gesagt hatte, wie sehr er sie vermisste. Die Mädchen hatten die Gesichter dicht vor der Kamera und Karijn hatte über ihnen gestanden. Das Handy musste auf dem Küchentisch gelegen haben, sodass er das Gefühl hatte, in einer Grube zu sitzen, und sie würden vom Rand auf ihn herunterspähen. Die Unterhaltung drehte sich im Kreis und wurde unterbrochen, eines dieser fast schon mechanisch ablaufenden Gespräche, die ihn früher frustriert hatten, als er noch nicht gelernt hatte, sie mehr als Ritual zu betrachten denn als sonst irgendwas. Die gelegentliche Bild-

störung, die zeitverzögerten Antworten, das alles gehörte
dazu, genau wie bestimmte Floskeln – »Das Bild hängt, ich
seh dich nicht mehr … Hörst du mich? Hörst du mich
jetzt?«, die zwischen improvisierten Gesprächsfetzen zum
Refrain wurden. Was sie sagten, spielte keine Rolle – genauso
gut hätten sie auch allesamt einfach nur wiederholen können:
»Ich bin hier, und ich hab dich lieb«, bis der Anruf vorbei
war.

Nachdem Jan für die Mittagspause weggefahren war, be-
legte Robert sich ein Sandwich, packte eine Flasche Wasser
und sein Notizbuch in einen Rucksack, ging die Auffahrt
hinunter, überquerte die leere Straße und betrat den Wald.
Der Untergrund war hügelig, ohne Pfad, und so dicht mit
grünem Moos bewachsen, dass seine Schuhe bei jedem
Schritt davon verschluckt wurden. Ein leichter Schauer
setzte ein, und die Tropfen prasselten auf die Kapuze seiner
Regenjacke. Er ging unter hohen, geraden Kiefern hindurch,
die in großem Abstand zueinander standen. Die unteren Äste
waren kurze Stacheln, die oberen, lang und dicht benadelt,
bildeten ein Blätterdach, das dem Tageslicht ein trübes Grün
verlieh. Robert stieg in eine Senke, und an der tiefsten Stelle
quoll so viel Wasser aus dem Moos, dass es in seine Turn-
schuhe drang. »Scheiße.« Das Wort verhallte in der Ruhe des
Waldes. Um den sumpfigen Boden zu meiden, versuchte er,
von Stein zu Stein zu springen. Der Regen wurde heftiger
und kälter. Er konnte nicht wie geplant im Wald zu Mittag
essen oder an einen Baum gelehnt schreiben, aber weiter-
wandern wollte er dennoch. Jetzt umzukehren, käme einer
Niederlage gleich. Als er einen steilen Hang hinaufkletterte,

musste er sich mehrmals am Boden abstützen, und seine Knie wurden matschig. Oben angekommen, drehte er sich um, und durch die Bäume hindurch sah er in der Ferne den See grau im Regen daliegen. Ihm wurde bewusst, dass er in diesem Moment wahrscheinlich der einzige Mensch im Wald war. Nach solch einer völligen Abgeschiedenheit war er früher süchtig gewesen. Vor zehn Jahren, nach einer hässlichen Trennung, hatte er sich immer mehr von seinen Freunden zurückgezogen, und schließlich war er gar nicht mehr ausgegangen. Damals hatte er begriffen, dass allein zu sein bedeutete, nie sagen zu müssen, wie es ihm ging, was er wollte, was er dachte oder tat. Er musste sich nicht mit sich selbst auseinandersetzen. Erst als er eine Stelle in dem Start-up bekam, in dem Karijn arbeitete, verspürte er wieder den Wunsch, eine Verbindung zu jemandem zu suchen. Dieses Bedürfnis breitete sich unaufhaltsam aus, wie ein Sehnen. Als Karijn das erste Mal bei ihm zu Hause war, wurde ihm schlagartig bewusst, was für ein beengtes Drecksloch seine Wohnung geworden war.

Der Regen wurde stärker. Seine mit Wasser vollgesogene Jeans war schwer. Für den Rückweg wählte er eine andere Strecke, die ihn hinaus aus dem Wald auf eine Forststraße führte. Zu seiner Linken lag ein abgeholzter Hang, der Boden war übersät mit Baumstümpfen. Mitten auf einer Lichtung stand eine Planierraupe, die leicht schräg an einem kleinen Hügel lehnte, als wäre der Fahrer gerade erst herausgeklettert, aber so wie es aussah, arbeitete heute niemand. Robert ging an Stapeln langer, durchweichter Baumstämme vorbei und wich mit vorsichtigen Schritten auf dem rutschigen, schlammigen Boden milchkaffeefarbenen Pfützen aus. Die Kälte saß tief in seinen nassen Gliedern. Warum war er so weit gelaufen? Er hatte vergessen, dass es im Haus kein Wasser gab. Er könnte Mineralwasser aufkochen und sich in einer Plastikwanne ein Fußbad machen. Er lachte. Auch Karijn würde über ihn lachen. Er hörte einen Motor und sah hinter sich einen weißen Transporter den Weg herunterruckeln. Er trat an den Rand. So, wie das Licht auf die Scheiben des Transporters fiel, war es unmöglich, ins Wageninnere zu sehen. Kurz überlegte er, ihn anzuhalten und sich mitnehmen zu lassen, aber da war er schon vorbeigefahren. Weiter vorn bog der Transporter um eine Kurve, und das Motorgeräusch verklang, bis nur noch das Rauschen und Prasseln des Regens zu hören waren.

Auch den restlichen Nachmittag ließ der Regen nicht nach, trommelte aufs Dach, lief in Rinnsalen von der Traufe und ließ einen nebeligen Dunst vom See aufsteigen. Nachdem Robert sich etwas Trockenes angezogen hatte, legte er sich aufs Sofa und las die Albie-Cooper-Autobiografie, die Patrick geschrieben hatte. Gegen halb fünf erklärte Jan zufrieden, dass nur die defekte Pumpe das Problem sei. Er werde sie am nächsten Tag ersetzen, was fünfundzwanzigtausend Kronen kosten werde. Robert verzog das Gesicht. »Aber Ihr Wasserregler funktioniert«, sagte Jan. »Das ist gut. Sonst wäre es mehr gewesen. Wenn ich Sie ›zur Kasse bitte‹«, fügte er hinzu. Zum ersten Mal lächelte er.

»Schön zu hören«, antwortete Robert, konnte sich aber kein Lächeln abringen.

68

Nachdem er an dem Abend mit seiner Familie geskypt, den Mädchen Gute Nacht gewünscht und Karijn über die Reparatur informiert hatte – sie hatte über die Kosten gestöhnt –, brachte Robert Lars als Dankeschön, dass er nach dem Haus gesehen hatte, eine Flasche Ardbeg vorbei. Robert tat das bei jedem Besuch; das war die einzige Währung, die Lars akzeptierte. Mit einer Taschenlampe leuchtete Robert sich den Weg, weil es hier draußen keine Straßenlaternen gab und die hügelige Straße rissig und voller Schlaglöcher war. Das Wasser vom Wolkenbruch am Nachmittag hatte sich darin gesammelt, und im Schein der Taschenlampe leuchteten die vom Regen dunklen Steine in der Straße wie die Augen eines Vogels. Wegen der feuchten Luft fühlte sich die Nacht besonders kalt an, und Robert setzte auf dem Weg die Kapuze auf. Wie zum Hohn klang das Wasser, das durch die Äste tropfte, wie prasselndes Feuer.

Lars war achtzig und hatte die meiste Zeit seines Lebens in Borås gewohnt. Nach dem Renteneintritt waren er und seine Frau, beide Ingenieure bei Ericsson, hier raus in eine Hütte auf einem Steilhang mit Blick auf den See gezogen. Auf dem letzten starken Anstieg vor Lars' Haus erinnerte sich Robert daran, wie der alte Mann an dem Tag, an dem er, Karijn und Sonja, damals erst zwei, eingezogen waren, in ihrer Einfahrt aufgetaucht war. Praktisch sofort hatte er angeboten, in ihrer Abwesenheit für sie auf das Haus aufzupassen, und Robert hatte ihn als Wichtigtuer abgetan, den sie nicht mehr loswerden würden. Stattdessen hatte er sich als unverzichtbar erwiesen, und sobald eine Reise an den See bevorstand, freute sich Robert darauf, ihn zu besuchen.

Ein paar Jahre bevor Robert und Karijn das Sommerhaus gekauft hatten, war Lars' Ehefrau gestorben, und der alte Mann hatte Robert erzählt, dass seine Kinder, von denen das eine in Stockholm lebte und das andere in Kopenhagen, wollten, dass er die Hütte aufgab und in ein Heim zog. »Hier wird man mich irgendwann in einer Kiste raustragen«, sagte er fast jedes Mal zu Robert, wenn sie sich sahen. Obwohl Robert Lars gern als Nachbarn hatte, verstand er dessen Kinder. Lars war fit und anscheinend bei guter Gesundheit, aber vielleicht wäre er an einem weniger abgelegenen Ort besser aufgehoben.

»Warum? Ich bin nicht einsam«, sagte Lars, als sie in seinem Wohnzimmer saßen. Das schwache Lampenlicht spiegelte sich in den großen schwarzen Fenstern zum See. »Ich habe meine Musik, ich habe das Wasser, den Wald. Soll ich das alles gegen Bingo eintauschen? Hör mir bloß auf, Robert.«

»Du hast ja recht«, sagte Robert, trank den Whisky aus und spürte, wie ihn die Wärme durchflutete. Er hatte bis zum Ende des Abends gewartet, um das Thema anzuschneiden. »Sag mir einfach, wenn wir uns irgendwie revanchieren können ...« – er hob die Stimme, als Lars das Angebot mit einer wegwerfenden Handbewegung abtat – »... oder wir einfach so was für dich tun können, als Nachbarn.«

»Gut, gut«, antwortete Lars. »Ich mag das Leben allein. Ist das denn so unvernünftig? Wenn ich das den Jungs sage, denken die gleich, das heißt, dass ich ihre Mutter nicht geliebt habe. Na komm, ich bring dich mit dem Boot heim.«

Robert sah Lars' kleines Motorboot oft draußen auf dem

See, aber die Anlegestelle, ein kleiner Steg am Fuß einer ab-
schüssigen Treppe, die jemand in den Steilhang gehauen hatte,
beunruhigte ihn an Lars' Situation wohl am meisten. Sosehr
ihm die Vorstellung gefiel, übers schwarze Wasser zum Haus
hinüberzufahren – drei Minuten mit dem Boot statt fünfzehn
Minuten zu Fuß –, wollte er nicht, dass Lars auf dem Rückweg im Dunkeln die Stufen hinaufsteigen musste. »Ich ver-
trete mir gern ein bisschen die Füße«, sagte er.

»Dann begleite ich dich.« Robert machte Anstalten, ihm
zu widersprechen, aber Lars übertönte ihn. »Mein Arzt be-
steht darauf. Das ist gut für den Kreislauf, und ich war heute
noch nicht draußen.«

Sie zogen sich ihre Jacken und Schals an. Es war eine klare,
kalte Nacht, und die Temperatur sank. Im Licht der Taschen-
lampen folgten sie der Straße, links die dunkle Wand aus
Bäumen und rechts der See, silbrig vom fernen Halbmond.
Es war windstill; das Wasser schlug sanft ans Ufer. Vielleicht
hatte Lars recht, dachte Robert. Es wäre schon was, das
ganze Jahr über hier zu leben.

»Das ist ein guter Whisky«, sagte Lars, nachdem sie ein
Stück in einträchtigem Schweigen gegangen waren. Etwas
weiter vorn sah Robert die Straßenlaterne am Ende seiner
Einfahrt. »Habe ich dir erzählt, dass ich mal in Schottland
gearbeitet habe?«, fragte Lars.

»Nur jedes Mal, wenn wir uns sehen.«

Lars' Lachen ging in ein Husten über. »Früher hatte ich
jeden Tag etwas Neues zu erzählen, kannst du dir das vorstellen?« Mit dem Fuß stieß Robert gegen einen Kieselstein,
der klappernd über die Straße davonrollte. Aus dem Wald

tönte der Ruf einer Eule. »Ich hätte mich doch auch um die Pumpe kümmern können«, sagte Lars.

War er gekränkt? Robert war sich nicht sicher und zu müde, um zu versuchen, es herauszufinden. »Ich wollte sowieso herkommen, Lars. Ich brauche die Zeit zum Schreiben.« Oben an der Einfahrt, im hellen weißen Lichtkegel der Laterne, blieben sie stehen.

»Wie ist das? Zu schreiben?«

»An den meisten Tagen, als würde man sich Nägel in die Augen schlagen.«

Lars lachte. »Und an guten Tagen?«

»Sollte ich mal einen haben, lass ich's dich wissen. Aber hier ist es etwas Besonderes. Friedlich.«

»Ja«, sagte Lars seufzend. »Hier kann kein Übel verweilen.«

»Woher ist das?«

Lars lächelte und legte Robert die Hand auf die Schulter. »Danke für den Whisky und den Spaziergang.« Er drehte sich um und ging die Strecke zurück, die sie gekommen waren. Robert sah ihm hinterher; das Licht seiner Taschenlampe war wie ein Jagdhund mal bei Fuß, mal sprang es auf dem Weg voran.

Am nächsten Tag um neun kam Jan mit der neuen Pumpe. Gegen elf rief Robert hinunter, dass es Kaffee gebe, und Jan kam hoch und trank ihn auf der Terrasse, wo Robert arbeitete. Die Brise, die vom See heraufwehte, machte den Tag noch kühler, aber Robert trug lieber Pulli und Schal, als hineinzugehen. »Nehmen Sie sich einen Keks«, sagte er und

72

deutete auf einen Teller auf dem Tisch neben ihm. Jan nahm sich einen, stopfte ihn sich am Stück in den Mund und kaute entschlossen mit Blick auf den See. »Wie geht's voran?«, fragte Robert.

»Gut«, antwortete Jan in einem Ton, der es schwierig machte, das Gespräch fortzusetzen.

Robert versuchte zu arbeiten, aber Jans Schweigen strahlte geradezu von ihm ab und erfüllte die Luft. Robert stellte seine Tasse auf die Seiten, an denen er gerade gearbeitet hatte, damit sie nicht weggeweht wurden. »Wie läuft das Geschäft?«, fragte er. »Viel zu tun?«

»Immer«, antwortete Jan.

»Arbeiten Sie nur hier in der Gegend um Borås, oder fahren Sie auch weiter raus?«

Jan nahm einen Schluck Kaffee. Er rieb sich die Augen. Danach blinzelte er mehrmals, als wäre der graue Tag unerträglich hell. »Hier«, antwortete er schließlich.

»Schon gut«, sagte Robert. »Wir müssen nicht reden.« Er widmete sich wieder der Arbeit, aber solange Jan auf der Terrasse saß und auf den See hinaussah, las Robert nur immer wieder dieselben Zeilen, ohne etwas damit anfangen zu können. Er versuchte, einen Kommentar zu schreiben, fand aber nicht die richtige Formulierung. Ihm fiel eine autobiografische Erzählung eines Romanautors ein, der einen Auftrag als Kriegsreporter angenommen hatte. Durch die mangelnde Erfahrung war er so gehemmt, dass er, als seine Kontaktleute ihn zum Schauplatz eines Bombenangriffs auf einen Markt brachten, nur in dem Blutbad stehen und Sätze notieren konnte wie *Sie gucken mich an, darum schreibe ich etwas in*

73

mein Notizbuch. Schließlich stand Jan auf, streckte sich und ging ins Haus.

Nach einer Stunde kam er wieder heraus und teilte Robert mit, dass er nach Hause fahren werde, um Mittagspause zu machen. Während Robert ein Sandwich aß und die Inseln aus Schatten beobachtete, die die Wolken auf den See warfen, dachte er darüber nach, was Patrick ihm an dem Abend im Restaurant erzählt hatte. Er nahm einen Bleistift zur Hand und fing an aufzuschreiben, was er von dem Gespräch noch in Erinnerung hatte. Er hörte Patricks Stimme, gedämpft und eindringlich, die ihm von Wanjaschin berichtete. Er erinnerte sich daran, wie Patrick sich umgesehen hatte, als hätte er damit gerechnet, von russischen Agenten umzingelt zu werden – bereit für den Angriff.

Gegen halb drei, eine Stunde nachdem er von der Mittagspause zurück war, kam Jan heraus und stellte sich mit verschränkten Armen vor den Tisch. »Stimmt was nicht?«, fragte Robert.

Jan atmete hörbar durch die Nase aus. »Mir fehlt ein Teil.«

Robert wartete ab – er war sich nicht sicher, was von ihm verlangt wurde.

»Ich dachte, ich werde jetzt fertig«, sagte Jan. »Aber mir fehlt ein Teil.«

»Okay, also dann morgen?«

»Nicht morgen. Freitag. Das Teil kriegt man nicht so leicht. Es ist …« Und dann sagte er etwas auf Schwedisch, das Robert nicht verstand. »Es hätte bei der Pumpe dabei sein sollen, aber es fehlt.« So, wie er das sagte, klang es, als wäre jemand gestorben.

Abends beim Skypen erzählte Robert Karijn davon und imitierte die Verdrießlichkeit des Klempners. Zuvor hatte er mit den Mädchen gesprochen und später noch einmal angerufen, als sie im Bett waren. »Ihr Schweden«, sagte er über ihr Lachen hinweg, »bei euch nimmt Ernst völlig neue Dimensionen an.« Er saß draußen in eine Decke gewickelt, und neben dem hellen Bildschirm seines Laptops wirkte die Dunkelheit um ihn herum noch tiefer. In der Ferne bewegten sich Perlen aus weißem und rotem Licht über die Landstraße.

»Wir vermissen dich«, sagte Karijn.

»Ich euch auch.«

»Kommst du gut voran?«

»Mit der Geschichte bin ich so gut wie fertig. Eigentlich bin ich gedanklich schon bei was anderem.«

»Bei was denn?« Das Kinn auf die Fäuste gestützt, saß sie im Wohnzimmer am Esstisch. Die Brille hatte sie hoch in die Haare geschoben.

»Weißt du noch, der Typ, den du gerettet hast? Mit dem ich essen war?«

»Der Schwätzer.«

»Ja, der Schriftsteller.«

»Schwätzer. So hast du ihn genannt. Aber du mochtest ihn, stimmt's?«

»Na ja, mögen vielleicht nicht unbedingt. Aber ja, am Ende hat er sich doch nicht als absoluter Albtraum herausgestellt.«

»Nein«, sagte sie und zog das Wort neckend in die Länge. »Ich kenne dich, Robert Prowe. Du mochtest ihn. Du fandest ihn auf eine schräge Schriftsteller-Art cool.«

In der Dunkelheit, nahe am Ufer, knackte etwas. Robert kippte den Bildschirm des Laptops herunter, damit ihn das grelle Licht nicht mehr blendete, aber er konnte nichts erkennen.

»Rob? Was ist los?«

»Ich habe etwas gehört. Aber Gott sei Dank keinen Elch, denke ich.« Als sie an einem Morgen, nicht lange nachdem sie das Haus gekauft hatten, aufgewacht waren, hatten sie einen Elch langsam über den Rasen trampeln und die Blumenbeete beschnuppern sehen. Beeindruckt von seiner Größe, hatten sie vom Schlafzimmerfenster aus beobachtet, wie er graste und dann im Nebel verschwand. »Jedenfalls«, sagte er und klappte den Laptop wieder auf, aber das Bild war eingefroren, Karijns Gesicht aufgebläht und ihr Kiefer in einer Flut von sich überlappenden Quadraten vervielfacht. Robert trommelte mit den Fingern auf den Tisch und wartete, dass sich der Laptop wieder mit dem Internet verband.

»… jetzt hören?« Karijns Stimme kehrte ein paar Sekunden vor dem Bild zurück.

»Okay, schnell, bevor du wieder weg bist«, sagte Robert. »Ich weiß nicht, wie viel von dem, was Patrick mir erzählt hat, Blödsinn ist, aber er hat mich auf eine Idee gebracht.«

»Also triffst du dich wieder mit ihm?«

Robert zögerte. »Ich glaube nicht – ist jedenfalls nicht geplant. Meinst du, ich sollte?«

»Wenn du seine Geschichte willst.«

»Vielleicht«, sagte er. »Aber genau das sollte ich doch eigentlich können: mir Sachen ausdenken, oder?«

»Aber du willst doch über das schreiben, was ihm passiert ist, oder nicht?«

»Was ihm angeblich passiert ist, ja.«

Karijn rieb sich das Auge. »Ich bin müde, Rob. Die Mädchen waren heute Abend echt Mistkäfer.«

»Tut mir leid.«

»Vielleicht kapiere ich das nicht richtig«, sagte sie. »Was dieser Typ ...«

»Patrick.«

»... dieser Patrick-Typ erlebt und dir anvertraut hat, willst du als Grundlage für eine Geschichte verwenden?«

»Ja, für einen Roman.«

»Das musst du ihm erzählen, Rob. Natürlich musst du das. Wie stellst du dir das denn vor?«

Hinter seinen Augen wurde es heiß und schwer, so schwer, dass sein Kopf beinahe auf den Tisch sank. Das spürte er immer, wenn Karijn so mit ihm sprach. Wieder war ein Knacken zu hören, gefolgt von einem Geräusch, als würde etwas ins Wasser eintauchen. Er spähte in die Dunkelheit; die Unterbrechung ließ seinem Ärger Zeit, sich zu legen. »Du hast recht«, war alles, was er dazu sagte. »Ich werde mit ihm sprechen.«

Sie nickte. »Damit wirst du dich wohler fühlen, versprochen.« Sie gähnte. »Ach du Scheiße, bin ich müde. Ich muss ins Bett.«

Ihr Gähnen war ansteckend. Er warf ihr einen Luftkuss zu, und sie beendeten den Anruf. Er stand auf, streckte sich und gähnte noch einmal. Er konnte den See spüren, und er konnte hören, wie das Wasser gegen den Anleger klatschte, aber sehen konnte er nur hin und wieder in einer kleinen Welle die Spiegelung eines Autoscheinwerfers in der Ferne und, im Osten, die Lichter der Häuser, die als zackige, weiße Linien auf der Wasseroberfläche tanzten. Er drehte sich um und sah ins Haus: dunkel, bis auf die Leuchte über der Arbeitsplatte. Einen Moment lang fühlte er sich ungeschützt, zu sichtbar, als würde er beobachtet werden. Er lachte über die kindische Angst. »Einsam, so einsam!«, rief er in die Nacht. »Einsam bin ich auf der Höhe!« Anstatt hineinzugehen, setzte er sich wieder an den Tisch und öffnete das E-Mail-Postfach. Ich habe darüber nachgedacht, was du mir beim Abendessen erzählt hast, schrieb er. Ich glaube, du hast eine spannende Geschichte zu erzählen. Wenn du Lust hast, würde ich mich sehr gern noch mal mit dir unterhalten. Er las, was er geschrieben hatte. Er löschte alles und tippte: Das mag jetzt anmaßend klingen, aber ich dachte, vielleicht kennst du nicht so viele in der Stadt und kannst einen Freund gebrauchen? Melde dich, wenn du Lust auf ein Treffen hast. Und falls nicht, sag einfach, dass ich dich in Ruhe lassen soll!

Am nächsten Morgen, bevor es richtig hell war, arbeitete Robert schon draußen, noch im Schlafanzug, aber mit Mantel, Schal und Mütze. Er schrieb die Erzählung ein letztes Mal auf, von Anfang bis Ende, und nahm dabei Korrekturen und Ergänzungen vor. Als er fertig war, klappte er sein Notizbuch zu, stand auf, streckte sich, zog den Mantel aus, dann Pullover und T-Shirt, streifte die Pyjamahose ab und ging hinunter zur Anlegestelle. Die Sonne war aufgegangen, aber der Tag war düster. Aschiger Nebel hing über dem See. Von der schneidend kalten Luft bekam er Gänsehaut. Er ging bis zum Ende des Anlegers, dann noch einen Schritt, tauchte in das kalte, dunkle Wasser und strampelte zurück an die Oberfläche. Er stieß hindurch und keuchte vom Schock, sein Verstand kristallklar, und ein paar wenige – zu wenige – perfekte Momente lang war es, als würde er überhaupt nicht existieren.

In Berlin kam die Sonne heraus, und als Robert von Schönefeld aus anrief, erzählte Karijn, dass sie sich gerade fertig machten, weil sie mit Heidi und ihrer Tochter im Mauerpark verabredet waren. Er brachte seine Tasche in die Wohnung, machte sich ebenfalls auf den Weg dorthin und genoss die immer noch warme Luft.

»Pappa!«, rief Nora, während sie über den Spielplatz angerannt kam. Sie hatten Tage, vielleicht sogar Wochen hier verbracht, erst auf den Schaukeln, dann auf dem Klettergerüst und neuerdings an der großen Piratengaleone aus Holz, die auf einem Meer aus grünem Gummigranulat segelte. Einen riesigen Sandkasten gab es auch: eine verlassene Ausgrabungsstätte, in der halb verbuddelt alte Tretroller, kaputte Actionfiguren und Plastikschaufeln verstreut waren.

Sonja rief von den Schaukeln: »Guck mal, Pappa, Annie ist hier!« Sonja verehrte Heidis Tochter, die achtzehn Monate älter war als sie. Sonja jauchzte, als Annie sie kräftig anschubste. Ein paar Meter von den Schaukeln entfernt unterhielten sich Karijn und Heidi. Sie war eine von den Leuten, mit denen sich Robert damals in den Berliner Clubs angefreundet hatte, was ihm von Zeit zu Zeit immer noch seltsam vorkam – jetzt war ihr Leben so völlig anders. Die Frauen winkten, als er auf sie zuging.

»Schön, dass du da bist«, sagte Karijn und drückte ihn fest.

Auch Heidi umarmte ihn. »Wir sind so alt geworden, Robert«, sagte sie. »Das habe ich gerade zu Karijn gesagt. Ich fühle mich wie eine Oma.«

»Du bist nicht mal vierzig«, sagte Robert.

Sie schnappte empört nach Luft. »Es ist vorbei. Die Kinder haben mich erledigt.«

Für Heidi ging immer etwas zu Ende. Robert erinnerte sich an ihren dreißigsten Geburtstag, ein apokalyptisches Ereignis, dem mehrere ausschweifende wochenendfüllende Partys gewidmet waren, und an ihre erste Schwangerschaft, während der sie ständig vorausgesagt hatte, dass sie nie wieder ausgehen und von all ihren Freunden vergessen werden würde. Jetzt musste er sich bei jedem Treffen mindestens einen Kommentar darüber anhören, dass sie auf die vierzig zuging. Ihrer Ansicht nach stand auch Berlin ständig kurz vor einer Veränderung, von der sich die Stadt nicht mehr erholen würde. Als er und Karijn sich für den Umzug entschieden hatten und dabei waren, sich einen Bezirk auszusuchen, erzählte er Heidi, wie sehr ihm die Spaziergänge durch den Kollwitzkiez gefallen hatten. Sie lachte bitter. »Früher war Prenzlberg meine Gegend«, sagte sie und tippte sich auf die Brust. »Jetzt ist das hier Klein-Schwaben. Die wollen Berlin, aber Berlin ist ihnen zu dreckig, zu abgedreht, also heißt es ›Ruhe bitte, heben Sie bitte Ihren Müll auf‹. Sollen die sich doch wieder nach Augsburg verpissen.«

Robert hatte gelacht, aber er bedauerte es, an der Entwicklung beteiligt zu sein, die wohlhabende Leute aus dem Süden in den Norden lockte und die Viertel immer verschlafener werden ließ: noch ein weiterer Zugezogener, der

81

keine Lust auf dreitägige Partys in seinem Keller hatte. Wie viele, die seit der Jahrtausendwende nach Berlin gekommen waren, wollte er, dass die Stadt so blieb, wie er sie kannte und liebte, aber nicht in seinem Kiez. Im Mauerpark war das nicht anders: Er sah gern zugedröhnte Clubgänger ausgestreckt auf dem Gras, aber der Rauch ihrer Joints sollte bitte nicht über den regenbogenfarbenen Zaun auf den Kinderspielplatz ziehen.

»Wo ist Otto?«, fragte er Heidi.

»Frank hat ihn mit zum Handballtraining genommen. Er versucht, jemanden in der Familie dafür zu begeistern.«

»Mama!«, rief Annie. Sie stand hinten in der Ecke des Spielplatzes an der Stelle des Zauns, an der er auf eine bröckelnde Steinmauer traf. Sie winkte hektisch und grinste aufgeregt. »Ich komme«, rief Heidi zurück.

Sonja wollte vorbeilaufen, und Robert ging in die Hocke, um sie mit ausgestrecktem Arm abzufangen. »Hast du den Pappa vermisst?«, fragte er und drückte sie fest, während sie sich wand, um sich aus der Umarmung zu befreien.

»Lass mich los«, schrie Sonja.

»Hast du mich denn gar nicht vermisst?«, fragte Robert gespielt empört und grub ihr seine Finger zwischen Rippen und Hüfte in die Seite.

»Lass. Mich. Los!«, kreischte Sonja ihm ins Ohr.

»Herrgott noch mal!« Er ließ den Arm sinken. Sofort rannte Sonja zu Annie. »Meine Fresse«, sagte er.

»Robert.« Karijn legte ihm die Hand auf die Schulter.

»Die haben jetzt schon die Schnauze voll von mir.«

»Sei doch nicht so.«

»War doch nur ein Witz«, sagte er, aber mit tonloser, wenig überzeugender Stimme. Er war erschöpft. Der Spielplatz war erfüllt von schrillem Geschrei. Er dachte an das gedämpfte Prasseln des Regens im Wald. »Die werden mich schon noch vermissen, wenn ich mal nicht mehr da bin«, sagte er mit gespielter Heiterkeit. »Wenn nur noch meine gesammelten Werke sie an mich erinnern.«

»Klingt, als würden die von Tag zu Tag mehr werden«, sagte Karijn.

»Nicht, dass sich jemand dafür interessieren würde.«

»Ich schon.«

»Danke, älskling, ich weiß. Aber es wäre schon gut, wenn sich auch Leute dafür interessieren würden, die nicht mit mir verheiratet sind.«

»Es wäre schon gut, wenn die Frau, mit der du verheiratet bist, nicht das Gefühl hätte, drei Kinder großzuziehen«, sagte Karijn mit gepresster Stimme. »Schreib, schreib nicht, aber verschone uns bloß mit deinem Selbstmitleid. Geht das? Schaffst du es, ein bisschen Zeit mit uns zu verbringen, bevor du mir, mal wieder, sagst, was für eine Katastrophe dein Leben ist?«

»Okay.« Er wollte noch etwas sagen, brachte es aber nicht fertig. Stattdessen nickte er in Richtung der Mädchen und Heidi, die vor der Mauer kauerten. »Was haben die gefunden?« Sie gingen zusammen hin. »Wie läuft es in der Werkstatt?«, fragte er.

»Gut. Uti lässt mich als Subunternehmerin für ein paar ihrer Kunden arbeiten. Es ist superstressig. Aber ich«, sagte sie und drehte sich zu ihm, um ihn anzusehen, »lasse mich davon nicht so leicht verunsichern.« Sie streckte ihm die Zunge raus.

»Die Botschaft ist angekommen«, sagte er. Er blieb stehen und sah hinunter. Seine Töchter, Annie und Heidi tuschelten miteinander. »Was habt ihr denn gefunden?«, fragte er.

Heidi stand auf und legte den Blick auf ein langes, starres Stück Fell frei, von dem vier grellrosa Pfoten abstanden. »Tote Ratte«, sagte sie.

An dem Abend antwortete Patrick. Mit weißem Rauschen auf dem Kopfhörer lümmelte Robert auf dem Sofa und versuchte zu lesen, aber er wurde immer wieder von der düsteren deutschen Fernsehserie abgelenkt, die Karijn sich ansah. Sie hatte etwas mit Zeitreisen zu tun oder mit parallelen Dimensionen. Permanent liefen die Figuren alternativen Versionen von sich über den Weg, und den größten Teil der Zeit verbrachten sie damit, verdutzt zu gucken. Sein Handy, das mit dem Display nach unten neben ihm auf der Couch lag, vibrierte. An den Kanten sah er es aufleuchten. Er nahm es in die Hand und kniff die Augen zusammen, weil das Display zu grell war. Beim Lesen stellte er es mit dem Daumen dunkler.

Treffen klingt gut. Bin bis nächste Woche nicht in der Stadt. Dienstag? Ich überleg mir noch, wo.

»Er will sich treffen«, sagte Robert, richtete sich mühsam auf und hielt Karijn das Handy hin. Sie schob seine Hand weg und schielte aufs Display – im letzten Jahr war sie weitsichtig

84

geworden, und ihn überraschte es immer noch, wenn er ihr etwas zeigte und sie es auf Armlänge weghielt.

»Du siehst aus wie eine empörte Großtante«, sagte Robert.

»Das wäre bestimmt lustig, wenn ich wüsste, wovon du sprichst«, murmelte sie, die Aufmerksamkeit auf die E-Mail gerichtet. »Ah! Dein verrückter Kumpel. Wie schön.«

Robert drückte auf Antworten. Super. Bis nächste Woche.

Am Mittwochmorgen hatte Robert den Radioauftrag so weit fertig, dass er ihn Sally schicken konnte. Danach verging die Woche nur langsam. Es wurde kälter. Außer sich auf einen eintägigen Workshop vorzubereiten, den er am Samstag leiten würde, hatte er kaum etwas zu tun. Gern hätte er abgesagt – Workshops fand er anstrengend, und Leuten, die etwas schreiben wollten, die nötige positive Einstellung zu vermitteln, fiel ihm zunehmend schwer –, aber er konnte nicht auf das Geld verzichten. Er war dankbar, dass sie aufgrund der Mietpreisbindung für die Wohnung immer noch sechshundert Euro zahlten, genau wie 2012, und im Moment verdiente Karijn genug, um sie über Wasser zu halten. Aber sie hatten auch die Hypothek auf das Sommerhaus, und Robert war klar, dass er sich eine andere Einkommensquelle suchen musste, falls sich nicht bald etwas änderte. In London hatte er fast zehn Jahre lang als Texter gearbeitet. Damit wollte er nicht wieder anfangen, aber wenn er den Roman nicht liefern konnte, hätte er keine Wahl.

In der Mittagspause des Workshops ging Robert spazieren. Er wollte sich eine Schachtel Zigaretten holen. Der Veran-

staltungsraum war in einem stickigen Keller in Charlottenburg, ganz in der Nähe des Ku'damms. Er kam aus einem
Späti, da sah er Patrick auf der anderen Straßenseite hinter
dem dicken Stamm einer alten Platane verschwinden. Als er
wieder auftauchte, rief Robert nach ihm, aber Patrick lief
weiter. Robert folgte ihm Richtung Ku'damm. Er ging
schnell, um Patrick einzuholen. Während sich der Abstand
zwischen ihnen verringerte, fiel Robert ein, dass Patrick gesagt hatte, er sei erst nächste Woche wieder in der Stadt. Also
was tat er dann hier? Mit gesenktem Kopf eilte Patrick weiter, die Hände in den Taschen seiner schwarzen Bomber-
jacke. Vielleicht hatten sich seine Pläne geändert, aber auf
einmal war Robert überzeugt, dass Patrick ihn angelogen
hatte. Als er ihm folgte, spürte er denselben intensiven,
sonderbaren Nervenkitzel, den er als Kind beim Versteck-
spielen empfunden hatte – gleichzeitig genoss und fürchtete
er die Vorstellung, jeden Moment, wenn Patrick sich nur
umdrehen würde, erwischt werden zu können. Er zog das
Tempo an, als Patrick auf den Ku'damm abbog – in den wenigen Sekunden, in denen er außer Sichtweite war, fühlte
Robert Panik in sich aufsteigen. Er betrat einen Gehweg, auf
dem es von Leuten wimmelte, die einen Einkaufsbummel
machten; verzweifelt suchte er die Menge ab und fand Patrick etwas weiter vorne. Robert rannte ein Stück und schloss
bis auf wenige Meter zu ihm auf. Als Patrick an einer Kreuzung anhielt und wartete, duckte sich Robert unter die Mar-
kise eines Lebensmittelgeschäfts und beobachtete ihn. Ein
Teil von ihm wollte, dass Patrick sich umdrehte und ihn entdeckte, weil das die Spannung lösen würde, die sich seit Be-

ginn der Verfolgung in ihm aufgebaut hatte. Zugleich verschaffte es Robert ein Gefühl von Macht, dass Patrick nichts mitbekam, so als hätte er ihn unter Kontrolle. Als die Ampel umschaltete, hatte sich eine Menschenmenge an der Kreuzung angesammelt. Robert sah Patricks Kopf im Getümmel, aber als Robert den Bordstein erreichte, war die Ampel schon wieder auf Rot, und ein Bus rollte vorbei und versperrte ihm die Sicht. Er trat auf die Straße, und das schrille Hupen eines Motorrollers ließ ihn zurück auf den Gehweg stolpern. Als die Ampel wieder auf Grün schaltete, rannte er über die Straße, sah nach links und rechts, aber Patrick war weg.

Am Montagabend kam wieder eine E-Mail an: Sowjetisches Ehrenmal Treptower Park 10:00 Uhr. Bitte komm allein. »Meine Güte«, murmelte Robert. Er wusste nicht, ob er ernst bleiben könnte, wenn Patrick weiter einen auf Le Carré machte. Er war sich nicht einmal sicher, ob er sich überhaupt mit ihm treffen sollte.

Aber am Dienstagmorgen, die Sonne ein weißer Fleck hinter der grauen Wolkendecke, ging Robert zur Schönhauser Allee und fuhr mit der S-Bahn zum Treptower Park. Im Zug überprüfte er den Akku seines Diktiergeräts. Falls ihm das heimlich gelingen sollte, wollte er Patrick aufnehmen. Nach ein paar Haltestellen polterte ein Obdachloser durch die Verbindungstür in Roberts Waggon. Er verkaufte die *Motz*. Er hielt eine kurze Rede und ging durch die Reihen, wobei er sich vor jedem Fahrgast leicht verbeugte und die Zeitung präsentierte. Die Geste kam Robert geradezu höfisch vor. Die meisten ignorierten ihn. »Nein, Entschuldigung«, sagte Robert auf Deutsch, als sich der Mann vor ihm verbeugte. Wortlos ging er weiter und stieg beim nächsten Halt aus.

Vor dem Bahnhof Treptower Park stand Robert vor drei gepflasterten Wegen und entschied sich für den mittleren. Der führte zwar nicht direkt zum Denkmal, aber Robert war ohnehin zwanzig Minuten zu früh. Während er an hochgewachsenen Birken, an Eichen- und Eschengruppen vorbeischlenderte, fragte er sich, warum er bisher noch nie in dem Park gewesen war. Zu seiner Linken lag die Spree. Vor ihm, zwischen den Bäumen, erstreckte sich eine fast verlassene Rasenfläche bis in die Ferne.

Er ging an einem Betonklotz mit blau gefliestem Vorbau vorbei: »Figurentheater« stand auf dem Schild. Die Reklametafel außen am Gebäude zeigte die Umrisse eines Waldes, durch den trollartige Wesen marschierten. Der Weg führte ihn um eine Kurve zu einer stark befahrenen, langen geraden Straße. Sie war von hohen Platanen gesäumt, deren Stämme so blass waren wie Eukalyptus. Auf der anderen Seite der Straße sah er den monumentalen Steinbogen, der den Eingang zum Ehrenmal kennzeichnete.

Robert kam an der Statue einer Frau vorbei, die den Kopf gesenkt hielt und die Faust vor der Brust ballte. Hinter ihr reihten sich schlanke, ehrwürdige Pappeln wie Trauernde an einem Grab. Aus einem der Bäume erhob sich krächzend eine Krähe. Der Weg stieg an. Er war gesäumt von Weißbirken, deren herabhängende Äste die Steinplatten streiften, und endete zwischen zwei riesigen winkelförmigen Wänden aus rotem Granit. Sie sahen aus wie die Flügel eines Engels oder eines gigantischen Tors. Sie öffneten sich hin zu einer Plattform, die das Zentrum der Gedenkstätte überblickte: ein gepflasterter Platz in der Größe eines Fußballfelds mit einer Reihe makelloser rechteckiger Rasenflächen. Auf der anderen Seite führte eine imposante Treppe zu den Füßen eines riesigen sowjetischen Soldaten. Er trug ein Kind im Arm, und in der anderen Hand hielt er ein breites Schwert.

Auf der Brüstung der Plattform saßen zwei Frauen im

Schneidersitz. Sie sahen kurz zu Robert auf, als er an ihnen vorbeiging. Er hörte eine von ihnen sagen: »Ich hab dir doch gesagt: Selbst wenn ich's wüsste, würde ich's dir nicht erzählen.« Sie hatte einen amerikanischen Akzent.

»Und was hat sie gesagt?«, fragte ihre Freundin und zog sich eine angelutschte Haarsträhne aus dem Mund.

Zu beiden Seiten der mittigen Rasenfläche verliefen Reihen weißer Steinblöcke mit Reliefs. Neben mehreren davon standen Bänke. Auf einer saß ein Mann und rauchte. Patrick. Als Robert die Stufen von der Plattform hinabstieg, erscholl von irgendwo hinter den Bäumen der lange tiefe Ton eines Zughorns. Ein Mann schlenderte vorbei, sein Hund lief voraus. Sonst war niemand zu sehen.

Patrick hatte sich für einen passenden Ort entschieden, das musste Robert ihm lassen. Wenn er so tun wollte, als wäre er ein Spion, oder was auch immer das für ein Spiel sein sollte, dann war der Treptower Park dazu bestens geeignet. Während Robert auf ihn zuging, starrte Patrick ihn an. Er blies eine Rauchwolke aus, die zwischen den Ästen der Linde aufstieg, die die Bank überragte. »Guten Morgen«, rief Robert, aber Patrick sah nur in die Richtung, aus der Robert gekommen war, und zog noch einmal an der Zigarette. Robert betrachtete den Steinblock neben sich. Das Relief zeigte eine gestaffelte Reihe sowjetischer Infanteristen, die Gewehre auf Hüfthöhe, Lenins Profil im Himmel über ihnen. »Das ist wie eine Bildergeschichte«, sagte er und setzte sich neben Patrick auf die Bank.

»Das ist ein Sarkophag«, sagte Patrick. »Hier sind fünftausend Soldaten der Roten Armee begraben.«

Patricks Stimme war beinahe tonlos. Robert konnte nicht einschätzen, ob er sauer oder traurig war. »Unglaublich«, sagte er und versuchte, aufrichtig zu klingen. »Ich glaube, das habe ich schon mal irgendwo gelesen. Du warst weg?«

Patrick brummte.

»Wann bist du zurückgekommen?«

»Gestern Abend.«

Robert überlegte, ob er Patrick sagen sollte, dass er ihn vor drei Tagen gesehen hatte. Er hätte gern gewusst, wie er reagierte. Aber Robert genoss das Gefühl, insgeheim mehr zu wissen, als der andere dachte.

»In jeden Sarkophag ist ein Zitat von Stalin eingemeißelt«, sagte Patrick, warf den Zigarettenstummel auf den Boden und sah zu, wie die letzten Rauchfäden davon aufstiegen. »Hast du das auch gelesen?«

Robert wusste nicht, weshalb Patrick so gereizt war. Er wirkte anders als der Mann, den er vor ein paar Wochen kennengelernt hatte. Anstatt zu antworten, holte er Tabak aus seiner Jackentasche und drehte sich eine Zigarette. Als Robert sie anzündete, brach Patrick endlich das Schweigen.

»Ein Bekannter, der lange Zeit in Russland war, meinte, dass sie immer noch Stalin aufarbeiten.« Er steckte sich noch eine Zigarette an. »Er hat gesagt, der Großteil der russischen Geschichte der letzten hundert Jahre ist entweder ein Mythos oder eine Lüge. Wenn irgendwas nicht zusammenpasst, dann lassen sie sich einfach was einfallen. Bei Putin ist der Unterschied, dass er sich gar nicht die Mühe macht, es so aussehen zu lassen, als wäre es nicht ausgedacht. Da wird ein Mann an einem Baum hängend gefunden, ein anderer wird vergiftet, ein Passagierflugzeug wird vom Himmel geschossen, ganz egal – alles wird in die Geschichte eingebaut. Einmarschierende russische Soldaten sind ›grüne Männchen‹ unbekannter Herkunft, Attentäter sind Touristen, Journalisten sind Staatsfeinde. ›Eine Fantasiewelt auf nationaler Ebene‹, so nennt das mein Freund. Keine überprüfbare Wahrheit, nur konkurrierende Versionen der Wirklichkeit.«

»Was Wanjaschin passiert ist, und dir ... das muss sehr schwer sein«, sagte Robert.

Patrick blies auf die Zigarettenspitze, die Glut glimmte auf. »Was interessiert dich das?«

Der Hundeausführer war weg. Genau wie die Frauen auf der Brüstung. Robert und Patrick waren allein, die Wolke über ihnen dick und regungslos. Die Luft war kühl. Zum ersten Mal in dem Jahr spürte Robert, dass der Herbst kam. Trotz Mantel zog er die Schultern hoch und rutschte näher zu Patrick. »Ich dachte nur, du willst vielleicht darüber sprechen«, sagte er. »Wenn ich das hätte durchmachen müssen, wäre ich komplett durch den Wind. Das ist heftig, richtig heftig. Aber wie gesagt, falls ich zu aufdringlich bin ...«

»Ich weiß das Angebot zu schätzen«, sagte Patrick. »Ehrlich. Aber ich glaube, am klügsten wäre es, überhaupt nicht darüber zu reden. Ich hätte dir gar nicht erst davon erzählen sollen.« Er warf die Zigarette auf den Boden, wo sie neben der vorherigen landete.

»Zu spät«, sagte Robert lächelnd. Er war sich nicht sicher, ob Patricks mangelnde Redebereitschaft eher dafür sprach, dass die Geschichte erfunden oder dass sie echt war. Hatte er gelogen, um interessanter zu wirken, und wollte jetzt, da er damit konfrontiert wurde, zurückrudern? »Hör mal, ich versteh das«, sagte Robert. »Ich denke nur ständig an etwas, das Karijn immer zu mir sagt.«

»Deine Frau«, sagte Patrick zerstreut und richtete sich auf der Bank auf. Es sah aus, als wollte er jeden Moment gehen.

Robert legte Patrick eine Hand auf den Arm. »Hör zu«, sagte er. »Wenn ich richtig gestresst bin, was oft vorkommt, muss sie mich immer daran erinnern, darüber zu sprechen, was mich beschäftigt. Das will ich nie, aber sie bringt mich dazu. Und das löst das Problem zwar nicht, aber ...« – er bildete eine Kugel mit den Händen – »... es bekommt eine Form, verstehst du? Und wenn es eine Form hat, wenn es keine gestaltlose Masse mehr ist, dann kann ich, wie sich herausgestellt hat, besser damit umgehen.«

Patrick betrachtete den gepflasterten Boden zu seinen Füßen. Robert war sich sicher, dass es nun vorbei war. Er war überrascht, wie verzweifelt er auf diese Möglichkeit reagierte. Patrick sah hoch, als würde er aufwachen. »Es wird kalt«, sagte er. »Holen wir uns einen Kaffee.«

»Erzähl mir noch mal, wie Wanjaschin dich gefunden hat.«

»Durch einen Kerl namens Tom Allan. Ein alter Studienkollege.«

»Beim letzten Mal hast du was anderes gesagt.«

»Beim letzten Mal wusste ich nicht, ob ich dir trauen kann.«

»Das weißt du jetzt auch nicht«, sagte Robert und grinste.

»Also gut. Da hatte ich noch nicht beschlossen, dir zu vertrauen.«

Sie saßen sich in einer Kunstledernische in einem Café gleich vor dem Park gegenüber. Es war wie ein American Diner eingerichtet. Auf einer pink-gelben Wurlitzer lief eine Doo-Wop-Platte.

»Also, wer ist Tom?«

»Ein harter Kerl. Walisischer Vater, russische Mutter. Jemand, den es sich zu kennen lohnt; clever. Nach der Uni ist er nach Russland gezogen und hat einen Job beim Fernsehen bekommen. Er wollte Dokumentationen drehen. Er ist lange dortgeblieben, über zehn Jahre. Als er zurückkam, haben wir uns getroffen, und er hat mir erzählt, wie verkorkst das war.«

»Was war verkorkst?«

»Das ganze beschissene Land. Er hat Interviews mit Gangstern, Milliardären und Prostituierten geführt. Fürs Reality-TV. Die waren verrückt nach ihm, weil er aus dem Westen war, und Fernsehen machen wie im Westen wollten alle. Er wurde dort zum Überflieger.«

»Warum ist er zurückgekommen?«

Patrick klopfte sich mit einem Zuckertütchen gegen die Finger. »Er war frustriert. Er war gegen Ende von Jelzin und die ersten paar Jahre von Putin dort. Er hat sich zunehmend für Korruption interessiert, solche Geschichten, aber jedes Mal haben ihm seine Vorgesetzten den Hahn zugedreht. Dann hat er versucht, etwas über Terrorismus zu machen, aber da war es das Gleiche. Er war sogar gerade auf dem Weg zum Domodedowo-Flughafen, als der bombardiert wurde. Erinnerst du dich daran?«

»Nein.«

»Ein Selbstmordanschlag, vor drei, vier Jahren. Die ersten

Kameras vor Ort waren die von seinem Team, aber bevor sie was mit den Aufnahmen machen konnten, hat der FSB sie konfisziert. Zu Untersuchungszwecken, hieß es. Er hat sie nie wiedergesehen. Und da hat's ihm gereicht.«

»Woher kannte er Wanjaschin?«

»Er hat einen Film über Frauen gedreht, die als so etwas wie High-Class-Escorts gearbeitet haben. Die waren immer in bestimmten Moskauer Bars und Clubs unterwegs, auf der Suche nach ›Forbesianern‹. So nannten sie die Millionäre, die Oligarchen oder was auch immer. Jedenfalls hat Tom in so einem Lokal Sergej kennengelernt.«

»Auf Damensuche?«

»Vermutlich. Sie verstanden sich auf Anhieb, haben sich lange unterhalten, und dann hat Sergej zu Tom gesagt: ›Wenn in deiner Sendung irgendwas über mich auftaucht, brech ich dir die Beine.‹«

»War das sein Ernst?«

»Tom hat ihm das jedenfalls geglaubt. Aber Sergej hat ihn mit ein paar anderen Leuten zusammengebracht, die kein Problem damit hatten, vor die Kamera zu treten, und danach sind sie in Kontakt geblieben. Als Sergej nach London kam, hat er sich bei Tom gemeldet – Tom war noch in Russland – und ihn hier und da nach Rat gefragt.«

»Zum Beispiel, wen man bestechen muss, um einen Asylantrag bewilligt zu bekommen?«

Einen Moment lang sah Patrick unsicher aus, dann lächelte er. »Gut gemerkt. Ja, ich denke, da hat Tom tatsächlich nachgeholfen. Und als er zurück ins Vereinigte Königreich kam, hat Sergej ihn engagiert.«

»Als was?«

»Problemlöser, Berater. Er hat weiterhin Filme gemacht – Promovideos für ein paar von Wanjaschins Firmen, mehrere Kurzfilmdokus für YouTube. Wanjaschin hat sich gern mit vielen Leuten umgeben, die unterschiedliche Fähigkeiten hatten. Er hat allen Vorschüsse gezahlt, damit er sie immer auf Abruf hatte. In der Regel hat er sich eine Woche oder einen Monat obsessiv mit etwas beschäftigt, es dann für etwas anderes fallen gelassen, und einen Monat später ist er dann wieder darauf zurückgekommen, oder nach einem Jahr oder was weiß ich. Wenn er gerade keine Verwendung für dich hatte, konntest du machen, was du wolltest, aber wenn er mit den Fingern schnipste, musstest du da sein.«

»Warum hat er keinen russischen Autor beauftragt?«

»Na ja, überleg doch mal. Ihm war klar, dass die Chance, das Buch in Russland zu veröffentlichen, gegen null ging. Er wollte die Leute dort erreichen, aber er wusste, dass er mehr Schaden anrichten konnte, wenn er die Geschichte im Westen erzählte. Gerade lief die Browder-Sache, der Magnitsky Act.« Patrick sah Robert an, als wäre das selbsterklärend.

»Das sagt mir nichts«, antwortete Robert.

»Sergej Magnitsky war Wirtschaftsprüfer und hat für diesen Amerikaner gearbeitet, Bill Browder, der eine riesige Fondsgesellschaft in Russland geleitet hat.« Patrick klang müde, als hätte er gehofft, das alles nie wieder erklären zu müssen. Das hinterließ bei Robert den seltsamen Eindruck, er würde einen auswendig gelernten Text aufsagen. »Die Regierung hat Browders Gesellschaft beschlagnahmt – so etwas machen die ständig –, und Magnitsky wurde festgenommen.

Man hat ihn verprügelt, er wurde krank und nicht angemessen medizinisch versorgt und ist im Gefängnis gestorben. Seitdem setzt sich Browder dafür ein, dass die Menschen, die seiner Meinung nach dafür verantwortlich sind, bestraft werden. Der Magnitsky Act verbietet es russischen Beamten, die gegen die Menschenrechte verstoßen haben, in die Vereinigten Staaten einzureisen oder deren Bankensystem zu nutzen. Das Gesetz wurde vor ein paar Jahren in den USA verabschiedet.«

»Dann können sie eben keine amerikanischen Banken nutzen, na und?«

Patrick runzelte die Stirn. »Aber genau darum geht es doch. Putins Leute nehmen Milliarden aus der Wirtschaft und lassen sie durch Zypern oder die Britischen Jungferninseln oder durch Panama laufen, und mit dem gewaschenen Geld kaufen sie Immobilien in Knightsbridge oder Manhatten. Oder hier in Mitte«, sagte er und klopfte auf den Resopaltisch. »Browder glaubt, diese Leute muss man da treffen, wo es ihnen wirklich wehtut – auf ihrem Bankkonto und indem ihnen der Zugang zu ihren Châteaus und Penthouses versperrt wird.«

»Und was denkst du?«

»Ich denke, dass er recht hat.«

»Und darum geht es in Wanjaschins Buch?«

»Nein«, sagte Patrick und schüttelte den Kopf. »Nicht … also, vielleicht im Ansatz, aber wir haben nie explizit …«

Robert betrachtete Patrick, der Schwierigkeiten hatte, den Satz zu beenden. Erstaunlich, wie unsicher er schien, was den Inhalt des Buchs betraf.

97

»Es ist schwer, das genau zu sagen«, erklärte Patrick schließlich. »Jeden Monat hat er seine Meinung geändert. Aber ja, er wollte die Regierung dafür anprangern, dass sie das eigene Land ausplünderte. Und auf jeden Fall wollte er dem großen Mann schaden.«

»Er hat sich keine Gedanken darüber gemacht, was das bedeuten würde?«

Patrick lächelte. »Bei unserem ersten Treffen hat er zu mir gesagt: ›Das Buch wird eine Klinge, und ich will sie Putin in den Arsch rammen bis auf Anschlag.‹«

»Wo hast du ihn kennengelernt?«

»In seinem Haus. Vor drei Jahren.« Er nahm einen Schluck Kaffee. »Fast auf den Tag genau. Kaum zu glauben, dass es schon so lange her ist.«

In der Holland Park Avenue war er aus der U-Bahn gestiegen, hatte die stark befahrene Straße überquert und ging eine steile, schmale Seitengasse hinauf. Die Häuser dort waren wahrscheinlich Millionen wert, aber sie waren kleine Reihenhäuser, eher schicke Cottages als Villen. Erwartet hatte er etwas deutlich Prächtigeres. Er ging an einem Transporter vorbei, dessen Innenbeleuchtung eingeschaltet war. Der Uniformierte auf dem Fahrersitz fixierte Patrick. Als Patrick den Blick erwiderte, griff der Mann nach oben und schaltete das Licht aus, aber Patrick konnte dennoch vage erkennen, dass er ihm hinterhersah. Seitlich auf dem Transporter stand das Logo »I Security«.

Oben auf dem Hügel, wo die Straße eine scharfe Linkskurve machte, erreichte Patrick ein langes Holztor in einer hohen, mit Efeu bewachsenen Steinmauer. Neben dem Tor stand ein kleiner, stämmiger Mann in schwarzem Anzug und Mantel, der ihm bis zu den Oberschenkeln reichte.

»Kann ich Ihnen helfen, Sir?«, fragte der Mann. Er klang wie ein Franzose.

»Ich bin mit Sergej Wanjaschin verabredet.«

»Ihr Name, Sir?«

»Patrick Unsworth.«

Der Mann sagte Patricks Namen in seine Manschette. Kurz darauf nickte er und wies Patrick zu einem kleineren Tor in der Mauer hinter sich. Er zog seinen Lederhandschuh aus und hielt den Daumen an den Screen, der in den Torpfosten eingelassen war. Aus der Schaltfläche ertönte ein Piepen, und das Tor schwang auf. »Einen angenehmen Abend, Sir.«

»Danke schön«, sagte Patrick und trat durch das Tor auf eine Kieseinfahrt, die wesentlich größer war als vermutet: Sie führte um eine kreisförmige Rasenfläche, in deren Zentrum eine hohe, mit goldenen Lichtern behängte Platane stand. Das Gebäude war mehr Herrenhaus als etwas, das er am Ende einer schmalen Straße in London erwartet hätte. Spots warfen Streifen aus leuchtend weißen Lanzen auf die Fassade. Georgianisch, dachte er, und offenbar ein paar neuere Anbauten. Auf dem Weg zur großen Eingangstür knirschten seine Schritte auf dem Kies. Der flackernde Schein der Laternen links und rechts der Tür warf goldene Lichtkegel auf ihre schwarz glänzende Oberfläche. Bevor er klopfen konnte, schwang die Tür auf. Im Eingangsbereich stand ein kleiner, grauhaariger Mann in schwarzer Hose und weißem Jackett, dessen goldene Knöpfe bis zum Hals geschlossen waren.

»Bitte, treten Sie ein, Sir«, sagte er und machte beim Sprechen eine kleine Verbeugung.

Patrick trat über die Türschwelle, und unschlüssig, wo er hingehen sollte, blieb er stehen. Von der Eingangshalle gingen mehrere Türen ab, aber alle waren geschlossen. Irgendwo im Haus wummerte Musik, und er hörte entferntes Stimmengewirr. Ein Lüster schenkte strahlend goldenes Licht, aber seine dicken Ketten warfen ein Netz aus Schatten auf die Wände, den Läufer zu Patricks Füßen und auf die breite, mit Teppich ausgelegte Treppe vor ihm. Einen Augenblick lang spürte Patrick den kindischen Impuls, von einem Lichtfleck zum nächsten zu hüpfen und dabei den dunklen Bahnen auszuweichen.

»Mr Wanjaschin bittet Sie, im Arbeitszimmer auf ihn zu warten«, sagte der Mann und öffnete eine der Türen in der Eingangshalle. Sie führte in ein mit Büchern bestücktes Zimmer. Spots leuchteten schwach, aber die Hauptlichtquelle war eine Lampe mit grünem Schirm auf dem großen Schreibtisch.

»Darf ich Ihnen etwas zu trinken bringen, Sir? Vielleicht ein Glas Champagner?«

»Danke«, sagte Patrick, obwohl er Champagner nicht mochte. Der Mann – der Butler, vermutete er – schloss die Tür hinter sich. Da Patrick zu nervös war, um sich hinzusetzen, sah er sich die Bücherregale an. Er fand eine Mischung aus russischer und englischer Literatur. Es gab viele Klassiker in modernen Penguin-Ausgaben – Dickens, Kipling, Lawrence, James –, die Buchrücken weitgehend ungeknickt. Weiter unten entdeckte er in einer Ecke eine kleine

Auswahl abgegriffener Urlaubslektüre mit von Sonne und Salzwasser aufgequollenen Seiten.

Patrick ging zum mit Leder ausgelegten Schreibtisch und inspizierte die Bücher, die darauf lagen. Da waren ein Band mit Historien von Shakespeare und ein paar Bücher über Russland. Eins davon, *Der Aufstieg der Oligarchen*, lag aufgeschlagen auf dem Schreibtisch. Auf dem Cover waren mehrere Matroschkas zu sehen. Patrick erkannte Boris Beresowski und Lenin, aber die anderen nicht. Er schlug das Register auf und suchte nach Wanjaschins Namen, allerdings fand er nur einen Eintrag, weit hinten im Buch. Während er zu der Stelle blätterte, schwang die Tür auf, und er ließ das Buch auf den Tisch fallen, als wäre er bei etwas Verbotenem ertappt worden. Der Butler war mit einem kleinen Silbertablett zurückgekommen, auf dem ein einzelnes Glas Champagner stand.

Er ging durch das Zimmer auf Patrick zu. »Mr Wanjaschin bedauert, Sie noch ein wenig länger warten lassen zu müssen. Darf ich Ihnen noch etwas anbieten? Vielleicht etwas zu essen?«

»Nein«, sagte Patrick und nahm den Champagner. »Der hier reicht, danke ... äh ...«

»Sie können mich Ted nennen, Sir.«

»Ted. Danke.«

Als Patrick wieder allein war, nahm er *Der Aufstieg der Oligarchen* und suchte die richtige Seite. *Ferner legte der Kreml unter anderem auch dem Düngemittelmagnat Igor Makarowitsch und dem aufstrebenden Medientycoon Sergej Wanjaschin Daumenschrauben an, dessen Radiosender*

101

Stimme Moskaus *mit kritischen – sprich: wahrheitsgetreuen –
Berichten über das* Kursk-*Unglück und, kurz vor seiner
Flucht aus dem Land, über die Geiselnahme im Dubrowka-
Theater den Zorn von Amtsträgern auf sich gezogen hatte.*
Das war's. Er legte das Buch weg und nahm ein anderes in
die Hand: *Der Gallische Krieg* von Cäsar. Er ging zu einem
gelbbraunen Samtsofa, trank einen großen Schluck Champagner und schlug das Buch auf einer beliebigen Seite auf.
Cäsar verlangte Getreide von ein paar Leuten, den Häduern,
aber eines der mächtigsten Mitglieder des Stammes wollte es
ihm nicht geben. Als Cäsar herausfand, um wen es sich han-
delte, rechnete Patrick damit, dass er den Aufständischen
hinrichten lassen und das Getreide an sich nehmen würde,
aber stattdessen hielt er mehrere Versammlungen ab und
löste das Problem auf diplomatische Weise. In einer Fußnote
des Herausgebers wurde jedoch erklärt, dass der Aufstän-
dische gefangen genommen wurde, ein paar Jahre später in
Rom in einem Triumphzug mitmarschierte und schließlich
»still und leise hingerichtet wurde, abseits der Öffentlichkeit,
auf typisch römische Art«. Patrick stellte das leere Glas auf
einen niedrigen Tisch neben dem Sofa. Er gähnte und streckte
sich. Er könnte hier auf der Couch einschlafen. Sie war be-
quemer als sein Bett. Und fast so groß war sie auch. Sein
Handy vibrierte, eine Nachricht von Tom: Schon da? Bevor
er antworten konnte, ging die Tür erneut auf. »Ted!«, rief er.
Vom Champagner war er gelöster.

»Mr Wanjaschin empfängt Sie nun. Wenn Sie mir folgen
würden.«

Patrick ließ sich von Ted durch die Eingangshalle und

einen Durchgang unter der Treppe führen. Als sie durch eine Tür in einen mit dickem Teppich ausgelegten Flur traten, wurde die Tanzmusik, die er beim Betreten des Hauses gehört hatte, immer lauter und schließlich ohrenbetäubend, als Ted die Tür zu einer riesigen, überfüllten Küche öffnete. Männer und Frauen standen um eine große Kochinsel aus Granit, die von Flaschen, Zigarettenschachteln und zerrissenen Folienhülsen von Champagner übersät war. Menschen jeden Alters waren vertreten, aber Patrick hatte den Eindruck, dass die Männer eher älter und die Frauen eher jünger waren. Sie streckten den Hals, um sich gegenseitig ins Ohr zu quatschen, oder standen sich gegenüber und brüllten, um die Musik zu übertönen. Auf einer freien Fläche hinter ihnen tanzten fünf oder sechs große, extrem dünne Frauen in kurzen schwarzen Kleidern. Sie sahen sehr jung aus, dachte Patrick. Vielleicht noch keine zwanzig. Die hintere Wand des Raums bestand vollständig aus Glas, in dessen Tiefe geisterhafte Doppelgängerinnen der Frauen tanzten.

Patrick hörte jemanden seinen Namen rufen, und da drängte sich auch schon Tom durch die Menge zu ihm. Er schloss Patrick in eine überschwängliche Umarmung. Der Alkoholgeruch, den er ausströmte, war so intensiv, dass Patrick kurz dachte, es sei Eau de Cologne. Tom ließ ihn los, trat einen Schritt zurück und drehte sich zur Kochinsel. Patrick stellte fest, dass Ted verschwunden war. Vorsichtig, wobei er mit dicken Fingern das Glas von oben griff, reichte Tom Patrick einen Wodka-Shot. »Für mich nichts, danke«, rief Patrick.

»Was ist denn bei dir kaputt?«, brüllte Tom zurück. »Klar trinkst du einen mit!«

Patrick nahm das Glas, kippte sich das kühle Getränk in den Rachen und schüttelte sich.

»Willkommen in Russland!«, rief Tom. Er hob die Arme über den Kopf und wackelte mit der Hüfte im weitesten Sinne zur Musik. Als das nächste Lied anfing, johlte neben ihnen eine Frau in Trägertop und Hotpants und streckte die Faust in die Luft.

»Wo ist Wanjaschin?«, fragte Patrick, aber Tom ging nicht darauf ein. Mit geschlossenen Augen bewegte er die Lippen zu den russischen Lyrics. Patrick packte ihn an der Schulter. »Wo ist Wanjaschin?«, sagte er ihm ins Ohr.

Einen Moment lang sah Tom Patrick an, als wollte er ihn fragen, wer er sei, doch dann wurde sein Blick klarer, und er lachte bellend auf. »Komm mit, ich bring dich zu ihm.«

Tom pflügte sich durch das Gedränge und zog Patrick hinter sich her. Als sie an der Tanzfläche vorbeigingen, hatte sich ein Mann in einem dunklen, bis zum Bauchnabel aufgeknöpften Seidenhemd zu den jungen Frauen gesellt und tanzte ihnen mit dem Becken voran entgegen, er schnipste im Takt, die Arme wie zu einer Umarmung ausgebreitet. Eine der Frauen hörte auf zu tanzen und lehnte sich an den langen Tisch, auf dem Platten mit Speisen standen: ganze gegrillte Fische, aufgehäufte Salate, Aufschnitt und glänzend schwarze Hügel Kaviar. »Hast du Hunger?«, brüllte Tom, während er eine Tür öffnete, die aus der Küche hinausführte.

Patrick schüttelte den Kopf und folgte Tom in einen weiß getünchten Gang, der eher nach Dienstbotentrakt aussah

104

und nicht, als würde er zum offiziellen Teil des Hauses gehören. Patrick schloss die Tür hinter sich. Kaum war sie zu, waren die Geräusche aus der Küche kaum noch zu hören.

Tom lächelte. »Schalldicht«, sagte er. »Sergej hat das Haus komplett auseinandergenommen und von Grund auf neu aufgebaut. Warte, bis du sein Zelt siehst.«

»Zelt?«, fragte Patrick, aber Tom, der vorausging, schien ihn nicht zu hören. Der Gang machte einen Knick nach rechts und endete vor einer Treppe, die hinabführte.

»Bevor ich's vergesse«, sagte Tom, »rauchst du noch?«

»Ja, klar«, antwortete Patrick und griff nach seinen Zigaretten.

»Aber bloß nicht, wenn Sergej dabei ist«, sagte Tom und schob die Schachtel weg. »Er kann das nicht leiden, was echt schräg ist für einen Russen. Er wollte es verbieten, aber er kennt zu viele Kettenraucher – Beresowski war stinksauer, als er davon gehört hat. Der Kompromiss ist jetzt, dass keiner im Umkreis von fünf Metern um ihn raucht.«

»Nicht mal Beresowski?«

»Keiner außer Boris Abramowitsch Beresowski. Und nun«, sagte Tom und stieg die Stufen hinab, »willkommen im Bunker.«

Während Patrick Tom folgte, konzentrierte er sich auf seinen Atem. Er hatte ein geschäftliches Meeting erwartet, kein Labyrinth unter einer Hausparty. Am Fuß der Treppe führte ein kurzer Flur zu einer Tür. Tom drückte auf einen Knopf, und einen Augenblick später öffnete sie sich mit einem Klicken. Sie betraten einen gedämpften, mit dicken Teppichen ausgelegten Vorraum. Vor ihnen war eine weitere geschlossene Tür und daneben ein Mensch, der vom Anzug bis zum Kiefer genauso aussah wie der Securitymann am Eingangstor. Einen Moment lang herrschte Stille, als wollte niemand als Erster das Wort ergreifen.

»Oh Mann.« Tom seufzte matt. »Tom Allan und Patrick Unsworth. Verabredet mit Mr Wanjaschin.«

»Heben Sie bitte die Arme, Mr Allan«, sagte der Mann. Er tastete Toms Arme ab, dann seinen Rumpf. Als er in die Hocke ging, um die beiden Hosenbeine zu kontrollieren, drehte Tom sich um. »Der Typ sieht mich ständig. Das letzte Mal vor einer Stunde, und trotzdem müssen wir diesen Mist jedes Mal machen.«

»Mr Unsworth«, sagte der Mann und wiederholte das Prozedere. Bei Patricks Jackentasche hielt er inne. »Was ist das?«

»Ein Diktafon«, sagte Patrick. »Ein Diktiergerät.«

Der Mann machte einen Schritt zurück und hielt ihm die Hand hin. »Würden Sie das bitte entfernen?«

Patrick nahm das Tonbandgerät aus der Tasche und gab es ihm.

»Sie erhalten es zurück, wenn Sie gehen«, sagte der Mann. Er gab Patrick zu verstehen, die Arme wieder zu heben, trat vor und filzte ihn fertig. »Danke, Gentlemen«, sagte er und stand auf. Er drehte sich um und legte den Daumen auf ein Bedienfeld neben der Tür. Es piepte, und die Tür schwang auf.

Patrick folgte Tom in einen Raum, der eher wie ein Zelt aussah. Die Wände waren mit rostrotem Stoff verhängt, der in gewölbten Bahnen von den Ecken zur Mitte der Decke verlief. Ihm war, als stünde er in einem kleinen Zirkuszelt. Der Boden war mit Tierfellen bedeckt, und im Zentrum des Zimmers waren in einem Kreis niedrige Sofas aufgestellt, auf denen sich drei Männer zurücklehnten; alle drei trugen Hemden, Anzughosen und Samtslipper. Einer von ihnen, dessen Hemd sich über dem runden Bauch spannte, rauchte eine E-Zigarette. Ein anderer, klein und bullig, dessen schwarze Haare so straff zurückgekämmt waren, dass ein ausgeprägter spitzer Haaransatz sichtbar war, stand auf, als er Patrick und Tom sah. Sein Hemd war tiefblau, hatte Nadelstreifen und weiße Manschetten: ein Bankerhemd. Die Hose, offensichtlich maßgeschneidert, schimmerte silbern. »Patrick?« Der Mann hatte eine tiefe, feste Stimme. Er sah Tom an und lächelte. »Ist das der großartige Patrick Unsworth?« Er hatte einen starken Akzent. Es klang wie: »Ahnswurt.«

»Der einzig Wahre, Serjoscha«, sagte Tom und machte eine übertrieben feierliche Geste. »Patrick, das ist Sergej Aleksandrowitsch Wanjaschin.«

Patrick trat vor und stolperte über die Kante der sich überlappenden Teppiche.

»Sie haben sich meinen Champagner schmecken lassen«, sagte Wanjaschin und streckte den Arm aus, um Patrick zu helfen, das Gleichgewicht wiederzufinden. »Das freut mich. Ich traue Männern nicht, die nichts trinken.« Er drehte sich um und rief etwas, einen Namen oder einen Befehl, was davon, erkannte Patrick nicht, und ein Mann, der die gleiche Uniform trug wie Ted, betrat den Raum durch eine Seitentür, die hinter dem roten Stoff verborgen war, der die Wände be-

107

deckte. Wanjaschin unterhielt sich kurz mit ihm auf Russisch, dann wandte er sich wieder an Patrick. »Setzen Sie sich«, sagte er und winkte ihn zu den Sofas.

Als Patrick Platz nahm, war er sich bewusst, dass die beiden Männer, die auf den Sofas lagen, ihn beobachteten. Um die Augen des Dicken zeigten sich Fältchen, als er an der Zigarette zog, deren LED-Spitze aufleuchtete. Der andere, ein großer, dünner Blondschopf, taxierte Patrick auf eine Weise, die ihn an eine Katze erinnerte: abschätzend und reserviert. Beide dürften in Wanjaschins Alter sein, der – wie Patrick aus dem Internet wusste – einundfünfzig war. Tom warf sich auf eine Couch. Wanjaschin lehnte sich auf seiner zurück, die einzige mit einem Schaffell, bemerkte Patrick. Wanjaschin deutete auf den Dicken. »Das ist Juri«, sagte er. »Und das ist Aleksej.« Die Männer nickten schweigend. Wanjaschin sagte etwas auf Russisch zu ihnen, Juri antwortete, dann sprach Aleksej schnell und bewegte im Takt seiner Worte die Hand vor und zurück. Er hackte etwas in der Luft klein und sah Wanjaschin dabei eindringlich an. Während die Männer weitersprachen, lehnte sich Tom zurück und schloss die Augen. Patrick hätte es ihm gern gleichgetan, aber sein Gefühl sagte ihm, dass er einen interessierten Eindruck machen sollte, auch wenn er nichts von dem Gespräch verstand. So gelöst, wie alle wirkten, fragte er sich, wie lange die Party schon lief.

Der Kellner kam mit einem Tablett zurück, auf dem ein mit Eis gefüllter Eimer stand, in dem vier Flaschen steckten, wahrscheinlich Wodka, vermutete Patrick. Um den Eimer waren mehrere kleine, von der Kälte milchige Gläser und eine Schale mit aufgehäuften Gürkchen angeordnet. Der Kellner stellte das Tablett auf einen großen, niedrigen Tisch zwischen den Sofas und räumte die halb leer gegessenen Teller und zusammengeknüllten Servietten ab.

Während Wanjaschin, Juri und Aleksej sich weiter unterhielten, sah Patrick sich im Zimmer um und begriff, was es darstellen sollte: ein Römerzelt. Die Spangen, die den Stoff an den Wänden zusammenrafften, waren Legionsadlerköpfe. Die Sofas, auf denen sie lagen, und die Tische daneben hatten die charakteristischen geschwungenen Beine, wie sie in den illustrierten Geschichtsbüchern aus Patricks Kindheit abgebildet waren. Ihm fiel ein, was er zuvor über Cäser und den Häduer gelesen hatte. Er lachte in sich hinein. Was sollte der Scheiß? Als hätte Wanjaschin ihn gehört, brach er sein Gespräch ab und fragte: »Was halten Sie von meinem Legionärszelt?«

Überrumpelt setzte Patrick zu einer Antwort an, er stammelte und hoffte, dass sich aus den Lauten Worte bilden würden.

»Es ist eine ...«, fing Wanjaschin an und stoppte. Sein Blick durchbohrte Patrick, während er nach dem Wort suchte. »Es ist eine Torheit – ich kenne das Wort«, sagte er lächelnd. »Ich finde Cäsar höchst interessant. Wussten Sie, dass ich bei Shakespeares Stück Regie geführt habe?«

»Nein, das wusste ich nicht«, antwortete Patrick und richtete sich auf. Offenbar hatte das Vorstellungsgespräch begonnen.

»Ja, ich war Theaterregisseur. Ich habe studiert. Das war in der Sowjetunion; das Niveau war sehr hoch. Auch wenn sonst nichts funktionierte, das Bildungssystem schon. Andropow war in meiner Produktion Cäsar. Das war '84, '85, also nicht sicher, nicht klug. Als meine Dozenten verstanden, was ich tat, wurde ich rausgeworfen.«

»Ich habe oben gelesen – ein Buch über Cäsar in Gallien?«

Wanjaschin nickte, als hätte er damit gerechnet. Er stand auf, zog eine Flasche aus dem Eis und schraubte den Deckel ab. »Man kann gar nicht anders, als einen Mann zu bewundern, der in so vielen Bereichen ein Genie war, oder?« Er schenkte ein und reichte jedem ein Glas. »Soldat, Politiker, Verwalter« – er hob das Glas, was die anderen zum Anlass nahmen, es ihm gleichzutun – »und ein großartiger Schriftsteller. Heil dir, Cäsar!«

Patrick nahm einen Schluck, aber als er sah, dass die anderen auf ex tranken, fühlte er sich unter Druck gesetzt mitzumachen. Es war eine große Menge, er schluckte und musste husten, wodurch der Geschmack des kalten, beißenden Getränks zurück in seinen Mund strömte. Ihm stiegen Tränen in die Augen.

»Aber etwas Seltsames ist passiert«, sagte Wanjaschin und achtete nicht auf Patrick, der noch einmal hustete. »Nachdem er Pompeius besiegt hatte – an dieser Stelle beginnt Shakespeares Drama –, verliert er« – Wanjaschin schnippte mit den Fingern – »sein gutes Urteilsvermögen. Den Sieg über Pompeius, ein Held der Republik, feierte er auf eine Art, die die Römer kränkte. Er setzte Freunde in mächtige Ämter ein und wurde immer mehr zum … Tom, Diktator? Ist gleiches Wort?«

»Da, Serjoscha«, sagte Tom, streckte sich zum Tisch und

nahm eine Gurke aus der Schüssel. »Diktator heißt Diktator.«

»Diktator«, sagte Wanjaschin, als würde er sich das Wort auf der Zunge zergehen lassen. »Genau wie die Nummer eins im Kreml, die sich mit Silowiki umgeben und dem eigenen Land den Rücken gekehrt hat.« Er stand auf, ging mit der Flasche von einem zum Nächsten und füllte jedem das Glas randvoll. »Wenn ich jetzt bei dem Drama Regie führen würde, wäre Cäsar natürlich Putin, weil die Frage, die aufgeworfen wird – wer sollte Herrscher sein, mit welchem Recht ist jemand Herrscher –, das passt perfekt, ja?«

»Aber jetzt ist Medwedew Präsident«, sagte Patrick und war froh, beweisen zu können, dass er auch etwas Relevantes wusste.

Wanjaschin schüttelte den Kopf und deutete mit dem Hals der Wodkaflasche auf Patrick. »Dimotschka hält nur den Platz warm, mehr nicht.« Er hob sein Glas und rief: »Auf die Rückkehr von Wladimir Wladimirowitsch als Präsident und jedem Diktator einen Brutus!«

Patrick hatte Schwierigkeiten, das nächste Glas drinzubehalten. Seine Kehle brannte. Juri warf den Kopf in den Nacken und grölte wie ein Cowboy. Aleksej lachte. Patrick stützte die Ellbogen auf die Knie und ließ den Kopf hängen. Er fühlte sich, als hätte man ihm eine reingehauen.

Überraschend zärtlich, fand Patrick, strich Wanjaschin ihm über den Rücken. »Doch unser Freund im Kreml«, sagte Wanjaschin, »besitzt die Schwächen von Cäsar, aber keines seiner Talente. Wissen Sie, was Cäsars Werke so außergewöhnlich macht, Patrick?« Wanjaschin, der Patrick inzwischen energisch über den Rücken rieb, wartete seine Antwort nicht ab. »Sein Material«, sagte er und sprach schneller. »Ein Autor ist nur so gut wie sein Material, ja? Deshalb wollen Sie mit mir arbeiten, weil mein Material ist das Beste: hochkarätig, reinstes Gold.« Wanjaschin hörte mit dem Massieren auf. Von der Reibung hatte Patrick einen warmen Rücken. Wanjaschin setzte sich neben ihn, legte ihm eine Hand in den Nacken und zog ihn zu sich. »Cäsar war ein Eroberer«, flüsterte er Patrick ins Ohr. Sein Atem roch nach Wodka und vage nach Wild. Patrick unterdrückte den Impuls zurückzuzucken. »Er ist mit seinen Legionären bis an die Grenzen der bekannten Welt gegangen und dann darüber hinaus. Das Gleiche haben die Oligarchen gemacht. Wir haben Russland auf einen neuen Kurs gelenkt und die Welt verändert. Die Oligarchen waren Angreifer. Generäle. Wahre Helden, wenn man so will. Viele kamen aus dem Nichts. Ich bin Taxi gefahren. Nicht einmal Lada, sondern Moskwitsch. Dreckskarre aus Pappe! Und jetzt« – er sah sich lächelnd um, seine Stimme wurde wieder lauter – »jetzt haben wir euch erobert. Eure Fußballvereine gehören uns. Eure Zeitungen gehören uns. Wir leben in euren besten Wohngebieten. Stellen Sie sich vor, meine Frau geht zu Asprey und kauft Halskette, und da ist Mädchen, das Russisch kann, und hilft ihr. Extra eingestellt! Harvey Nichols das Gleiche. Wir sind jetzt hier, und wir gehen nirgendwohin. Die Leute wollen mehr wissen, glaube ich. Über uns, über Russland, über unseren Freund im Kreml und über sein Geld. Besonders über sein Geld, von wem er es nimmt und wem er es gibt. Kein Kompromat-Scheiß, nix mit der vögelt die, der vögelt den. Nicht so was. Bankkonten. Offshore-Vermögen. So etwas sollten die Leute erfahren. Also, wir schreiben Bestseller, und alle sprechen darüber.« Er klopfte Patrick kräftig auf den Rücken. »Was meinen Sie?«

»Okay«, sagte Patrick, benommen von dem Wodka und der Rede.

Mit verwirrtem Gesichtsausdruck drehte sich Wanjaschin zu Juri und Aleksej um. »Okay?«, sagte er. Die beiden Männer sahen Patrick an.

»Ich meine ...«, begann Patrick, beunruhigt, dass er ihn beleidigt haben könnte, aber mit erhobenem Finger bedeutete Wanjaschin ihm zu schweigen. Er nahm noch eine Flasche aus dem Eimer mit dem Eis und drehte den Deckel auf.

»In Russland sagen wir nicht ›Okay‹«, erklärte Wanjaschin und füllte erst sein Glas, dann Patricks. »In Russland geben wir uns die Hand« – er hielt Patrick die Hand hin, und Patrick schüttelte sie – »und trinken zusammen. Sa wstretschu, Patrick.«

»Sa ...«, setzte Patrick an.

»Wstretschu«, ergänzte Wanjaschin.

»Wistretscho«, ahmte Patrick ihn nach. Er schloss die Augen und zwang das Getränk hinunter.

Wieder drückte Wanjaschin Patrick den Nacken und zog ihn näher. »Ich habe ein Geheimnis, das ihn zu Fall bringen wird«, flüsterte er. Er legte sich einen Finger an die Lippen, dann lehnte er sich zurück. »Tom, begleite Patrick hinaus.«

Der Securitymann gab das Diktiergerät zurück, und zusammen mit Tom ging Patrick die Treppe hinauf. Als er die

Wand streifte, wurde ihm bewusst, wie betrunken er war. Oben angekommen, wo der Gang um die Ecke führte, blieb Tom stehen und fasste Patrick an der Schulter. »Alles klar bei dir?«, fragte er.

»Ja. Nur stockbesoffen.«

»Der überrollt einen wie eine Lawine, was?«

»Kann man wohl sagen«, antwortete Patrick und lachte. Er lehnte sich an die Wand und vergrub das Gesicht in den Händen. »Gott, war das viel Wodka.«

»Da gewöhnst du dich dran. Beim nächsten Mal ziehst du vorher ein paar Lines, dann säufst du wie ein Loch.«

»Clever.«

»Jedenfalls mag er dich. Das ist die Hauptsache.«

»Meinst du? Im Grunde habe ich ihm nur gezeigt, dass ich einen Scheiß über russische Politik weiß.«

»Das ist bloß Recherche.«

»Und ansonsten habe ich vor mich hingestarrt wie so ein Geist.«

»Die beste Voraussetzung für einen Ghostwriter«, sagte Tom. »Jedenfalls hättest du es mitbekommen, wenn er nichts von dir halten würde.« Tom kam näher und senkte die Stimme. »Unter uns gesagt, Sergej kann manchmal ein richtiges Arschloch sein.«

»Zeig mir einen Milliardär, der das nicht ist.«

Tom lachte und boxte Patrick so fest gegen den Arm, dass er sich taub anfühlte. Patrick spürte die letzten Energiereserven aus sich weichen; nur mit Mühe ließ er sich nicht zurückfallen und an der Wand entlang hinuntersinken. »Wie spät ist es?«, fragte er.

114

Tom schob den Ärmel seines Jacketts zurück. »Kurz nach Mitternacht.«

»Schicke Uhr«, sagte Patrick. Sie war schwarz und silbern, das Zifferblatt war übersät mit Anzeigen.

»Das ist eine Breguet«, sagte Tom. »Guillochierte Zifferblätter.«

»Ich habe keine Ahnung, was das heißt, klingt aber beeindruckend.«

»Sergej ist sehr großzügig, wenn du Teil des Teams bist, wie du sicher bald herausfinden wirst. Na los, gehen wir was trinken.«

»Ich muss ins Bett.«

»Komm mir nicht so.«

»Ernsthaft. Ich bin fertig.«

Einen Moment lang erwiderte Tom schweigend seinen Blick. »Diesmal lass ich dich gehen«, sagte er. »Nächstes Mal entkommst du mir nicht so leicht. Ich ruf dir ein Taxi.«

Sie gingen durch den Korridor zurück. Als Tom die Tür zur Küche öffnete, schwappten ihnen mit einem Mal die Musik und Stimmen entgegen wie aufgestautes Wasser durch eine eben geöffnete Schleuse. Inzwischen war die improvisierte Tanzfläche überfüllt. Leute tanzten allein, paarweise, zu dritt, zu viert. In der Mitte hielt ein Mann eine Champagnerflasche in die Höhe, hüpfte, und eine Schaumsäule hing einen Moment lang regungslos in der Luft, bevor sie auf die Tanzenden herabregnete, die teils vor Vergnügen, teils empört aufschrien. Über ihnen shuffelte eine Frau auf dem Tisch mit dem Büfett zur Musik und schnippte die Asche ihrer Zigarette auf den Kaviar, die Salate, den Fisch. An ihrem Absatz war ein Pancake aufgespießt. Jemand hatte die Glastüren aufgerissen, und draußen auf der hell erleuchteten Terrasse tanzten Leute, riefen über die Musik hinweg, und ihr Atem und der Zigarettenrauch bildeten Wolken in der kalten Nachtluft.

Überfordert von der Musik und der ganzen Bewegung, taumelte Patrick gegen Tom, der ihm einen Arm um die Schultern warf.

»Klapp mir bloß nicht zusammen, Schreiberling.«

Toms Arm war schwer. Patrick schüttelte ihn ab. »Mir geht's gut.« Er musste nur irgendwohin, wo es ruhig war. Er ging durch die Tanzenden an der Kochinsel vorbei, wo Köpfe über weißes Pulver gebeugt waren, das einen starken Kontrast zum schwarzen Granit bildete. Er drängte sich durch eine Gruppe von Menschen, die einen Kreis um einen Mann mit freiem Oberkörper gebildet hatten, der rhythmisch schnaufend zügig Liegestütze machte. An der Tür musste Patrick sich seitlich an einem küssenden Paar vorbeischieben; der Mann rieb wie wild sein Becken an der Frau. Patrick ging durch den Flur zurück in die Eingangshalle und blieb dort benommen stehen. Aus einem Zimmer gegenüber dem Arbeitszimmer, wo er zuvor gewartet hatte, drangen Stimmen. Er warf einen Blick durch die offene Tür und sah zwei Männer, einer in Livree, der andere in einem schlichten anthrazitfarbenen Anzug, die eine Frau in einem engen, roten Kleid auf eine schwarze Ledercouch hoben. Ihre langen Beine baumelten auf den Boden. Sie war barfuß. Der Kopf hing schlaff herab.

Patrick erkannte den Mann im weißen Jackett. »Ted«, sagte er.

»Was ist los?«, fragte Tom, der aus dem Flur zur Küche auftauchte.

Ted sah Patrick ausdruckslos an. Er ging zur Tür und schloss sie vor Patricks Nase.

»Na komm«, sagte Tom und zückte sein Handy. »Ich ruf dir ein Taxi.«

»Wie wär's mit einem Rettungswagen?«, sagte Patrick.

»Lass gut sein. Das da drin war Sergejs Arzt. Der kümmert sich um sie.«

»Sicher? Sollten wir nicht ...«

»Wahrscheinlich muss sie nur ihren Rausch ausschlafen. Was soll ich sagen, wo das Taxi hinfahren soll?«

»Ich will kein Taxi«, antwortete Patrick. Er war erstaunt, dass die Situation Tom offenbar überhaupt nicht beunruhigte.

»Dann lauf dir halt die Füße wund. Gut gemacht heute Abend.«

»Danke fürs Vorstellen«, sagte Patrick. »Das weiß ich zu schätzen.«

»Dafür sind Freunde da. Also falls alles klappt. Sollte es in die Hose gehen, hatte ich nie etwas damit zu tun.«

Patrick lächelte, hielt aber noch einmal inne, als er die Eingangstür öffnete. »Schau nach ihr, ja, Tom?«

»Klar, das tue ich jetzt gleich. Aber mach dir keinen Kopf.«

Es war kalt. Als Patrick die Einfahrt betrat, hörte er die Tür hinter sich ins Schloss fallen. Von der anderen Seite des Hauses waren ein gedämpfter Beat und Stimmengewirr zu hören, Gelächter, ein Jubel- oder Wutschrei. Als er wegging, empfand er es als absurd, wie laut seine Schritte auf dem Kies klangen. Am Tor hielt immer noch der gleiche Posten Wache. »Guten Abend, Sir«, sagte der Mann, und sein Atem dampfte.

»Gute Nacht«, antwortete Patrick. Auf dem Weg den Hügel hinunter versuchte er, mit schweren Schritten in einer geraden Linie zu gehen, und spürte den Blick der Wache im Nacken. Mitten auf der Straße kam ihm ein Polizist entgegen, ein Stück vor ihm ein angeleinter Deutscher Schäferhund. Patrick überlegte, dem Beamten von der Frau zu erzählen und ihn zu bitten, einen Rettungswagen zu rufen, aber als er näher kam, sah Patrick, dass er kein Polizist war, sondern ein Securitymann, auf dessen Stichschutzweste ein großes I prangte. Als sie aufeinander zugingen, hielt der Mann durchgehend Blickkontakt.

»Abend, Sir.« Seine Worte klangen mehr nach einer Herausforderung als nach einem Gruß.

»Abend«, erwiderte Patrick.

Unten angekommen, stellte er fest, dass die U-Bahn-Station bis zum Morgen geschlossen war. Mit zum Schutz gegen die Kälte hochgezogenen Schultern steuerte er Shepherd's Bush an, um einen Bus nach Hause zu finden.

Der Himmel über der Stadt war grau wie Kies. Robert hatte Kopfschmerzen. An dem Morgen brachte er beide Mädchen zum Weinen: Er schrie sie an, weil sie seine wiederholten Bitten ignorierten, sich die Zähne zu putzen und anzuziehen. Als er sie bei der Kita abgab, schien alles wieder in Ordnung zu sein – seine Wut und ihre Verzweiflung waren schnell verflogen, sobald sie aus der Wohnung heraus waren –, aber er ärgerte sich immer noch über sein Verhalten, als er zurück durch die Schönhauser Allee zum Balzac gegenüber dem Einkaufszentrum ging, wo sich an der Theke Leute drängten, die sich auf dem Weg zur Arbeit noch etwas zu essen kaufen wollten.

Er suchte sich einen Tisch, klappte den Laptop auf und fing an, sich durchzulesen, woran er nach dem Treffen mit Patrick gearbeitet hatte. Zunächst hatte er alles niedergeschrieben, was er noch von Patricks Erzählungen in Erinnerung gehabt hatte. Dann hatte er es noch einmal neu geschrieben, umgeschrieben, andere Schwerpunkte gesetzt, einiges dazugedichtet und anderes gestrichen. Mit jedem Durchgang fühlte sich die Geschichte mehr an wie seine, aber er wollte noch einmal mit Patrick sprechen. Er wusste, sie würde besser werden, je mehr er von ihm erfuhr. Wie läuft's?, schrieb er in einer E-Mail. Meine Kinder bringen mich noch um den Verstand, und ich muss mich mal mit

119

einem Erwachsenen unterhalten. Wollen wir die Woche frühstücken gehen? Wenn Patrick weitererzählte, dachte er, würde er weiterschreiben.

Er las sich noch einmal die letzten Seiten durch, die damit endeten, dass Patrick Wanjaschins Haus verließ. Er fragte sich, ob das Römerzelt zu dick aufgetragen war. Sobald Patrick Wanjaschins Cäsar-Besessenheit erwähnt hatte, war ihm klar gewesen, dass er das ausbauen wollte. An einem Nachmittag war Robert im Saint George's gewesen und hatte durch eine Ausgabe von *Der Gallische Krieg* geblättert. Er hatte das Buch zugeklappt und ein Experiment gemacht: Die Seite, die er aufschlug, sollte die Seite werden, die Patrick aufschlagen würde. Jetzt, beim erneuten Lesen, überlegte er, ob er nicht nach einer anderen Stelle suchen sollte, aber er wollte dem Verfahren treu bleiben, für das er sich entschieden hatte. Er stellte sich vor, über das Buch interviewt zu werden und diese Geschichte zu erzählen. Die Konzentration wieder auf den Bildschirm gerichtet, kürzte er Patricks Gespräch mit Tom an der Eingangstür und verlieh Patrick den Gedanken, dem Polizisten von der bewusstlosen Frau zu erzählen. Zufrieden speicherte er die Datei auf dem Laptop und dem USB-Stick, auf dem er immer alles Wichtige sicherte.

Er rief die Startseite des *Guardian* auf. Nigel Farage forderte, HIV-positiven Immigranten die Einwanderung nach Großbritannien zu verweigern. Wichser, murmelte Robert und las mit zunehmender Gereiztheit den Artikel. Er dachte an letztes Jahr, als er und Karijn einmal mit den Mädchen das Camp der Asylsuchenden auf dem Oranienplatz besucht hatten. Am Eingang zum Lager hatte Karijn den Mädchen ein bemaltes Schild gezeigt: »kein mensch ist illegal«. »Das heißt, jeder hat das Recht, in Freiheit zu leben«, hatte sie ihnen erklärt. In der Nacht zuvor hatte es geregnet, und jemand hatte auf den zerstörten Rasen einen Pfad aus Holzpaletten gelegt. Sie gingen zwischen bunt zusammengewürfelten Zelten hindurch, an manchen hing Wäsche zum Trocknen über der Abspannleine, vor einem standen mehrere Einkaufswagen mit prall gefüllten Plastiktüten. Im Camp hing ein Transparent zwischen zwei Bäumen: »Lampedusa village in Berlin«. Vor vielen Zelten standen Plastikstühle. Vor einem waren unter einem lädierten Vorzelt zwei Chesterfield-Kunstledersessel leicht schräg zueinander angeordnet, als stünden sie in einem Arbeitszimmer und nicht auf der matschigen Erde auf einem Platz in Berlin.

Ein Mann, der in seinem Zelteingang Flöte spielte, nickte und spielte einen Triller, als er die Mädchen sah. Andere drehten sich weg. Das Camp war zu einer Art Ausstellung geworden, und Robert machte sich Sorgen, dass Touristen es nur als weiteren Zwischenstopp auf ihrer Route zwischen Checkpoint Charlie und Tempelhof abhakten und dass seine Familie genauso daran beteiligt war wie an der Gentrifizierungswelle. Zwar war OPlatz, wie das Lager inzwischen genannt wurde, das Symptom einer modernen Krise, aber es fühlte sich auch wie eine Rückkehr zum älteren, radikaleren Berlin an, und das war ein weiterer Grund, warum Robert gewollt hatte, dass die Mädchen das Lager sahen. Als er Sonja erklärte, wer diese Menschen waren und dass sie kein Zuhause hatten, sah sie ihn an und fragte: »Können sie nicht mitkommen und bei uns wohnen?« Ihm war bewusst, dass sie keine Ahnung hatte, wovon sie sprach, und wie schnell er sentimental auf Aussagen seiner Töchter reagierte, aber er fand, dass das eine der nettesten Fragen war, die er jemals gehört hatte. Netter, als er es selbst sein konnte. Er hätte den Geflüchteten vielleicht eine Tasche mit Lebensmitteln gekauft, aber ein Bett hätte er ihnen nicht angeboten. Jetzt waren sie und das Lager weg, und der Oranienplatz war wieder ein normaler Stadtplatz.

»Wie war dein Tag?«, fragte Karijn, als sie hereinkam.

Robert saß am Küchentisch, las ein Buch und trank Bier. »Gut«, sagte er. »Wie war's beim Yoga?«

»Herrlich«, sagte Karijn und öffnete den Kühlschrank. Sie nahm sich eine Tüte Karotten und einen Becher Hummus heraus.

»Chakras gereinigt?«

»Du solltest das auch mal versuchen«, sagte sie und holte den Sparschäler aus der Schublade. »Dann könntest du deine Sorgen mal für eine Weile vergessen.«

»Ich weiß nicht, was ich ohne meine Sorgen wäre.«

Karijn verdrehte die Augen und biss in die Karotte.

»Hast du mit Lars gesprochen?«, fragte Robert.

Karijn nickte beim Kauen. »Er meinte, er sei gestern dort gewesen. Funktioniert wohl alles.«

»Ein Hoch auf den komischen Klempner.«

»Wir sollten uns überlegen, was wir bis dahin noch organisieren müssen. In einem Monat ist es schon so weit.«

»Ja«, sagte er, und obwohl er das nicht wollte, klang er etwas reserviert.

»Oder … nicht? Was?«

»Nein, doch, sollten wir. Es geht nur um diese Patrick-Geschichte. Da ist noch viel zu tun.«

»Meine Güte, Rob, du wirst dort jede Menge Zeit zum Schreiben haben. Grill nur ab und zu mal ein Würstchen mit uns im Wald, ja?« Sie stellte den Hummus zurück in den Kühlschrank. »Wie läuft es überhaupt mit ihm?«

»Ziemlich gut.« Karijn setzte sich auf seinen Schoß, und er legte ihr einen Arm um die Taille. »Das meiste, was ich brauche, habe ich, aber ich will ihm noch ein paar Fragen stellen.« Er zog sie näher an sich und legte den Kopf an ihre Brust. Er spürte ihren Herzschlag.

»Was hält er davon, dass du über ihn schreibst? Musstest du ihn überreden?«

Er hörte ihre Stimme doppelt, ein wenig gedämpft von oben und als vibrierendes Wummern durch ihre Brust. »Ich glaube, er fühlt sich geschmeichelt«, sagte er und hielt den Kopf weiter gegen ihren Körper gepresst. Er wollte sie nicht ansehen. »Um ehrlich zu sein, er hört sich gern reden. Das Problem ist eher, ihn dazu zu bringen, die Klappe zu halten.«

»Lad ihn doch mal zum Abendessen ein.«

»Nein«, sagte er instinktiv. Mit dem Vorschlag hatte er nicht gerechnet.

Sie lachte. »Ist die Vorstellung denn so schrecklich?«

»Nein, aber …« Robert versuchte, sich eine möglichst abschreckende Erklärung einfallen zu lassen. »Es ist nur, dass ich nicht weiß, wie viel von dem, was er mir erzählt, wahr ist. Die Geschichte ist gut, aber du weißt doch, wie er an dem

Abend war, an dem wir ihn kennengelernt haben. Ich mach mir Sorgen, dass er ein bisschen, ich weiß auch nicht, unberechenbar ist.«

Karijn löste sich von ihm und sah ihn an. »Du hältst ihn aber nicht wirklich für gefährlich, oder?«

Robert atmete tief ein, als würde er abwägen. »Wahrscheinlich nicht«, antwortete er langsam. »Aber ich will mir sicher sein, bevor ich ihn zu uns nach Hause einlade.«

Karijn fuhr Robert durchs Haar und zog sein Gesicht zu sich hoch. Sie sah ihm direkt in die Augen. »Wenn du jemals das Gefühl hast, in Gefahr zu sein, dann sieh zu, dass du von ihm wegkommst, ja? Spiel nicht den Helden.«

»Klar«, sagte er.

»Versprochen?«

»Versprochen.«

Es dauerte über eine Woche, bis Robert Patrick wiedersah, und auch dann erst nach zwei Absagen. Die erste kam um drei Uhr morgens und lautete nur: Morgen klappt nicht, und die andere, nachdem Robert bereits eine Stunde in einem Café in Wedding gewartet hatte. Darum war er erleichtert, als er Patrick die mit Bäumen gesäumte Straße in Charlottenburg entlanggehen sah. Der von Patrick gewählte Treffpunkt war in einem Kiez, in dem Robert noch nie gewesen war, daher hatte er die Gelegenheit genutzt und war ein paar Haltestellen früher aus der S-Bahn gestiegen, um sich umzusehen. Die letzten Tage waren so kalt gewesen, dass er die Winterjacke aus dem Schrank geholt hatte. Die Platanen am Straßenrand verloren endlich ihre Blätter. Aber der Morgen war hell und mild,

darum hatte Robert sich für einen Tisch an der Straße entschieden; an den Stühlen hingen karierte Decken. »Schön,
dich zu sehen«, sagte er, als Patrick zu ihm kam.

Patrick warf einen Blick auf die anderen Leute, die draußen saßen, dann drehte er sich um und sah in die Richtung,
aus der er gekommen war. »Lass uns reingehen.«

Robert lächelte. »Es ist November, und die Sonne
scheint«, sagte er. »Warte nur ab, bis du deinen ersten Berliner Winter erlebt hast. Dann setzt du dich nie wieder rein,
wenn die Sonne scheint.«

»Lass uns reingehen«, wiederholte Patrick.

Robert seufzte, nahm aber seine Tasche und den Kaffee.
Er folgte Patrick zu dem Tisch, der am weitesten von der Tür
entfernt war, gleich neben dem Gang zur Toilette.

Patrick bestellte einen Cappuccino. »Tut mir leid, dass ich
beim letzten Mal nicht aufgetaucht bin«, sagte er, »aber jemand ist mir gefolgt.«

»Ernsthaft?«

»Ja, ernsthaft«, sagte Patrick.

Robert unterdrückte den Impuls loszulachen. »Was hast
du dann gemacht?«, fragte er und versuchte, so besorgt wie
möglich zu klingen. Er betrachtete Patrick aufmerksam,
während er antwortete.

»Ich bin herumgelaufen. Ich wollte sie schließlich nicht zu
dir führen. Ich bin mit mehreren Zügen gefahren, mit einer
Tram. Irgendwann habe ich sie abgehängt.«

»Du hast sie abgehängt«, sagte Robert. »Beeindruckend!
Ich meine, die müssen doch ziemliche Experten darin sein,
Leute zu verfolgen, oder?« Er befürchtete, einen Schritt zu

125

weit gegangen zu sein, dass Patrick den Sarkasmus in seiner Stimme hörte, aber der zuckte nur die Schultern, als würde er das Kompliment bescheiden annehmen.

Der Kellner stellte Patricks Kaffee auf den Tisch. »Danke«, sagte Patrick auf Deutsch, dann wieder auf Englisch zu Robert: »Du hattest erwähnt, dass deine Kinder dich auf die Palme bringen. Ist das inzwischen besser?«

»Ach, geht schon«, sagte Robert. »Aber ich bin wahnsinnig froh, dass du nicht sie bist – oder ein Vater. Manchmal wird mir das alles ein bisschen zu viel, die ganze Kindersache.«

Die Klingel über dem Eingang des Cafés bimmelte, und Patricks Blick schoss zur Tür. Robert drehte sich um und sah eine Mutter mit Kinderwagen, die sich am schmalen Durchgang abmühte. Der Kellner ging hin, um ihr zu helfen. Robert fiel auf, wie angespannt Patrick war. »Schon okay«, sagte er. »Alles gut.«

Patrick lachte gezwungen. »Ja. Sorry.«

»Was war nach dem ersten Treffen mit Wanjaschin?«, fragte Robert beiläufig. »Hast du gleich mit dem Buch angefangen?«

Patrick antwortete nicht. Er riss ein Röllchen Zucker auf und kippte es langsam über den Kaffeeschaum. Die goldenen Kristalle raschelten kurz, als sie aus dem Papier glitten. »Vielleicht sollten wir lieber nicht darüber sprechen«, sagte er.

»Hey, klar«, sagte Robert. »Tut mir leid, dass ich gefragt habe. Ich finde es nur faszinierend. Man lernt jemanden kennen und soll ein Buch über sein Leben schreiben – wie geht man da vor?«

»Berufsgeheimnis«, sagte Patrick. Er lächelte. »Um ehrlich zu sein, das ist immer anders. Aber in Sergejs Fall war es … eine Herausforderung.«

»Echt?«

»Ja, zu Beginn habe ich gar nicht geahnt, wie herausfordernd das werden würde. Eigentlich hat es wirklich gut angefangen. Einen Tag nachdem ich bei ihm war, hat Tom angerufen und gesagt, wenn ich will, bekomme ich den Job. Dann hat er mir das Honorar genannt.«

»Wie viel?«

»Sagen wir mal so: Ich wollte den Job.«

»Stell dich nicht so an, erzähl.«

Einen Augenblick lang zögerte Patrick. »Dreihundertfünfzig plus Spesen.«

»Holla!«

Patrick trank einen Schluck Kaffee und stellte die Tasse vorsichtig zurück auf die Untertasse. »Noch am gleichen Tag waren fünfzigtausend auf meinem Konto.«

»Und dann?«

»Erst mal lange nichts. Ich habe auf ein Treffen gewartet, Interviewtermine oder irgendwas in die Richtung. Ich wusste immer noch nicht, was ich eigentlich schreiben sollte, Memoiren, ein Manifest … Immer mal wieder habe ich Tom angerufen, und er meinte dann nur: ›Steht auf der To-do-Liste‹ oder ›Sergej ist halt Sergej‹, so was eben. Ich hatte den Eindruck, als wäre das alles nicht ganz durchdacht.«

»Fünfzigtausend und nichts machen müssen. Klingt doch super.«

»Na ja, ich bin davon ausgegangen, dass ich mich bereithalten und springen muss, wenn er ruft. Ich habe viel gelesen, über Russland, die Oligarchen, Putin. Ab und zu hat Tom mir etwas geschickt, Links und solche Dinge, ›Sergej will, dass du dir das ansiehst‹, aber im Grunde nichts Konkretes, bis drei oder vier Monate nach unserem Treffen.«

»Wir sind jetzt im Jahr 2012?«

»Ja, Februar oder März. Ein Kurier stand bei mir vor der Tür. Er hat mir einen USB-Stick mit Hunderten von Dateien gegeben.«

»Was für Dateien?«

»Finanzkram: Tabellen, Kontodaten, Listen mit Transaktionen. PDFs, die aussahen wie Verträge. Aber das meiste war auf Russisch, also konnte ich das nicht so richtig einschätzen.«

»Wofür war das alles?«

»Das habe ich Tom auch gefragt. Er meinte, für das Buch. Ich habe ihm geantwortet: ›Das sollte sich eher ein Buchhalter ansehen, kein Ghostwriter.‹ Er hat gesagt, wenn es so weit ist, würde ich mehr darüber erfahren, und dann war wieder ein paar Monate Funkstille. Dann hat er mich angerufen und gesagt, dass ich für ein Wochenende auf dem Land packen soll, weil Sergej loslegen will.«

»Hast du dich bereit gefühlt?«

Patrick ließ den Kopf kreisen, als versuchte er, eine Verspannung im Nacken zu lösen. »Ich hatte mich bis dahin schon gut vorbereitet, aber ja, ich war nervös. Tom hat an einem Donnerstagabend angerufen und mich wissen lassen, dass ich Samstagmorgen zu Wanjaschins Anwesen fahren würde. Ich habe nicht einmal gefragt, wo das war. Freitag habe ich damit verbracht, meine Notizen durchzugehen und mir zu überlegen, welche Fragen ich ihm stellen wollte. Ich hatte eine ganze Liste.«

»Was für Fragen?«

Lachend schüttelte Patrick den Kopf, sagte aber nichts. Robert war sich nicht sicher, was diese Pausen zu bedeuten hatten: Schindete Patrick Zeit, um sich eine Antwort zu überlegen, oder wog er ab, was er verraten und was er verschweigen sollte?

Robert versuchte eine andere Taktik. »Ich weiß, was ich ihn gefragt hätte.«

»Was?«

»Ich hätte ihn gefragt, ob er es bereut, sich mit Putin angelegt zu haben. Ob es sich gelohnt hat, mit dem Exil für seine Prinzipien bezahlen zu müssen.«

»Sergejs Prinzipien waren kompliziert«, sagte Patrick. »Aber die Frage ist nicht schlecht.« Er lachte. »Schlauer als das, was ich ihn fragen wollte.«

»Erzähl, was denn?«

»Die erste Frage auf meiner Liste lautete: ›Wie hoch ist Ihr Vermögen?‹«

Robert schnaubte. »Wenn man erst mal im Milliardenbereich ist, spielt die genaue Zahl auch keine Rolle mehr, oder?«

»Sagte der mittellose Schriftsteller«, entgegnete Patrick. »Bevor ich mich näher damit auseinandergesetzt hatte, hätte ich das Gleiche gesagt: Ein Arsch voll Geld ist ein Arsch voll Geld. Für mich waren die Oligarchen« – mit gespreizten Fingern formte er eine Kugel in der Luft – »einfach ein homogener Haufen, aber wenn man sich die Konflikte und

Bündnisse zwischen ihnen genauer ansieht, wird klar, dass die Unterschiede auf dem Konto tatsächlich relevant sind. Über Abramowitsch wusste ich natürlich schon einiges, der Name ist bekannt, seit er Chelsea gekauft hat. Und seit dem Mord an Litwinenko, wenn nicht schon vorher, ist den meisten auch Beresowski ein Begriff. Aber ich habe von Leuten erfahren, von denen ich noch nie etwas gehört hatte oder von denen ich nur den Namen wusste und sonst nichts. Menschen, denen ganze Ölkonzerne gehörten, Banken, Fernsehsender: Chodorkowski, Awen, Fridman, Deripaska.« Patrick sprach immer schneller, als könnte er jetzt, da er einmal angefangen hatte, darüber zu reden, nicht mehr aufhören. »Natürlich war Wanjaschin unvorstellbar reich«, sagte er. »Aber er spielte nicht in derselben Liga wie die anderen Typen. Vielleicht lag sein Vermögen eher bei Hunderten Millionen, nicht im Milliardenbereich, keine Ahnung. Das stand auf der Liste der Reichsten, aber die Zahlen sind bestenfalls Schätzungen – manchmal nur geraten. Viel von seinem Geld war im Ausland in einem Netz aus Briefkastenfirmen versteckt. Das Ausmaß, das ganze Gefüge, kam erst nach seinem Tod raus. Wahrscheinlich arbeiten immer noch Anwälte daran, das alles zu entwirren.« Patrick nahm die Kaffeetasse in die Hand und kratzte die letzten Reste Schaum heraus. »Ich wusste nicht einmal, ob er meine Fragen überhaupt beantworten würde«, sagte er. »Vielleicht wollte er mir einfach nur irgendwelche Reden diktieren, und ich sollte sie nur ein bisschen sprachlich polieren. Aber für das Buch, das ich schreiben wollte, waren die Fragen wichtig, weil ich wissen musste, wer dieser Typ wirklich war.

Guck dir Beresowski an. Er war ein enger Vertrauter von Jelzin; er hat die Gruppe geleitet, die seinen Nachfolger ausgesucht hat – damals war Putin ein Niemand. Als die beiden wegen Tschetschenien und der Kursk aneinandergeraten sind und dann wegen der Litwinenko-Sache, hat das weltweit Schlagzeilen gemacht. Aber wenn Wanjaschin Putin attackierte, wie würden die Reaktionen ausfallen? Würde sich jemand dafür interessieren? Würde sich Putin dafür interessieren? Das wusste ich nicht.«

Robert gab dem Kellner ein Zeichen. »Noch einen Kaffee?«, fragte er. Patrick nickte. »Zwei Kaffee, bitte.« Der Kellner nickte und räumte die leeren Tassen ab. Robert beugte sich vor. »Was ist mit dem Geheimnis, von dem Wanjaschin dir erzählt hat? Das Putin zu Fall bringen würde. War das wahr?«

Patrick runzelte die Stirn. »Er hat gesagt, er habe etwas, das ihm schaden würde. Aber genau das meine ich ja: Ich bin nur von dem ausgegangen, was er mir erzählt hat. Der Kerl war im Exil, man hatte ihm seine Geschäfte genommen. Er hatte keinerlei Möglichkeiten mehr, zu senden und die Meinung in Russland zu beeinflussen. Ja, er war reich – reich genug für ein riesiges Haus in Holland Park und ein zweites auf dem Land, zu dem er mich in seinem Hubschrauber einfliegen lassen konnte, aber im großen Ganzen war er vielleicht genauso unwichtig wie zu der Zeit, als er in Moskau Taxifahrer war. Vielleicht war er ja nur ein Fantast.«

»Und wenn, hätte dich das gejuckt, bei dreihundertfünfzigtausend?«

Patrick erwiderte Roberts Lächeln nicht. Mit mattem Ge-

sichtsausdruck saß er zusammengesackt auf dem Stuhl. »Das
wäre wesentlich besser gewesen«, sagte er. Offenbar war die
Energie aus ihm gewichen, mit der er einen Moment zuvor
noch gesprochen hatte. Doch dann, als er an Robert vorbei-
sah, kniff er die Augen zusammen. Er richtete sich auf. »Wir
müssen los«, sagte er leise, aber dringlich. »Jetzt.«

»Was? Warum?«

»Da ist jemand – nicht umdrehen«, sagte Patrick, als Robert Anstalten dazu machte. »Gehen wir.«

»Soll das ein Witz sein?«, fragte Robert.

»Los jetzt, Mann.«

»Zahlen, bitte«, rief Robert und zückte seine Brieftasche.
Er war genervt, als würden sie ein Spiel spielen und Patrick
würde zu weit gehen. »Ich übernehm das«, sagte er, aber Patrick achtete nicht auf ihn. Robert drehte sich um. An einem
Tisch neben der Tür aß ein Mann Gebäck. Er sah aus wie
Mitte vierzig, hatte eine breite Brust und die schräge Schul-
termuskulatur eines Bodybuilders. Er trug einen schwarzen
Hoodie und Jeans. Seine Haare waren braun und zu einem
praktischen Schnitt gestutzt, der ihn, zusammen mit der Kapuze, wie einen Mönch aussehen ließ. Er fing kurz Roberts
Blick auf, dann schaute er weg. Der Kellner legte die Rech-
nung auf den Tisch. Robert ließ einen Zehneuroschein da,
stand auf und schwang sich seine Tasche auf den Rücken. Mit
gesenktem Kopf ging Patrick durch das Café. Die Glas-
scheibe klirrte, und die Glocke bimmelte, als er die Tür auf-
riss. Robert folgte ihm. Als er an dem Mann vorbeiging, sah
er ihn noch einmal an, und wieder trafen sich kurz ihre Blicke. Die Augen des Mannes waren eisblau wie eine Gas-

132

flamme. »Zahlen, bitte«, hörte Robert ihn sagen, als er durch die Tür ging. Das hat nichts zu bedeuten, sagte er sich.

Patrick war bereits ein Stück weit voraus. »Patrick, warte«, rief Robert. »Das ist doch lächerlich.«

»Ist er schon rausgekommen?«, rief Patrick, der sich weder umdrehte noch langsamer wurde.

Robert warf einen Blick zurück und sah den Mann aus dem Café kommen und das Gesicht in die Sonne halten. Er setzte sich eine Sonnenbrille auf und schlug ihre Richtung ein. »Er kommt«, sagte Robert und joggte, um Patrick einzuholen. »Aber hör zu«, sagte er, als er zu ihm aufschloss. »Ernsthaft, wenn dir jemand folgen würde, meinst du nicht, dass derjenige das subtiler angehen würde?«

»Kommt darauf an«, sagte Patrick. »Beschatten ist eine Sache, einschüchtern eine andere.«

»Und du glaubst, darum geht es hier?« Robert folgte Patrick in eine dieser typischen Berliner Wohnstraßen, die er als trostlos empfand mit ihren undurchbrochenen Reihen Wohnblocks, monoton wie Kasernen, die nach innen zum Hof gerichtet waren. Robert sah hinter sich: Sie waren allein.

»Ist er da?«, fragte Patrick, ohne langsamer zu werden.

»Nein«, sagte Robert, aber noch während er sprach, sah er ihn um die Ecke kommen, ungefähr zwanzig Meter hinter ihnen. »Er kommt«, sagte Robert. Bestimmt lag es an Patrick, dachte er, dass es bedrohlich wirkte, wie sich der Mann unablässig näherte. Er war einfach irgendjemand, der zufällig dieselbe Straße entlangging. Sie erreichten den Eingang zu einem kleinen Park. »Patrick, hier rein«, sagte Robert und ging durch das Tor.

133

»Wir sollten weiter.«

»Er folgt uns nicht, Patrick. Vertrau mir.«

Patrick stand die Angst ins Gesicht geschrieben. Kurz dachte Robert, Patrick würde davonrennen, aber er trat ebenfalls durch das Tor. Ein Picknicktisch stand dort, und Patrick setzte sich mit Blick zur Straße auf die festgeschraubte Bank. Er nahm eine Schachtel Zigaretten aus der Tasche. Er steckte sich eine an und gab Robert die Packung.

Der Mann tauchte auf. Am Eingang zum Park blieb er stehen, höchstens fünf, sechs Meter entfernt. Ohne Patrick und Robert anzusehen, holte er eine Zigarettenschachtel aus seiner Jeans. In aller Ruhe nahm er eine heraus, zündete sie an und atmete mit einem lauten Seufzer zufrieden aus. In der sonnigen Luft stieg Rauch auf. Der Mann spuckte auf den Bürgersteig. Robert und Patrick beobachteten ihn, aber der Mann sah sie nicht an. Robert verspürte den Impuls aufzulachen. Er wollte den Mann etwas fragen, egal was, um die peinliche Stille zu durchbrechen, aber er lachte nicht und sagte nichts. Das Schweigen zog sich eine Minute hin, dann zwei Minuten. Ein Laster fuhr vorbei; der Motor hallte laut in der engen Gasse wider. Robert war angespannt, er fürchtete, der Laster würde anhalten, Männer würden herausklettern und sie hineinzerren. Der Mann rauchte die Zigarette fertig, ließ sie auf den Boden fallen und ging in die Richtung zurück, aus der er gekommen war. Robert hörte ihn etwas summen. Erst jetzt fiel Robert auf, wie schnell er atmete, als hätte er einen Sprint hinter sich. »Das war ... schräg«, sagte er.

»Du hast mir bisher nicht geglaubt, oder?«, sagte Patrick. Mit zittriger Hand steckte er sich noch eine Zigarette an.

»Nein«, antwortete Robert.

»Sie wollen, dass ich weiß, dass sie Bescheid wissen.«

»Was wissen sie?«

»Wo ich bin, was ich mache, mit wem ich spreche. Tut mir leid. Dir davon zu erzählen, war ein Fehler. Ich sollte mich von dir fernhalten.«

»Nein, das möchte ich nicht.«

Patrick stand auf. »Verstehst du denn nicht? Das ist gefährlich für dich. Für deine Familie.«

Robert nahm sich noch eine Zigarette aus der Schachtel auf dem Tisch. »Wenn du dir Sorgen machst, warum gehst du dann nicht zur Polizei?«

»Zur Polizei, zur Polizei«, äffte Patrick ihn nach. »Was will ich denn bei der Polizei?«

»Das würde ich jedenfalls machen.«

»Ach wirklich?«, sagte Patrick. Er ließ sich wieder auf die Bank fallen und stützte den Kopf in die Hände. »Würde das wirklich etwas bringen? Wie es Sergej etwas gebracht hat? Und Beresowski und Perepilitschnij? Weißt du, wer Stephen Curtis war? Oder Paul Castle?«

»Nein, die sagen mir nichts«, antwortete Robert. Er hätte Patrick gern gefragt, ob er wirklich glaubte, dass er wie diese anderen Leute war. Er wollte ihm sagen, dass Geheimdienste sich nicht für Schreiberlinge interessierten, die Fußballmemoiren verfassten, und dass er entweder ein Lügner oder paranoid war. Stattdessen fragte er: »Patrick, wen kennst du in Berlin?«

Patrick sah auf. Er rollte die verloschene Kippe zwischen den Fingern.

»Niemanden, oder?«

Patrick nickte.

Robert setzte sich neben ihn auf die Bank. »Dann betrachte mich als Freund, ja?«

Ein paar Sekunden lang schwieg Patrick. »Das könnte gefährlich für dich werden«, sagte er.

Wieder spürte Robert das Unbehagen, das er empfunden hatte, als sich ihnen der Mann auf der Straße genähert hatte. Aber das war nicht echt. Unmöglich. »Wie gefährlich kann das schon für mich sein? Soweit ich das mitbekommen habe, warst du nur auf irgendeiner Party. Was ist da schon dabei?«

Patrick sah gekränkt aus. »Du hast gefragt«, sagte er.

Robert stieß ihn mit der Schulter an. »Das war ein Witz. Ich meine nur, ich glaube nicht, dass ich bei irgendwem auf der Abschussliste stehe.«

Patrick sah Robert eine gefühlte Ewigkeit lang schweigend an, aber eigentlich konnten das nur ein paar Sekunden gewesen sein. »Gehen wir zu mir«, sagte er.

Er wohnte zehn Minuten zu Fuß entfernt, in einem tristen Wohnblock in einer kahlen, baumlosen Straße. Der braune Putz des Hauses sah aus, als wäre er von Kugeln durchsiebt worden, aber als sie näher kamen, erkannte Robert die hässlichen Kerben als missglückten Dekorationsversuch. Auf Erdgeschosshöhe war die Fassade mit einfallslosen Graffiti besprüht: Initialen, unbeholfene Sterne, wahllose Kritzeleien, als wäre das Haus ein Blatt Papier, das man zum Üben verwendet hatte. Mit einem kräftigen Ruck öffnete Patrick die Tür, und in der Eingangshalle trugen die rissigen grauen Fliesen und das dreckige Linoleum auf der Treppe zum verfallenen Gesamteindruck bei. Die Wände in Patricks Wohnung waren leer und die Ablageflächen frei von dem Krempel eines Zuhauses, in dem man sich eingelebt hatte. Robert empfand die Wohnung als so steril wie ein Hotelzimmer, vor allem verglichen mit dem Chaos, in dem er lebte: die sich überlappenden Zeichnungen der Mädchen am Kühlschrank, die am Boden verstreuten Spielsachen und abgelegten Kleidungsstücke, die wackeligen, hohen Stapel aus Büchern und Papier, die sich auf dem Schreibtisch im Wohnzimmer türmten.

»Kaffee?«, fragte Patrick und gab Robert ein Zeichen, sich an die kleine Frühstückstheke zu setzen, die das Wohnzimmer von der Küche trennte.

»Ja, bitte«, sagte Robert, legte seine Tasche auf die Theke und setzte sich auf den Hocker. Er sah Patrick zu, wie er löslichen Kaffee in Tassen löffelte, während der Wasserkocher zu rauschen anfing. Er wusste weder, was er von Patrick halten sollte, noch von den Geschehnissen am Vormittag. »Also wohnst du nicht in Neukölln?«, sagte er.

Patrick schüttelte den Kopf. »Tut mir leid, dass ich gelogen habe. Ich wollte lieber vorsichtig sein.«

Robert erwähnte nicht, dass Patrick nach dem Abendessen die falsche Richtung eingeschlagen hatte. Und ausgerechnet dieser Mann behauptete, er sei russischen Agenten durchs Netz gegangen.

Patrick öffnete einen Schrank, dann einen anderen. »Ich würde dir ja was zu essen anbieten«, sagte er, »aber sieht so aus, als hätte ich nichts da.«

»Ich habe keinen Hunger.«

Mit einem Klicken ging der Wasserkocher aus, und das Rauschen verebbte schnell, schien aber in der kleinen, schmuddeligen Küche nachzuhallen. Patrick stellte die Kaffees auf die Theke und setzte sich. »Was ich gesagt habe, meine ich ernst. Durch die Gespräche mit mir könntest du dich in Gefahr bringen.«

Wie auch immer die Wahrheit aussah, anscheinend hatte Patrick wirklich Angst. Robert konnte sich vorstellen, dass Patrick in irgendwelchen Schwierigkeiten steckte – vielleicht behielt ihn ja tatsächlich jemand im Blick –, aber das bedeutete nicht, dass Patrick ihm gegenüber ehrlich war; und wer auch immer dieser Mann gewesen sein mochte, Robert glaubte nicht, dass er oder Patrick ihn jemals wiedersehen würden. Einen Moment lang wollte er Patrick sagen, dass alles in Ordnung war, er die ganze Sache einfach vergessen und aufhören sollte herumzuspinnen. Aber andererseits wollte er ihm auch auf den Zahn fühlen und sehen, wann die ersten Lücken in seiner Geschichte sichtbar wurden. »Du warst dabei, mir von dem Wochenende auf dem Land zu erzählen«, sagte er. »War das in dem Haus, wo er gestorben ist?«

Patrick nickte. »In den Chilterns«, sagte er. »Ein riesiges Anwesen. Herrlich. Er hat mich einfliegen lassen.«

»Einfliegen lassen?«

Zum ersten Mal seit dem Café zeigte sich ein Lächeln auf Patricks Gesicht. »Ja, es war absurd. Ein Chauffeur hat mich an meiner erbärmlichen Kellerwohnung abgeholt und zum Hubschrauberlandeplatz in Battersea gefahren. In einem Maybach.«

»Von Autos verstehe ich nichts, aber ich vermute mal, das ist ein schickes.«

»Der kostet mehr als die meisten Einfamilienhäuser«, sagte Patrick. »Das war ein seltsamer Trip. Ich weiß noch, dass ich in der Luft war, zugesehen habe, wie London in Felder überging, und keine Ahnung hatte, was zum Geier mich bei der Landung erwartete.«

Beim Landeanflug des Helikopters, die Schwerkraft war als Ziehen im Bauch spürbar, sah Patrick unter sich ein großes Haus, eingebettet in ein kleines Tal am Fuß zweier Hügel. Er sah einen Swimmingpool und eine Cabana, ein lang gestrecktes Gewächshaus und eine Terrasse, auf der an einem langen Tisch mehrere Menschen saßen, die Gesichter dem Hubschrauber zugewandt. Sie legten die Hände auf die Blätter, die auf dem Tisch ausgebreitet waren, damit sie nicht davongeweht wurden. Der Helikopter landete auf der gegenüberliegenden Seite des Gartens. Vom Abwind der Rotorblätter erzitterten die Pflanzen in den Rabatten, und Kreise flimmerten über den Rasen wie das Störbild auf einem Fernseher. Der Sinkflug war gleichmäßig gewesen, aber auf einmal kam ihnen der Boden schnell entgegen, und schon waren sie unten; die Landung war so sanft wie das Einfahren eines Zugs – Patrick spürte nur ein leichtes Abfedern, dann standen sie still. Über das Headset war die Stimme des Piloten zu hören: »Bleiben Sie bitte in der Kabine, Mr Unsworth. Ich muss die Rotoren noch dreißig Sekunden laufen lassen, bevor ich sie ausschalte.«

Zwei Männer kamen über den Rasen, und der Druck der langsamer werdenden Rotorblätter zerrte an ihrer Kleidung.

Das Dröhnen des Triebwerks flaute zu einem Surren ab. Wieder hörte Patrick die Stimme des Piloten. »Eine Minute noch, Sir, dann entlasse ich Sie in die Freiheit.«

»Okay«, sagte Patrick, aber in dem Moment klappte der Griff nach oben, und Wanjaschin riss die Tür auf.

»Patrick Unsworth!«, rief er über den Rotorenlärm. Er öffnete die Schnalle von Patricks Gurt, packte ihn an der Hand, zog ihn aus dem Helikopter und drückte dabei seine Schulter hinunter, damit er sich duckte. »Wie geht's der Schreibhand?«, sagte er und schüttelte kräftig an Patricks Arm. Tom, der unter dem Rotor stand, winkte lächelnd. »Toby!«, rief Wanjaschin, als die Blätter stoppten und der Pilot die Tür öffnete. »Ein paar Leute wollen in einer Stunde zurück nach London. Komm, trink einen Kaffee mit. Iss was, wenn du willst.« Er legte Patrick den Arm um die Schulter, und sie machten sich auf den Weg zum Haus. »Wir zwei fangen heute an zu schreiben!«, sagte er.

»Das freut mich zu hören.«

Tom, der vorausging, drehte sich zu den beiden um. »Ihr werdet die Welt verändern.«

Während Patrick vom Rasen die breite, moosgesprenkelte Steintreppe hinaufstieg, bemerkte er zu beiden Seiten der Terrasse zwei Männer im Anzug. Der Statur und Haltung zufolge waren sie Bodyguards. Zwei der drei Männer am Tisch, um sie herum die Reste des Frühstücks, waren ähnlich wie Wanjaschin in lockere Leinenhemden und Chinos gekleidet. Der dritte wirkte ernster: dünn und kahl geschoren, die großen, aufmerksamen Augen schauten hinter einer Brille mit Drahtgestell hervor. Er trug ein weißes, bis zum

Hals zugeknöpftes Anzughemd unter einer dünnen, grauen Strickjacke und sah Patrick weiterhin ausdruckslos an, als Wanjaschin ihn als »den hervorragenden britischen Autor Patrick Unsworth« präsentierte. Die Vorstellung war einseitig: Patrick erfuhr nicht, wer die Männer waren. »Geh rein, Tom zeigt dir dein Zimmer«, sagte er. »In einer Stunde fangen wir an.« Als Wanjaschin sich wieder hinsetzte, redete der Mann im weißen Hemd auf Russisch auf ihn ein. Patrick fing seinen Blick auf und hatte das ungute Gefühl, dass er das Gesprächsthema war. Plötzlich schrien alle Männer am Tisch durcheinander – ob aus Begeisterung oder aus Wut, konnte Patrick nicht sagen.

»Geschäftliche Besprechung?«, fragte Patrick.

»Andere gibt's bei Sergej nicht.«

Tom führte Patrick über die Terrasse und durch einen schmalen, gefliesten Korridor ins Haus. Dieser mündete in einer großen Küche, die von Lichtsäulen erhellt wurde, die durch eine Reihe hoher, kirchenartiger Fenster fielen. In der Luft hing der stechende Geruch von geröstetem Knoblauch. Als sie eintraten, hob am Küchentisch, der groß genug für zehn oder zwölf Personen war, eine Frau den Blick, nickte kurz und wandte sich wieder den Speckstreifen zu, die sie auf einem Küchenbrett schnitt. Hinter ihr sah Patrick eine Pfanne mit Kupferboden auf dem Herd bereitstehen und auf der gekachelten Arbeitsplatte daneben einen großen, verzierten silbernen Gegenstand, der aussah wie eine Mischung aus Teespender und Pokal. Nach der Küche folgten sie einem weiteren Gang, der in eine große Eingangshalle mit Steinfliesen und Stuckwänden führte. Auf der einen Seite wand sich ein Treppenaufgang aus dunkel lackiertem Holz hinauf zu einem breiten Absatz. Der schmale Läufer in der Mitte der Stufen hatte ein kunstvolles Muster, das, wie Patrick fand, persisch aussah. »Ist das ein Axminster?«, fragte er, während sie hinaufstiegen.

»Das ist ein Teppich«, sagte Tom über die Schulter hinweg. »Woher um Himmels willen soll ich denn wissen, was für einer?«

»Das nennt sich Szenenbeschreibung, Tom. Die Leser stehen auf solche Details.«

»Dann ist es eben der teuerste.«

Tom klang müde und genervt, aber Patrick hatte den Eindruck, dass jetzt kein guter Zeitpunkt war, um nach dem Grund zu fragen.

»Die Hauptschlafzimmer sind auf dieser Etage«, erklärte Tom, als sie über den Treppenabsatz gingen. »Du und ich und das restliche Fußvolk sind ein Stockwerk weiter oben.«

Am Ende des Absatzes blieb Patrick vor einem bleiverglasten Fenster stehen, das den Rasen seitlich am Haus überblickte. Er erstreckte sich bis zu einer hohen Steinmauer, hinter der ein dichter Eschen- und Eichenwald lag.

»Falls du Lust auf einen Waldspaziergang hast«, sagte Tom, »solltest du wissen, dass er da drin Männer hat, die Tag und Nacht patrouillieren.«

»Ist das wirklich nötig?«

»Unterschätze niemals den Wert von erholsamem Schlaf«, sagte Tom, dann senkte er die Stimme zu einem Flüstern: »Und ja, ich kann mir alle möglichen Leute vorstellen, die ihn gern tot sehen würden.«

»Wer?«

»Es ginge schneller aufzuzählen, wer nicht.« Tom spreizte die Finger und nahm einen nach dem anderen runter: »Leute, mit denen er Geschäfte gemacht hat, Leute, mit denen er keine Geschäfte machen wollte, der russische Staat, die russische Mafia und wahrscheinlich die Tschetschenen. Die wollen alle umlegen. Wir sind hier oben«, sagte er wieder in normaler Lautstärke, während er die schmale, steile Treppe hinaufstieg.

Patrick blieb noch einen Moment am Fenster stehen und suchte den Wald nach Wanjaschins Wachposten ab, aber das Einzige, was sich bewegte, waren Blätter.

Sein Zimmer war klein, aber gemütlich. In der Ecke stand ein Schreibtisch, und ein Fernseher hing an der Wand gegenüber vom Bett. Patrick sah aus dem Fenster zum Hubschrauber, der auf dem Rasen funkelte. »Was so einer wohl kostet?«, fragte er.

»Vier oder fünf Millionen, denke ich.«

»Dann hol ich mir wahrscheinlich auch einen.«

Tom schnaubte.

»Alles okay bei dir?«, fragte Patrick. »Du wirkst ein bisschen ... abgespannt.«

Tom lächelte matt. »Sergej halt. Und die Freuden, mit ihm zusammenzuarbeiten. Aber nichts, was sich nicht mit einem Eimer Wodka lösen ließe. Ich lass dich erst mal ankommen.« An der Tür blieb er stehen. »Falls du ins Bad musst, das ist direkt rechts nebenan. Gehört zum altmodischen Charme des Herrenhauses. Diese Typen, die bei Sergej sind, die fliegen bald zurück nach London, also sei in ungefähr dreißig Minuten unten, ja?«

143

»Wer sind die?«

»Über zwei davon weiß ich nicht viel. Die haben irgendwas mit Bergbau in Afrika zu tun. Der Typ mit der Brille ist Nikolai Donskoj. Er war der Chefredakteur bei der *Stimme Moskaus*.«

»Dem Radiosender?«

»Er wurde rausgeschmissen, nachdem Sergej abtreten musste. Sie überlegen, hier etwas Digitales auf die Beine zu stellen. Irgendwie wollen sie wieder Russland erreichen.«

»Also hat er viel um die Ohren?«

»Mein Rat ist: Lass ihn nicht abschweifen. Wahrscheinlich hast du nicht viel Zeit mit ihm, also nutze sie klug. Wir sehen uns unten.«

Tom schloss die Tür hinter sich, und Patrick setzte sich auf das Bett. Er lauschte seiner Atmung. Eine Minute verging, dann stand er auf und packte aus.

An den Fenstersims in seinem Zimmer gelehnt, beobachtete er, wie sich die Rotorblätter des Hubschraubers erst kriechend langsam drehten und dann ineinander verschwammen, da klopfte es an der Tür. Er öffnete sie, und im Flur dahinter stand ein sehr großes, sehr dünnes Mädchen. Sie hatte eine hohe Stirn und unergründliche grüne Augen, die sich beim Anblick von Patrick weiteten, als hätte sie eben eine Frage gestellt und würde auf eine Antwort warten. »Hallo?«, sagte er, und es gelang ihm nicht, den überraschten Unterton zu verbergen.

»Tom hat mich geschickt. Ich soll dich holen«, sagte das Mädchen. »Ich bin Aljona.« Er hörte ihr an, dass sie Russin war, aber ihr Akzent hatte eine ausgeprägte kalifornische Sprachmelodie. Draußen war das Geräusch des aufsteigenden Hubschraubers zu hören: ein aggressives Dröhnen, das nahtlos in ein Surren überging.

Patrick erwiderte ihr Lächeln. »Patrick«, sagte er. »Freut mich, dich kennenzulernen.«

»Bist du so weit?«

»Klar, natürlich«, sagte er. Er ging in den Flur, dann fiel ihm das Diktiergerät ein. »Moment.« Er kehrte ins Zimmer zurück, nahm das Aufnahmegerät vom Schreibtisch und steckte sich Notizblock und Stift in die Sakkotasche. Wieder im Gang, fand er Aljona auf einem Bein in einer Yogastellung mit hinter dem Rücken gefalteten Händen vor. Sie war barfuß und trug eine weite schwarze Hose, die auf Wadenhöhe endete, und ein grünes Kapuzenoberteil mit einer glitzernden Phönixstickerei auf dem Rücken.

Auf einem Bein hüpfend, drehte sie sich zu ihm um. »Bei meiner letzten Modenschau bin ich gestürzt«, erklärte sie. »Ich arbeite an meinem Gleichgewicht.«

»Scheint mir ziemlich gut zu sein.«

»Barfuß ist es leicht«, sagte sie und schritt voraus durch den Flur.

Sie war so groß wie er, dachte Patrick, und könnte etwa fünfzehn sein. »Ich hoffe, du gehst gern spazieren«, sagte sie über ihre Schulter. »Das Haus hier ist ungefähr tausendmal so groß wie meine Wohnung.«

»Wo lebst du?«

»Meistens aus dem Koffer«, antwortete sie, während sie die schmale Treppe zum ersten Stock hinunterstiegen. »Ich bin immer am Arbeiten. Also, ich will mich ja nicht beschweren, aber es ist schon anstrengend. Zurzeit ist New York mein Zuhause, sozusagen. Da hab ich ein winziges Apartment.«

»Wie sieht's mit Schule aus?«

Sie lachte, und oben an der breiten Treppe, die in einem Bogen hinunter in die Eingangshalle führte, drehte sie sich zu ihm um. »Was denkst du, wie alt ich bin?«

Auf einmal hatte Patrick den Eindruck, dass er sich zum Narren machte. »Siebzehn?«, sagte er.

»Um zwei Jahre verschätzt. Aber Moment, bin ich fünfzehn oder neunzehn?« Sie stieg rückwärts zwei Stufen hinunter und sah mit neckischer Miene zu ihm hoch.

»Vorsicht, nicht, dass du fällst«, sagte Patrick.

»Du bist dir nicht sicher?« Mit gespieltem Erstaunen riss sie die Augen auf. Sie stieg noch eine Stufe hinab, dann noch eine.

»Neunzehn!«, sagte Patrick. »Definitiv neunzehn. Dreh dich bloß um, ja?«

Sie lachte, sprang aufs Geländer und rutschte das restliche Stück hinunter.

»Dein Vater freut sich bestimmt, wenn du mal eine Weile zu Hause bist«, sagte Patrick. Die Dielen in der Halle knarzten unter seinen Schuhen. Aljonas Lächeln verblasste. Sie sah verwirrt aus. »Den habe ich seit Jahren nicht mehr gesehen.«

»Patrick – der Mann der Feder!«, rief Wanjaschin, als er, gefolgt von einem seiner Leibwächter, die Eingangshalle betrat. »Du hast Aljona kennengelernt.« Er blieb bei ihr stehen,

146

umfasste ihren Hinterkopf, zog sie an sich und streckte das Gesicht hoch zu ihrem.

Doch nicht seine Tochter, dachte Patrick, während sie sich offenbar demonstrativ lang küssten und Wanjaschin den Bauch an ihren langen, schmalen Körper presste und ihren Nacken umklammerte wie eine Schraubzwinge.

Als der Kuss endlich vorbei war, lächelte Wanjaschin, sprach leise auf Russisch mit Aljona und knetete ihr dabei Hüfte und Gesäß. Sie sah Patrick an. »Hat mich gefreut. Wir sehen uns.«

»Ebenso«, sagte Patrick. »Viel Erfolg mit dem Gleichgewicht.«

Beim Weggehen tat sie, als würde sie stolpern, und warf ihm noch schnell ein Lächeln zu, bevor sie durch eine Tür verschwand. Als er sich umdrehte, betrachtete ihn Wanjaschin mit den ausdruckslosen Augen eines Hais. Dann legte er Patrick die Hand auf die Schulter und führte ihn in ein großes Wohnzimmer, das sich über die gesamte Länge des Hauses von der Einfahrt bis zum Garten erstreckte. Zwei große ochsenblutrote Chesterfieldsessel und ein gemauerter Kamin dominierten die Mitte des Raums. Ein kleines Feuer – überflüssig an einem derart warmen Tag – knisterte in der tiefen, rauchgeschwärzten Feuerstelle. Das Zimmer war traditionell dekoriert mit goldgerahmten Stichen von Gebäuden und Landschaften, darüber kleine Schirmlampen. Der mintgrüne Teppich war wohnlich abgelaufen. Hier erinnerte nichts an die römische Antike. Wanjaschin machte es sich in einem der Sessel am Feuer bequem. Fehlten nur noch, dachte Patrick, der Tweedanzug und ein Rudel Jagdhunde, die um ihn herumtollten, und er würde als englischer Gutsbesitzer durchgehen.

Wanjaschin bedeutete Patrick, sich zu setzen. »Mein Freund Kolja hat dein Buch gelesen. Das über den Fußballer.«

»Hat es ihm gefallen?«

»Er sagt, du bist nicht der Richtige für diesen Auftrag.«

»Tut mir leid, das zu hören. Weiß er, wer der Richtige dafür wäre?«

»Sascha Jermilow. Einer meiner Reporter.«

»Ich habe noch nie etwas von ihm gehört.«

»Schreibt gut. Recherchiert gründlich.«

»Mr Wanjaschin …«

»Sergej.«

»Sergej. Die Entscheidung liegt bei Ihnen. Engagieren Sie ruhig diesen Sascha, schreiben Sie Ihr Buch mit ihm und verkaufen Sie es in Russland – falls Sie das Buch dort in die Buchhandlungen kriegen. Aber haben wir nicht etwas Größeres vor?«

»Sprich weiter.«

»Die Menschheit muss diese Geschichte hören«, sagte Patrick und neigte sich auf dem Sessel vor. »Sie, eine Persönlichkeit, der Unrecht widerfahren ist, nehmen es mit dem mächtigen korrupten Russland auf. Das ist wie … Kennen Sie *Star Wars*?«

»Natürlich. Skywalker.«

»Genau, Skywalker. Und Putin ist der Imperator. Sicher würde Sascha auch passable Arbeit leisten, aber das hier ist etwas Internationales, nichts Lokales. Und den Verlagen in

London oder New York sagt Saschas Name nichts. Meiner schon.«

Mit einem verhaltenen Lächeln musterte Wanjaschin Patrick. Er schwieg.

»Was hat Tom vorhin gesagt? Sie werden die Welt verändern. Ich bin hier, um Ihnen dabei zu helfen.« Wieder betrachtete Wanjaschin Patrick, aber diesmal begegnete Patrick der Stille ebenfalls mit Schweigen.

Mehrere lange Augenblicke verstrichen, dann sagte Wanjaschin: »Meine Aljona, die ist schon eine, was? Ich habe sie letztes Jahr auf meiner Party in Cannes kennengelernt.« Sein Ton war heiter, das Gespräch von eben scheinbar vergessen. »Das Beste an einer Feier auf einer Jacht ist«, sagte er und hob den Kopf leicht an, als wäre ihm der Gedanke eben erst gekommen, aber auf eine Art, der Patrick ansah, dass der Satz einstudiert war, »dass man die Leute, die man mag, zum Bleiben zwingen und den Rest einfach über Bord werfen kann.« Er brach in schallendes Gelächter aus, und Patrick schmunzelte pflichtbewusst. »Was hältst du von Aljona?«, fragte Wanjaschin. Die Stimme klang noch immer unbeschwert, aber Patrick nahm einen Hauch von Strenge wahr.

»Sie scheint ein tolles Mädchen zu sein. Frau«, sagte Patrick. »Sie ist ein Model, hat sie, glaub ich, erzählt?«

Wanjaschin lachte. »Es gibt eine russische Geschichte über ein paar Ausländer in einem Kunstmuseum«, sagte er. »Der Museumsführer zeigt ihnen ein Gemälde – es heißt *Lenin in London*. Man sieht ein Schlafzimmer, ein Bett. Auf dem Bett vögeln ein Mann und eine Frau, aber nur die Beine sind zu sehen. Der Museumsführer deutet auf die Beine von der Frau und sagt: ›Das sind die Beine von Nadeschda Konstantinowna.‹ Lenins Frau, ja? ›Und das sind‹, sagt er und zeigt auf die Beine von dem Mann, ›die Beine von Dzierżyński.‹ – ›Aber wo ist Lenin?‹, will jemand wissen, und der Museumsführer antwortet: ›Lenin ist in London.‹« Wanjaschin beugte sich vor, füllte den Platz zwischen ihnen aus und legte Patrick die Hand gewichtig aufs Knie. »Heute«, sagte er, und das Lächeln war verschwunden, »ist meine Frau in London.« Er lehnte sich wieder zurück und betrachtete Patrick schweigend. Fünf Sekunden verstrichen, dann zehn. Fünfzehn. Patrick unterdrückte das Bedürfnis, etwas zu sagen. Schließlich hob Wanjaschin die Hand und deutete mit dem Zeigefinger auf Patrick. Ein dünnes Lächeln umspielte seine Lippen. »Du bist ja wirklich wie ein Geist.«

»Ich glaube, am besten würde das hier funktionieren, wenn Sie das Gefühl haben, mit sich selbst zu sprechen, Mr Wanjaschin.«

»Sergej.«

»Sergej, sorry. Ich werde Sie … dich nur unterbrechen, wenn ich Rückfragen habe. An ein paar Stellen müssen wir vielleicht ein bisschen weiter ausholen, vor allem für die Leser hierzulande, die sich nicht so gut mit Russland auskennen.«

Wanjaschin nickte, aber Patrick war sich nicht sicher, ob er zugehört hatte. »Die gehen raus auf die Straße, Patrick«, sagte er.

»Die?«

»Die Leute«, sagte er und machte eine ausladende Geste, als wäre auf der anderen Seite des Zimmers eine Menschenmenge zu sehen, nicht nur der an den schwarzen Konzertflügel gelehnte Leibwächter, der sich rasch aufrichtete. »Endlich stehen die Menschen in Russland auf und sagen Nein, und zwar in einer Größenordnung, die etwas bedeutet. Erst letzte Woche in Moskau: dreißigtausend Menschen auf der Staße! Leonid Parfjonow, sagt dir der Name was?«

Patrick schüttelte den Kopf.

»Ein prominenter Meinungsmacher«, sagte Wanjaschin und hob zur Betonung einen Finger. »Jetzt spricht er auf großen Kundgebungen, Protestkundgebungen. ›Russland ohne Putin‹, fordern die Sprechchöre.« Er wischte sich nicht vorhandene Tränen aus den Augen. »Wie gern ich dabei wäre.«

Patrick hatte von den Protesten bei Putins Amtseinführung gelesen. »Du glaubst, das führt zu was?«, fragte er.

»Davon bin ich überzeugt. Das ist nicht wie Proteste früher. Das sind nicht einfach Kommunisten, und es sind auch nicht nur junge Leute. Es ist die Mittelschicht, die sich auflehnt, Putins Basis«, sagte er und stand auf. »Darum müssen wir auch unser Öl aufs Feuer schütten, ja?« Zu Patricks Erstaunen stellte Wanjaschin die Füße weit auseinander und gestikulierte vor dem Oberkörper wie ein Magier, der einen Zauberspruch aufsagte. »Bückt euch, Römer!«, sagte er laut, »lasst unsre Händ' in Cäsars Blut uns baden bis an die Ellenbogen! Färbt die Schwerter! So treten wir hinaus bis auf den Markt, und, überm Haupt die roten Waffen schwingend, ruft alle dann: ›Erlösung! Friede! Freiheit!‹« Er stand kerzengerade da, den Kopf gen Decke gerichtet und einen Arm erhoben, als würde er ein Schwert halten. Einen Moment lang verharrte er in dieser Pose, dann schaute er hinunter. »Kein Applaus?«

»Ich bin zu überwältigt zum Klatschen, Sergej«, sagte Patrick.

Wanjaschin lächelte. »Ich war Regisseur, nicht Schauspieler. Aber jetzt wird es Zeit, unsere ›Schwerter zu färben‹. Davon hat mein Freund Borja viele Jahre gesprochen.«

»Borja?«

»Da. Borja. Boris Abramowitsch Beresowski. Er hat mit mir über einen bewaffneten Aufstand geredet. Söldner. Er hat Leute von der französischen Fremdenlegion und ehemalige Mossad-Männer. Ein paar Franzosen habe ich auch. Gute Männer. Aber jetzt hat Borja nur noch Zeit für oberstes Gericht und seinen beschissenen Prozess. Er redet von nichts anderem mehr.« Wanjaschin blickte ins Feuer. »Aber es gibt andere Wege, eine Revolution zu starten. Auch Bücher können das.«

»Klar, frag mal Marx«, sagte Patrick. Er stand auf und stellte sich zu Wanjaschin. »Ich dachte mir«, sagte er, »wir wollen das Buch ja so interessant wie möglich machen, und das können wir, wenn wir eine ganz persönliche Geschichte erzählen: deine Geschichte.«

Wanjaschin wiegte den Kopf hin und her. »Vielleicht ja, vielleicht. Aber am wichtigsten sind die Kriminellen im Kreml. Wir müssen mit ihnen ins Gericht ziehen. Wir erzählen von ihren Verbrechen.«

»Was haben die Dateien, die du mir geschickt hast, damit zu tun?«

»Beweise. Schießpulver, um sie wegzupusten.«

»Wer genau sind ›sie‹?«

»Die Silowiki. Machtelite, würdet ihr sagen. Die Männer in Geheimdiensten und Regierung – seit Putin sowieso alles selbe Leute –, denen Schlösser, Inseln, Ferienanlagen, Wälder gehören. Männer mit viel, viel größerem Einkommen, als ihre offiziellen Ämter hergeben.«

»Wie kommen sie zu ihrem Geld?«

»Sie stehlen es. Fabriken, Raffinerien, Banken, Telefonanbieter, Labore. *Stimme Moskaus. New Times.*«

»Dein Radiosender. Deine Zeitung.«

Wanjaschin nickte.

»Die gehören den Silowiki?«

»Offiziell gehören sie Briefkastenfirmen. Aber sie sind die Begünstigten. Ein Mann namens Adamow, Ex-KGB, der ist jetzt der echte Eigentümer. Das kann ich beweisen. Aber mir geht es nicht um den oder den oder den, sondern um das System.«

»Und die Dokumente, die du mir geschickt hast, zeigen, wie das System funktioniert?«

»Sozusagen. Wir müssen die Informationen veröffentlichen.«

»Ich brauche jemanden, der das Ganze mit mir durchgeht. Mir sagt das alles nichts.«

»Natürlich, bald wirst du Experte sein.« Er warf einen Blick auf seine Armbanduhr. »Aber Finanzkurs ist später«, sagte er und stand auf. »Jetzt ist Mittagessen.«

Sie aßen Spaghetti Carbonara auf der Terrasse: Patrick, Wanjaschin, Aljona, Tom und ein deutsches Paar, Gregor und

Jenny, die, wie Patrick annahm, ebenfalls zu Gast waren. Wanjaschin, der darauf bestand, dass Patrick neben ihm saß, schenkte ihm unentwegt kräftigen Rotwein nach. Er fragte nach Patricks Meinung zu Alexei Nawalny, der in der Woche zuvor in Moskau inhaftiert worden war. Als Patrick antwortete, dass er nicht viel über ihn wisse, nur, dass er ein Oppositionsführer sei, redete Wanjaschin eindringlich auf ihn ein. Er nannte Nawalny heldenhaft, furchtlos, genial. »Er veröffentlicht eingescannte Belege von Geldbewegungen im Internet: Beweise für Korruption, schwarz auf weiß. Simpel. Brillant. Diesem Beispiel sollten wir folgen – zeigen wir alles öffentlich. Unser ganzes Schießpulver.« Patrick hörte zu und trank Wein. Als Wanjaschin seine Aufmerksamkeit schließlich den Deutschen widmete, fühlte sich Patrick betrunken und vergaß das Rauchverbot. Er hatte seine Zigaretten bereits hervorgeholt, sich eine zwischen die Lippen geschoben und sein Feuerzeug entzündet, als Tom ihn mit einem Handzeichen auf seinen Fauxpas aufmerksam machte. Er steckte Feuerzeug und Zigarette ein – verstohlen wie ein Schuljunge, dachte er –, stand auf und ging zum anderen Ende der Terrasse. Als er sich die Zigarette anzündete, trat der Securitymann, der in der Nähe stand, auf den Rasen und ging diskret auf Abstand. Patrick betrachtete das Gras, das zu pulsieren schien. Mit Blick zum Wald fragte er sich, wie weit er sich erstreckte und wie viele bewaffnete Männer wohl darin waren. Er sah Aljona über die Terrasse auf ihn zukommen.

»Krieg ich auch eine?«, fragte sie. Patrick holte die Schachtel heraus und klappte den Deckel um. Er gab ihr Feuer.

Sie nickte zum Dank und blies einen Schwall Rauch aus.

Mit dem kleinen Finger zog sie sich eine vom Wind verwehte Haarsträhne vom Mund. »Die reden übers Geschäft«, sagte sie. »Total langweilig.«

»Ja, ich verstehe auch nicht viel davon.«

»Ich schon«, sagte sie. »Daher weiß ich ja, dass es langweilig ist.«

Schweigend standen sie nebeneinander. Patrick spürte Wanjaschins Blick auf sich. Er war überzeugt, dass er sich das nur einbildete, aber er konnte sich nicht überwinden, sich umzudrehen und nachzusehen. Die Stille breitete sich aus, bis er schließlich nicht anders konnte, als sie zu durchbrechen. »Macht ihm das nichts aus?«, fragte er.

»Was?«

»Dass du rauchst.«

»Stell dir vor: Ich bin schon alt genug«, fuhr sie ihn an. »Ist ja nichts Illegales.«

In der Annahme, sie sei ehrlich aufgebracht, drehte er sich zu ihr, aber sie lächelte ihn an. »Ich meinte, du weißt schon, sein Rauchverbot.«

Sie sah ihn abschätzend an. »Du kennst ihn noch gar nicht, oder?«, sagte sie.

»Darum bin ich ja hier.«

Aljona schaute über den Rasen. Sie nahm kurze, flache Züge von der Zigarette.

»Sergej hat erzählt, dass ihr euch auf seiner Jacht kennengelernt habt«, sagte Patrick.

Sie lächelte, den Blick immer noch geradeaus gerichtet. »Ja, das schwimmende Schloss. Hast du sie gesehen?«

»Nein.«

»Du musst ihn unbedingt überreden, dich mitzunehmen. Die ist so cool. Viel besser als diese Ruine hier«, sagte sie und warf einen Blick über die Schulter zum Haus.

»Es ist schon etwas altmodisch«, sagte Patrick. »Aber andererseits, ich bin Engländer. Dass mir so etwas gefällt, liegt quasi in meiner Natur.«

»Es ist hübsch«, sagte Aljona, was mehr nach einem Zitat klang als nach ihrer eigenen Meinung. »Aber es ist so alt und knarrt. Nachts klingt es, als würde es nur so von Ratten wimmeln.«

»Na danke, die Vorstellung werde ich so schnell nicht mehr los.«

»Keine Sorge, die gehen nur in die kleinen Schlafzimmer. In der obersten Etage.«

»O super! Wenigstens werden sie sich zuerst Tom holen. Der reicht für zwei.«

Aljona lachte.

»Was ist hier so lustig?«, fragte Tom, der mit einem Glas Wein in der einen Hand und einer Zigarette in der anderen zu ihnen kam.

»Patrick hat Angst, dass er von Ratten gefressen wird«, sagte Aljona. Sie lächelte ihn verschwörerisch an.

»Nicht Angst, eher besorgt, würde ich sagen«, erwiderte Patrick.

»Er ist Autor«, sagte Tom. »An Ungeziefer jeglicher Art ist er gewöhnt.« Er schluckte den letzten Tropfen Wein hinunter und hielt das leere Glas vor sich. »Dieser Masseto ist verdammt gut.«

Von Wanjaschin erschallte ein Ruf, gefolgt von Lachen. Er

156

hatte die Arme um die Deutschen gelegt und drückte sie an sich.

»Worüber sprechen die?«, fragte Patrick.

»Ich bin mir nicht sicher, aber das übersteigt sowieso meine Gehaltsklasse«, antwortete Tom. »Deswegen bin ich hergekommen. Nicht, dass ihr zwei« – er nickte Aljona und Patrick zu – »nicht Grund genug wärt.«

»Du sprichst so schnell, Tom«, sagte Aljona. »Ich verstehe immer nur die Hälfte von dem, was du sagst.«

»Die Hälfte davon ist Stuss, meine Liebe«, sagte Tom. »Und die andere Hälfte ist Quatsch.« Er kehrte seinen walisischen Akzent heraus, dachte Patrick. »Aber dieser Mann«, sagte Tom und fuchtelte mit dem Glas Richtung Patrick. »Dieser Mann sagt vielleicht nicht viel, aber wenn er was sagt, lohnt es sich immer hinzuhören.«

»Der schweigsame Typ«, sagte Aljona.

Patrick nickte. »Der starke Schweigsame, ja, das kommt ganz gut hin.«

Aljona musterte ihn von oben bis unten. Sie zog eine Augenbraue hoch. »Vielleicht«, sagte sie. Tom lachte.

»Mit einem ›Vielleicht‹ kann ich leben«, sagte Patrick, steckte sich noch eine Zigarette an und hielt Aljona die Schachtel hin. Sie schüttelte den Kopf.

»Aljona!«, rief Wanjaschin. Er schnipste mit den Fingern. Sie ging zu ihm, und Patrick beobachtete, wie er sie auf seinen Schoß zog. Er legte ihr eine breite, haarige Hand auf den Oberschenkel.

»Ich glaube, ihm gefällt es nicht, dass ihr beide euch so gut versteht«, sagte Tom leise.

Patrick sah zu, wie Wanjaschin sich für einen Kuss zu Aljona beugte, dann das Gesicht verzog und zurückwich. »So ein Idiot«, murmelte Patrick. »Als ich sie kennengelernt habe, dachte ich, sie ist seine Tochter, Herrgott noch mal.«

Tom lachte hinter vorgehaltener Hand und zog an seiner Zigarette. »Seine Töchter sind sogar älter als sie.«

»Wo sind sie?«

»Die eine ist an der Sorbonne, die andere in Oxford.«

»Klug?«

»Vielleicht. Jedenfalls reich. Ich kenne sie kaum.«

»Und seine Frau?«

»Tatjana kenne ich, aber besonders scharf darauf ist sie nicht mehr, Zeit mit ihrem Mann zu verbringen. Wenn er hier ist, ist sie in Südfrankreich oder in Courchevel, und wenn er in London ist, ist sie hier oder geht in New York shoppen und so weiter.«

»Sie weiß von Aljona. Das hat er mir erzählt.«

Tom nickte. »Im Moment findet sie sich damit ab.«

»Ich finde das widerlich.«

»Zum Glück bist du nicht als Moralapostel hier. Und ich auch nicht. Aber du musst schon zugeben, dass sie eine schöne Frau ist.«

»Sie hat einen wachen Verstand. Ich mag sie.«

»Vorsicht.«

»Nicht auf diese Art«, sagte Patrick, aber er spürte, dass er rot wurde. »Jedenfalls hat sie mich im Grunde einen Schwächling genannt, also selbst wenn ich Gefallen an ihr fände …«

»Das würde ich mir nicht zu Herzen nehmen. Wo sie herkommt, wachsen härtere Typen heran als anderswo.«

»Und wo wäre das?«

»Norilsk. Am nördlichen Polarkreis.«

»Was gibt's in Norilsk?«

»Hauptsächlich Nickelminen. Eine hässliche Stadt voller schöner Mädchen, die nichts anderes als wegwollen. Ich habe mal eine Sendung darüber gedreht. Scouts fahren in diese Städte – Norilsk, Dserschinsk, Magnitogorsk –, sammeln die ganzen Kids ein und laden sie in Moskau oder Petersburg ab. Viele von ihnen werden nach China geschickt. Ein paar Glückliche schaffen es in die Spitzenliga: Mailand, Paris, New York. Die Scouts bezeichnen die Mädchen als ›Vieh‹.«

»Dann gehört sie wohl zu den Glücklichen.«

»An die Spitze des Haufens zu klettern, ist schon eine Leistung an sich. Sich dann auch noch einen Oligarchen zu angeln, das ist wie ein Sechser im Lotto.«

Patrick war es unangenehm, dass so über Aljona gesprochen wurde. »Hast du das nicht auch gemacht?«, sagte er.

»Leck mich«, fuhr Tom ihn an. Dann lachte er. »Penner. Aber ja, irgendwie schon.«

Einen Moment lang verschwand die Sonne hinter einer Wolke, das Gras wurde dunkler, dann breitete sich die Helligkeit wieder aus. Eine Brise pfiff über die Terrasse und fegte eine Serviette vom Tisch. Eine der Frauen, die das Geschirr abräumten, bückte sich, um sie aufzufangen.

»Wie war deine Plauderei mit dem großen Boss?«, fragte Tom.

»Spannungsgeladen.«

»Er stellt dich nur auf die Probe.«

»Ich will ihn fragen, wie viel Geld er hat. Ist das eine dumme Idee?«

»Wieso willst du das wissen?«

»Ich will ihn einordnen können. Als Oligarch wird man an seinem Reichtum und seiner Macht gemessen. Also wie viel Reichtum und Macht besitzt er?«

»Er ist kein Beresowski oder Abramowitsch«, sagte Tom leise. »Nicht in deren Liga. Aber vielleicht nah genug dran, dass es für viele keinen Unterschied macht. In gewisser Weise war er schlauer, hatte immer mehrere Eisen im Feuer, anstatt dass ihm zum Beispiel gleich so was wie Jukos gehört. Wenn man so groß wird, gucken gewisse Leute genauer hin, und vielleicht muss man verrückt sein, um überhaupt so groß werden zu können. Vor seiner Verhaftung war Chodorkowski dabei, einen eigenen Pipeline-Deal mit den Chinesen auszuhandeln, und er wollte eine weitere Ölleitung von Murmansk in die USA bauen. Abgekoppelt vom Kreml. Dann hat er Putin live im Fernsehen einen Vortrag über Korruption gehalten. Was zum Geier hat er sich dabei gedacht? Er hat Putin gar keine Wahl gelassen, als ihm einen Riegel vorzuschieben.« Tom bückte sich, um das leere Weinglas auf die Steinplatten zu stellen, dann richtete er sich auf und steckte sich noch eine Zigarette an. »Für so etwas war Sergej zu schlau, also bis zu einem gewissen Grad. Aber er konnte seine Klappe nicht halten.«

»Die *Kursk*-Geschichte.«

Tom schüttelte den Kopf. »Das hat es nicht besser gemacht, aber es war nicht nur das. Sergej hat sich bei einigen – bei Geschäftsleuten, bei Leuten in der Regierung – beschwert,

Putin und seine Silowiki würden stehlen, was sie wollten, und alle festnehmen, die versuchten, sich ihnen zu widersetzen. Wenn das jemand tut, dem eine Zeitung und ein Radiosender gehören, dann werden die Leute nervös.«

»Wie ein großer Reformer kommt er mir nicht vor.«

»Ist er auch nicht. Oder war es zumindest nicht. Er hatte kein Problem mit dem, was Putin tat – er war neidisch. Das Saubermann-Image kam erst in letzter Zeit. Deswegen fährt er jetzt auch so auf Nawalny ab. Ich habe ihm geraten, mit Nemzow zusammenzuarbeiten, aber davon will er nichts hören. ›Einiges Russland ist die Partei der Gauner und Diebe‹, das ist Nawalnys Wahlspruch, und er passt perfekt zu Sergejs … hm, nicht gerade zu seinen moralischen Grundsätzen, aber zu seiner sehr selektiven Vorstellung von Gerechtigkeit.«

Patrick lachte. »Scheiße, wo hast du mich da bloß reingezogen, Tom?«

Tom ließ die Zigarette fallen, und sie landete zischend im Weinglas. »Deine Dankbarkeit habe ich zur Kenntnis genommen.«

Als auf der Terrasse Tee serviert wurde, sagte Wanjaschin, er müsse ein paar Anrufe tätigen, und ging ins Haus. Aljona ging hinauf, um sich hinzulegen, und Tom meinte, er wolle seine Mails checken. »Ich bin in der Küche, falls du mich brauchst«, sagte er.

»In der Küche?«

»Ich arbeite gern an Orten, wo ich mit Ablenkung rechnen kann. Und wo ich nicht aufstehen muss, wenn ich Hunger habe.«

Den Rest des Tages sah Patrick sich um. Dass er nicht arbeitete, war ihm unangenehm, und ihm war bewusst, dass er eigentlich mit Wanjaschin sprechen sollte. Einmal hörte er ihn schreien, aber die Stimme wurde leiser, als er in einen weiter entfernten Teil des Hauses ging. Zu einem Interview kam es nicht. Patrick hoffte, Aljona noch einmal über den Weg zu laufen, aber er bekam sie nicht zu Gesicht. Er fand die Bibliothek, ein schummriges, holzgetäfeltes Zimmer, nahm ein beliebiges Buch aus dem Regal – *Phineas Redux* – und überflog lustlos ein paar Kapitel. Er machte einen Spaziergang durch den Garten und überlegte, in den Wald zu gehen, aber die Aussicht, bewaffneten Männern zu begegnen, schreckte ihn ab. Schließlich holte er Laptop und Notizbuch aus seinem Zimmer und arbeitete neben Tom in der Küche. Kurz nach acht holte die Köchin eine Lasagne aus dem Ofen und stellte eine Salatschüssel ans Ende des langen, breiten Tischs, und die beiden Männer setzten sich zum Essen hin. »Soll ich einfach abwarten?«, fragte Patrick.

»Wenn du das Honorar willst«, antwortete Tom mit vollem Mund. »Und die Vorzüge. Ist dir eigentlich klar, was der Masseto kostet?« Er füllte Patrick das Glas fast bis zum Rand.

»Was machst du eigentlich hier?«, fragte Patrick. »Also, speziell an diesem Wochenende.«

Tom nahm einen großen Schluck Wein. »Sergej hat in letzter Zeit gewisse … Vertrauensprobleme«, sagte er. »Er hat mich gern in seiner Nähe. Und mir ist sein Geld ans Herz gewachsen – so sind alle Beteiligten zufrieden. Falls wir uns darauf einigen können, seinen zunehmenden Verfolgungswahn als eine Art von Zufriedenheit umzudeuten.«

»Vielleicht ist das gar kein Verfolgungswahn. Du hast selbst gesagt, dass viele ihn tot sehen wollen.«

»Viele, ja, aber nicht alle.«

»Stell dir vor, dir gehört das alles, und du bist trotzdem so unglücklich.«

Tom verdrehte die Augen.

»Was?«

»Na ja, komm, was glaubst du denn, wie jemand ist, der ›das alles‹ hat?« Mit ausladenden Handbewegungen deutete er die Bandbreite von Wanjaschins Besitztümern an. »Wahrscheinlich könnte er nie glücklich sein, nicht einmal dann, wenn er nicht alles verloren hätte, was ihm dieses Vermögen verschafft hat und was er, ohne dass in seiner Heimat mehrere Wunder geschehen, auch nie wieder zurückbekommt. Außerdem«, sagte Tom, zog Patrick am Arm näher zu sich und senkte die Stimme, »wirkt er auf uns vielleicht wie ein Milliardär, aber ich weiß nicht, ob die Zahlen stimmen. Der Hubschrauber, in dem du eingeflogen bist, ist gemietet. Genau wie die Jacht.«

»Vielleicht ist er nur umsichtig«, sagte Patrick.

»Macht er auf dich etwa einen umsichtigen Eindruck? Du hast doch sein bescheuertes Legionärszelt gesehen. Abramowitschs Jacht ist mit Sicherheit nicht gemietet, und dass Sergej sich Bacons ersteigert, habe ich auch nicht mitbekommen. Andererseits« – er hob die Hände – »wird mein nicht ganz unbeträchtliches Honorar nach wie vor gezahlt, und dieser Wein ist echt, also wer weiß, vielleicht liege ich ja falsch.«

»Warum hast du mir das nicht schon früher erzählt?«

»Wahrscheinlich war ich nicht so betrunken wie jetzt«, sagte Tom und nahm sich noch ein Stück Lasagne aus der Form.

Patrick sah durch die langen, schmalen Fenster hinaus. Ein Gewirr aus orange- und lilafarbenen Wolken erhob sich hinter der fransigen schwarzen Silhouette des Waldes. Als die Flasche ausgetrunken war, entkorkte Tom die nächste.

Am Morgen darauf verschlief Patrick und wachte gegen neun gerädert und verwirrt auf, als jemand an die Tür klopfte. »Herein«, krächzte er, und eine Hausangestellte brachte ihm ein Tablett mit einer halben Grapefruit, einem Bacon-Sandwich und einem silbernen Kännchen Kaffee. Zwanzig Minuten später war er unten, aber niemand war da. Die einzigen Geräusche, die er in der Eingangshalle hörte, waren ein Staubsauger irgendwo in der oberen Etage und das tiefe Ticken der Standuhr, einer imposanten, antik aussehenden Apparatur, die vielleicht schon seit Generationen hier in dieser Eingangshalle Takt hielt oder aber die Sergej sich von woanders bei einer seiner Einkaufstouren zugelegt hatte – das letzte Gesprächsthema in der Nacht zuvor, an das Patrick sich erinnerte und bei dem Tom die dritte Flasche Wein geöffnet hatte. Er schickte ihm eine Textnachricht, und beim Blick aufs Display dröhnte ihm der Schädel. Ein paar Sekunden später kam die Antwort: Wir sind wieder in London. Die Benachrichtigung, dass gerade etwas getippt wurde, erschien. Es ist was dazwischengekommen. Sergej tut es leid. Ich melde mich. »Scheiße!«, rief Patrick. Er ging hinauf, um zu packen, und ließ ein Taxi für die Fahrt zum Bahnhof in

High Wycombe kommen. Mit der Tasche neben sich saß er auf den Terrassenstufen und zündete sich eine Zigarette an. Es war bewölkt und warm.

Als er jemanden näher kommen hörte, rechnete er mit einer Hausangestellten, die ihm sagen wollte, dass sein Taxi hier sei, aber zu seiner Überraschung war es Aljona. Sie setzte sich neben ihn. »Ich dachte, du wärst mit Wan... mit Sergej zurück nach London gefahren«, sagte er.

Sie runzelte die Stirn. »Seine Frau ist in London. Ich bleibe hier. Ein paar Freunde kommen vorbei.«

»Du feierst eine Party?«

»Nein.« Sie klang angewidert. »Niemand feiert heute noch Partys. Wir nehmen nur K und haben Sex.«

Er drehte sich zu ihr und sah, dass sie ihn anlächelte. »Ich bin nicht drauf reingefallen«, sagte er kühl, dann lachte er. »Doch, bin ich.« In der Ferne ging ein Gärtner über den Rasen, in der einen Hand einen Spaten, in der anderen eine schwarze Plastiktüte, die sich hinter ihm von der gesammelten Luft aufblähte. »Darf ich dich was fragen?«, sagte Patrick.

»Darfst du.«

»Ist er gut zu dir?«

Aljona streckte die Beine aus und betrachtete ihre Füße, die sie abwechselnd anwinkelte und lang machte. »Wie meinst du das?«, fragte sie. Sie lächelte nicht mehr.

»Ich meine, ob er dich wie einen Menschen behandelt und nicht wie ein Objekt.«

»Ja, er behandelt mich wie einen Menschen. Ich ...«, setzte sie an und unterbrach sich. Sie führte ihren Daumen an den

Mund und knabberte am Nagel. »Ich habe von uns geträumt«, sagte sie und lachte verlegen. »Wir waren auf der Straße, haben einfach Zeit miteinander verbracht. Dann habe ich ein wahnsinnig lautes Geräusch gehört, und ich wusste, etwas Schreckliches ist hinter uns her. Gesehen habe ich nichts, da war nur dieses Geräusch, aber ich wusste, dass es hinter uns her war.«

»Uns?«, sagte Patrick.

»Hinter Sergej und mir. Und ich wusste, dass er mich beschützt. Ich glaube an meine Träume. Ich hab schon alles Mögliche geträumt, das sich als wahr herausgestellt hat.«

»Das ist gut«, sagte Patrick. Einen Augenblick lang hatte er gedacht, sie würde mit »uns« ihn meinen. Er wollte noch etwas sagen, aber bevor er sich entscheiden konnte, was, kam die Haushälterin und sagte ihm, sein Taxi sei da.

Mehrere Tage vergingen, an denen Robert kontinuierlich arbeitete. Aus seinen Notizen wurden Szenen, dann Kapitel, und allmählich häuften sich die Seiten an. Er dachte an kaum etwas anderes als an die Geschichte, die er zu Papier brachte, aber gut eine Woche nach dem letzten Treffen mit Patrick passierte etwas, und ihm fiel wieder der Mann aus dem Café ein, der ihnen – vielleicht – gefolgt war. Es war Sonntagnachmittag, und er und Nora fuhren mit der Tram von einer Geburtstagsfeier in Pankow nach Hause. Robert stand neben Nora, die in der letzten Reihe auf einem Sitz kniete und durch das Fenster beobachtete, wie die Fahrzeuge auf der Straße zurückfielen und näher kamen. Sie tat, als wären die Autos Wölfe, und während der gesamten Fahrt kommentierte sie die Jagd.

»Sie kriegen uns, Pappa!«, rief sie, und ihre Stimme schallte laut im vollen, aber stillen Tramwagen.

»O nein!«, sagte Robert leise, in der Hoffnung, sie würde sich seiner Lautstärke anpassen.

Sie drehte den Kopf und lächelte zu ihm hoch. »Sie verfolgen uns!«

Mit einem dumpfen Scheppern polterte die Tram über eine Weiche. »Pong!«, sagte Nora und kicherte.

Der Ruck brachte Robert ins Straucheln. Als er das Gleichgewicht wiedergefunden hatte, sah er hinter sich und bemerkte einen Mann, der ein paar Meter entfernt im über-füllten Mittelgang stand und ihn anstarrte. Er war etwa drei-ßig und groß, hatte breite Schultern, einen schwarzen Bart und eine flache, krumme Nase, mit der er wie ein Boxer aus-sah. Sein Blick war fokussiert und blieb selbst dann noch an Robert haften, als die Straßenbahn um eine Kurve fuhr, die Gliederwagen schwankend auseinanderdrifteten und sich dann wieder in einer Linie ausrichteten. Beim nächsten Halt, während Fahrgäste hinaus- und hereindrängten, kam er näher. Er war nur noch wenige Meter entfernt, aber nun ver-deckte der Schirm der schwarzen Baseballkappe seine Augen. Er tippte etwas ins Handy. Robert beobachtete ihn, während die Tram beschleunigte. Einmal hob er den Kopf, sah Robert direkt in die Augen, dann widmete er seine Aufmerksamkeit wieder dem Handydisplay. Robert erinnerte sich an den Blick des Mannes im Café, hörte einen Fetzen der Melodie, die er beim Weggehen gesummt hatte. Er sah sich um, ent-deckte aber nichts als die leeren Blicke von Sonntagnach-mittagspassagieren, eine Mutter, die ihren Sohn ermahnte, damit aufzuhören, einem Mann auf die Füße zu treten, und ein Teenagerpärchen – der Kopf des Mädchens ruhte auf der Schulter des Jungen, der einen tarnfarbenen Parka trug. Nora zerrte an Roberts Hosenbein. »Guck mal, Pappa, guck mal«, sagte sie.

»Was ist denn, älskling?«

Nora drehte sich von ihm weg, legte die Hände um eine Haltestange und machte einen winzigen Hüpfer in die Luft. Sie strahlte stolz.

»Gut gemacht!«, sagte Robert und streckte ihr die Hand

hin, um sie zu stützen, während die Straßenbahn langsam zum Stehen kam.

»Steigen wir jetzt aus?«, fragte Nora.

»Bei der nächsten.« Als Robert prüfte, ob der Mann vielleicht noch näher gekommen war, sah er ihn aus der Tram steigen und davoneilen.

Die kurze Strecke zwischen Schönhauser Allee und ihrer Wohnung zog sich ewig in die Länge, weil Nora sich auf den Boden warf und protestierte, da sie unmöglich noch einen Schritt weitergehen konnte. Robert lockte sie damit, dass vor dem Zubettgehen noch Zeit zum Fernsehen sei, wenn sie jetzt aufstehe. Als sie sich erneut fallen ließ, diesmal weil sie plötzlich den Rest ihres Hörnchens vom Frühstück wollte, das Robert schon vor Stunden weggeworfen hatte, riss ihm der Geduldsfaden. Er hob sie hoch und trug sie die letzten fünfzig Meter nach Hause, während sie sich in seinem Arm strampelnd zur Wehr setzte.

Als er in der Wohnung ankam, war er so gereizt und krampfhaft darum bemüht, Nora nicht anzuschreien, die immer noch um sich schlug, dass ihm das Fenster nicht auffiel. Erst als sie im Bad war und fröhlich mit ihren Plastiktieren plauderte, bemerkte er, dass im Kinderzimmer das Fenster, das immer verschlossen blieb, weil sie im vierten Stock lebten, weit aufgerissen war. Er konnte sich nicht vorstellen, dass Karijn, die mit Sonja auf einer Geburtstagsfeier in Neukölln war, es offen gelassen hatte, und Nora konnte es nicht gewesen sein – denn selbst wenn sie es geschafft hätte, hochzuklettern und den Griff zu erreichen, der ärgerlich schwer ging: Den Schlüssel bewahrten sie in einem Glas auf

169

dem Kühlschrank auf. Doch da war er, der Schlüssel – er baumelte am Schloss des oberen Griffs. Robert streckte den Kopf hinaus und sah hinunter in die Tiefe auf das Kopfsteinpflaster. Sein Puls beschleunigte sich, als er kurz nicht widerstehen konnte, sich vorzustellen zu fallen. Er zog das Fenster zu, verriegelte beide Griffe und brachte den Schlüssel zurück in die Küche. Ihm fielen die Diebstähle im Flur ein, und er sah nach den Laptops und Karijns Schmuck. Alles war da. Er öffnete die Wohnungstür, trat hinaus und untersuchte das Schloss. Um die Klinke herum war der Messingbeschlag verbeult, aber er war sich relativ sicher, dass das schon immer so gewesen war. Nichts deutete darauf hin, dass sich jemand an der Tür zu schaffen gemacht hatte, aber er wusste ohnehin nicht genau, wonach er suchte. Er überlegte, mit Karijn zu telefonieren, aber Nora rief ihn, und er ging zu ihr, um sie abzutrocknen.

Er zog ihr gerade einen Schlafanzug an, als er einen Schlüssel im Schloss hörte und die Tür aufknallte. »Morgen«, sagte Karijn beim Hereinkommen. »Morgen.«

»Nein, jetzt!«, jammerte Sonja. »Das ist gemein. Dann bist du nicht mehr meine beste Freundin, und du darfst auch nicht zu meiner Party!«

Robert lächelte. Erstaunlich, dachte er, wie leicht man sich als Außenstehender über so einen Streit amüsieren konnte, wäre er jedoch an Karijns Stelle, würde er wohl schreien vor Wut. »Hej«, rief er. »Nora, sag Hej zu Mamma und Sonja.«

»Hallo!«, brüllte Nora so nah an Roberts Ohr, dass er zusammenzuckte.

»Pappa!«, rief Sonja und rannte ins Kinderzimmer, ihre

Stimme schwoll zu einem Flehen an: »Mamma lässt mich nicht fertig essen!«

Hinter Sonja ging Karijn durch den Flur und brachte etwas in eine Serviette Eingeschlagenes in die Küche. »Du kannst den Rest morgen haben, mein Schatz«, sagte sie. Sonja fing an zu weinen.

»Sie hat einen Lutscher bekommen, der so groß ist wie ihr Kopf«, rief Karijn aus der Küche. »Die Hälfte hat sie schon gegessen.« Sie neigte sich aus der Küchentür und lächelte Sonja an. »Jetzt komm und iss zu Abend.«

Am Abend sahen sich Robert und Karijn einen Film an, aber schon kurz nach dem Anfang schlief Robert ein. Er ging durch die verdunkelten Korridore in Wanjaschins Landhaus. Männer waren im Haus; sie liefen neben ihm, aber anscheinend waren sie sich seiner Anwesenheit nicht bewusst. Sie suchten nach Wanjaschin. Robert wachte auf, als Karijn mit dem Knie gegen seinen Fuß stupste. »Danke mal wieder für einen spannungsgeladenen Abend«, sagte sie. »Ich gehe ins Bett.«

»Nacht, mein Schatz«, sagte er und versuchte, sich aufzuraffen. »Ich komme auch.« Er blieb noch einen Moment lang sitzen, und als er das nächste Mal die Augen öffnete und aufs Handy sah – geblendet verzog er das Gesicht –, war es kurz nach drei Uhr morgens. Er setzte sich auf, nahm die Brille ab und rieb sich die Augen. Er schaltete das Licht im Wohnzimmer aus und wankte ins Bad, um sich die Zähne zu putzen.

Robert zog sich bis auf die Unterwäsche aus, legte sich

neben Karijn ins Bett und schlief sofort ein. Als der Wecker auf dem Nachttisch schrillte, hatte er das Gefühl, höchstens ein paar Minuten geschlafen zu haben. Ein Blick auf die Uhr bestätigte das: 3:34 zeigten die grünen Ziffern. Verwirrt starrte er auf die Anzeige.

»Mach das aus«, nuschelte Karijn ins Kissen. »Wie spät ist es?«

»Das willst du nicht wissen«, sagte Robert und drückte wahllos auf irgendwelche Knöpfe am Wecker, der unerbittlich weiterschrillte. Karijn stöhnte auf. Er wusste nicht mehr, wie man ihn ausschaltete – sie verwendeten beide die Weckfunktion auf dem Handy, und er hatte keine Ahnung, wann sie den Wecker zuletzt angefasst hatten. Das Klingeln hörte auf, aber Robert wusste nicht, ob er ihn ausgeschaltet oder nur die Schlummertaste erwischt hatte. Er griff in den Spalt zwischen Nachtschränkchen und Bett, tastete nach dem Stecker und zog ihn aus der Steckdose. Die grünen Ziffern verschwanden. Seufzend legte er sich wieder hin. Das war bestimmt eins der Kinder, dachte er, und wie auf Kommando schlurften erst Nora, dann Sonja ins Zimmer, kletterten aufs Bett und drängten sich zwischen Robert und Karijn. Normalerweise rangelten sie um den Platz neben Karijn, sodass Robert oft das Feld räumte und im Wohnzimmer schlief. Aber heute legten sie sich einfach hin und schliefen ein, als wären sie gar nicht wach gewesen.

Am nächsten Morgen hatte Robert, der es nicht erwarten konnte, wieder mit der Arbeit zu beginnen, es ungewöhnlich früh mit den Mädchen aus der Wohnung geschafft und war schon kurz nach acht mit ihnen an der Kita. Gegen halb neun saß er mit aufgeklapptem Laptop und einer Tasse dampfendem schwarzen Kaffee an einem Tisch im Balzac. Es war ein paar Tage her, dass er zuletzt gearbeitet hatte, und er war noch nicht von der Szene überzeugt, an der er gerade saß, also nahm er sich etwas Zeit, die Notizen durchzusehen, die er sich nach dem letzten Treffen mit Patrick gemacht hatte. Sie füllten mehrere Seiten. Als Patrick zur Toilette gegangen war und Robert allein in der Küche gelassen hatte, nutzte Robert die Gelegenheit, um das Diktiergerät einzuschalten und in seiner Sakkotasche zu verstecken. Sofort fühlte sich das Sakko unfassbar schwer an, und das restliche Gespräch über saß er in einer unnatürlich steifen Haltung da, aus Angst, jegliche Bewegung könnte dem Gerät ein Geräusch entlocken, das ihn verriet. Vielleicht war es dumm gewesen, das Risiko einzugehen, aber obwohl Patricks Worte teilweise in dem Geraschel von Stoff am Mikrofon untergingen, bot die Aufnahme Robert so viel mehr, als sein Gedächtnis allein hergegeben hätte. Patrick hatte erzählt, wie frustriert er an dem Sonntagnachmittag bei der Rückfahrt von High Wycombe nach London gewesen sei und dass er die Hoffnung aufgegeben habe, mit Wanjaschin jemals weiterzukommen, nur um am nächsten Tag von ihm eine Einladung ins Sotheby's zu einer Auktion russischer Gemälde zu erhalten. Diese Szene versuchte Robert gerade auszuarbeiten, als ein Bettler zu ihm an den Tisch kam und vor seinem Gesicht mit einem Becher klapperte.

»Entschuldigung, ich habe nichts«, sagte Robert auf Deutsch.

Der Mann kam noch einen Schritt näher. Er trug eine zerlumpte Adidas-Jogginghose und eine Steppjacke mit einem langen Schlitz an der Seite. Wie eine Sehne zeigte sich dahinter das schmutzige, ehemals weiße Synthetikfutter. Wieder klapperte er mit dem Becher. Das zerfurchte Gesicht war rotbraun gegerbt wie von jemandem, der den Großteil seines Lebens im Freien verbracht hatte. Sein ungleichmäßiger grauer Bart war gelblich verfärbt.

»Ich habe nichts«, sagte Robert erneut.

Ein letztes Mal schüttelte der Mann den Becher sehr nah an Roberts Gesicht, dann nahm er ihn weg. Dabei blieb er an Roberts Tasse hängen, die umkippte, und ein Schwall Kaffee ergoss sich über den Tisch, lief über die Kante und tropfte auf Roberts Tasche. »Ach Mensch«, rief Robert, stand auf und machte einen Schritt um den Tisch, um seine Tasche zu retten. Der Bettler bückte sich und fummelte an der Tasche herum, während Robert sie hochhob.

»Lassen Sie los«, sagte Robert und zog die Tasche weg, aber der Mann hielt sie fester, zog sie wieder zu sich und versuchte, den Kaffee mit dem Ärmel abzuwischen.

»Entschuldigung«, sagte er. »Entschuldigung.«

»Es reicht!«, rief Robert und riss ihm die Tasche aus der Hand. Er wurde sich der anderen Leute um sie herum bewusst. Ein Barista legte dem Bettler eine Hand auf die Schulter, aber er schüttelte sie ab. »Ich gehe«, sagte er wütend. Er nahm seinen Becher, in dem die Münzen klimperten, und humpelte zügig zur Tür. Die Menschentraube löste sich auf. Der Barista reichte Robert ein paar Servietten und wischte mit einem Lappen über den Tisch. Robert hob den Laptop

174

hoch, damit er die ganze Fläche reinigen konnte. »Danke«, sagte er. Der Barista nickte.

Als Robert sich setzte, sah er hier und da ein paar ihm zugewandte Gesichter. Beschämt darüber, wie das Gerangel mit dem Bettler ausgesehen haben musste, versuchte er, sich wieder in die Szene einzudenken, an der er gearbeitet hatte, aber er hörte ständig die Münzen im Becher des Mannes klimpern. Er beschloss zu gehen. Als er seine Arbeit sichern wollte, fiel ihm auf, dass der USB-Stick nicht im Laptop steckte. Er sah unter dem Tisch nach, auf dem Stuhl und in seiner Tasche, obwohl er sich sicher war, dass er ihn in den Laptop gesteckt hatte, als er ins Café gekommen war. »Verfluchter Drecksack«, sagte er mit Blick zur Tür, durch die der Bettler fünf Minuten zuvor gegangen war.

Gedanklich immer noch bei dem Diebstahl, saß Robert ein paar Stunden später am Küchentisch und versuchte, eine Zeitschrift zu lesen, als eine Facebook-Messenger-Nachricht auf seinem Handy aufleuchtete. Sie war von Bea, einer Kollegin aus der Werbeagentur, in der er früher gearbeitet hatte. Seit mindestens drei Jahren hatte er nicht mehr mit ihr gesprochen. Damals war sie ins New Yorker Büro versetzt worden, und er hatte das Unternehmen verlassen. **Schlechte Neuigkeiten**, las er in der Nachrichtenvorschau. Er tippte mit dem Daumen darauf. **Es fällt mir schwer, das zu sagen. Liam ist tot.** Liam und Bea waren ein Paar gewesen, aber sie hatten sich getrennt, als sie in die USA gezogen war – was Liam Robert erst Monate später in einer Mail auf die für ihn typische indirekte Weise mitgeteilt hatte. Drei Punkte erschienen. **Er hat** dich immer bewundert, schrieb Bea. Ich glaube, er hat dich als einen der wenigen betrachtet, die ihn verstanden haben.

Bea, das tut mir leid, tippte Robert. Wie ist es passiert? Die Punkte tauchten wieder auf. In New York war es morgens um vier Uhr dreißig. Vielleicht war sie wieder in London. Die Punkte verschwanden; ein paar Sekunden später waren sie wieder da.

Er hat sich umgebracht

O Gott, Bea, das tut mir so leid.

Ja, mir auch. Was soll man dazu sagen?

Er hat mir eine Mail geschickt. Er hat gesagt, er kommt nach Berlin.

Wann war das?

Robert wechselte zu seiner E-Mail-App und suchte. Vor 6 Wochen. Ende September. Bea antwortete nicht. Wo bist du?, schrieb Robert.

New York

Wie viel Uhr ist es?

Sehr früh. Sehr spät. Kann nicht schlafen.

Punkte.

Jedenfalls ist die Beerdigung am Samstag in Irland, aber seine Familie kommt ihn holen. Am Mittwoch ist was in London geplant. Aufbahrung nennt sich das. Ich weiß, es ist kurzfristig, aber ich wollte dir Bescheid sagen.

Sein erster Impuls war zu lügen. Sich irgendeine Verpflichtung auszudenken, die ihn davon abhielt hinzugehen. Aber der Drang verflog und wurde von der Gewissheit ersetzt, dass er teilnehmen würde. Danke, Bea, tippte er. Ich möchte hingehen. Du bist dann in London?

Fliege morgen

Wenn du was brauchst, wenn ich irgendwas tun kann, sag Bescheid, ok?

Klar

Robert lehnte sich zurück. Er fühlte sich körperlos, als würde seine Hand einfach durch die Tischplatte gleiten, wenn er versuchen würde, sie daraufzulegen. Er hatte vergessen, wie es sich anfühlte zu erfahren, dass jemand gestorben war, den er kannte: Schwerelosigkeit, gepaart mit so etwas wie Aufregung. Sirrende Leere. Er sah Liam im frühen Morgenlicht auf dem Gras am Wasser sitzen. Robert zuckte zusammen, als das Handy auf dem Tisch vibrierte. Er nahm es in die Hand, drehte es um und wollte den Anruf schon wegdrücken, da sah er, dass es Patrick war. Er tippte auf den grünen Hörer und hielt sich das Handy ans Ohr. »Hallo?«

»Robert, hier ist Patrick. Passt es gerade?«

»Klar«, sagte er und sah durchs Fenster zum Wohnblock auf der anderen Seite des Hofs, über dem ein weißer Streifen Himmel zu sehen war.

»Ich habe mich gefragt, wann wir uns wieder treffen können«, sagte Patrick. Er war zu Fuß unterwegs. Er klang außer Atem.

»Weiß ich noch nicht«, sagte Robert. »Ich muss für ein paar Tage nach London.«

»Was ist in London?« In Patricks Nähe hupte ein Auto.

»Ein Freund von mir ist gestorben. Ich muss zur Beerdigung.«

Einen Moment lang waren nur das Rauschen in der Leitung und das Tosen des Verkehrs zu hören. »Das tut mir echt leid, Robert. Was ist passiert?«

»Suizid.« Es klang nicht echt, als er das aussprach.

Am anderen Ende war ein langes Ausatmen zu hören. »Tut mir leid. Standet ihr euch nahe?«

»Ja. Schon. Ich habe ihn lange nicht gesehen. Tatsächlich …«, sagte er und lachte.

»Was?«

»Nur etwas, woran ich dachte, bevor du angerufen hast. Er war der Letzte, mit dem ich so richtig high war.«

Patrick gab ein Geräusch von sich, das Lachen gewesen sein könnte.

»Ist ein paar Jahre her«, sagte Robert. »Er war ein guter Mensch.«

»Tut mir leid.«

»Danke. Es ist … ja, ich weiß auch nicht.«

»Das musst du auch nicht«, sagte Patrick. »Du solltest nicht das Gefühl haben, als hättest du etwas ahnen müssen.«

»Danke. Aber bei allem Respekt, du kanntest Liam nicht und weißt nichts über meine Beziehung zu ihm.«

»Aber ich kenne dich. Du warst ihm sicher ein guter Freund. Du bist ein guter Zuhörer.«

Robert wusste nicht, was er sagen sollte. Er hatte nie darüber nachgedacht, was Patrick von ihm hielt. »Treffen wir uns, wenn ich zurück bin«, sagte er.

»Ja, bitte, unbedingt«, sagte Patrick. »Pass auf dich auf.«

»Du auch.« Robert legte auf und blieb mit dem Handy in der Hand sitzen. Das Display wurde schwarz. Er tippte es an und öffnete die Mail, die Liam ihm vor knapp zwei Monaten

178

geschickt hatte. Die letzte Nachricht, die er jemals von ihm haben würde. Ich bin demnächst in Berlin. Bier? Karijn hatte ihn nie kennengelernt. Robert hatte sich darauf gefreut, dass es endlich dazu kommen sollte. Immer und immer wieder las er die E-Mail, bis ihm die Buchstaben nicht mehr vertraut waren und schließlich gar keinen Sinn mehr ergaben.

Der Zug rollte in den Bahnhof ein und hielt mit einem erstickten Keuchen. Robert sah durch das Fenster auf die bröckligen Backsteinwände einer verlassenen Lagerhalle, aus denen Unkraut ragte wie greifende Finger. Auf einem brüchigen Sims zeigte ein krummes Bäumchen hinauf zum grauen Himmel, der so eintönig war, dass es aussah, als hinge eine Zimmerdecke nur wenige Meter über ihm: London im November.

Er war frühmorgens in Berlin abgeflogen und hatte seinen Koffer in einem billigen Hotel in King's Cross abgestellt. Mit der Tube fuhr er durch die Stadt zur Victoria Station, wo er zwei ehemalige Kollegen traf, Sam und Gilbert. Kurz nach dem Gespräch mit Robert hatte Bea einen E-Mail-Verteiler eingerichtet, und ein paar Leute hatten darin ihre Reisepläne mitgeteilt. Die drei begrüßten sich kurz vor der Abfahrt des Zugs – sie eilten hinein, als von den schließenden Türen ein schriller Warnton erklang.

»Danke auch, Liam«, sagte Gilbert mit Blick auf die zusammengestückelten verrußten Rückseiten der Gebäude, während der Zug langsam aus Victoria rollte. »Ich habe am Freitag einen Pitch. Unschlagbares Timing.«

»Welcher Kunde?«

»Johnson & Johnson. Es geht um ein Kombipräparat gegen HIV. Ziemlich interessant eigentlich.«

»Wann habt ihr Liam zuletzt gesehen?«, warf Robert ein, der nichts von Gilberts Pitch-Strategie hören wollte.

»Ich bin ihm vor ein paar Monaten bei einer Preisverleihung über den Weg gelaufen«, sagte Sam. »Wir hatten Spaß. Er hat's bei BPP gerockt. Er war ihre Geheimwaffe.«

Der Zug hielt, und die Türen öffneten sich zischend. Der morgendliche Berufsverkehr war vorbei, und es stiegen nur wenige ein. Auf dem Bahnsteig vor Roberts Fenster lag eine Zeitung, deren Seiten sich im Wind bewegten, als würde eine unsichtbare Hand sie umblättern. »Nach meiner Beförderung zum Account Director bei Pine wollte ich ihn abwerben«, erzählte Gilbert. »Hab ihm eine Menge Geld geboten. Aber er war vollkommen loyal.« Als der Zug aus dem Bahnhof ausfuhr, quietschte ein Teil protestierend. »Das letzte Mal, dass ich ihn gesehen habe«, sagte Gilbert nachdenklich. »Das muss im Sommer gewesen sein. Lovebox. Wir waren komplett zugedröhnt.«

Robert dachte an den Abend, den er mit Liam verbracht hatte. Darüber wollte er gerade nicht sprechen. »Seid ihr oft zusammen weggegangen?«, fragte er.

»Ab und zu. Manchmal ist er eine Weile von der Bildfläche verschwunden, aber jedes Mal wieder aufgetaucht. Bis jetzt.«

Die Worte hingen zwischen ihnen in der Luft, während der Zug an den niedrigen Gebäuden Südlondons vorbeiratterte. Sam bekam eine SMS, tippte eine Antwort und ließ sich dabei tiefer in den Sitz sinken. Gilbert zückte sein Handy mit der Erklärung, er müsse eine E-Mail schicken. Durch das Fenster sah Robert Betonhöfe, in denen sich Paletten stapelten, über Wellblechzäune gespannte Stacheldrahtschlingen, einen kleinen, kargen Park, der von einem einsamen Betrunkenen bewohnt wurde. London hatte er schon immer als trostlos empfunden, aber an den Gedanken hatte er keine Energie verschwendet, solange er hier gelebt hatte. Jetzt war er erleichtert, dass er weggezogen war. Karijn hatte vorgeschlagen, er solle einen seiner Freunde um einen Schlafplatz bitten, aber seit dem Umzug nach Berlin hatte er sich wenig Mühe gegeben, mit ihnen in Verbindung zu bleiben, und außerdem wollte er bei dem Besuch ohnehin keine eingeschlafenen Kontakte auffrischen. Ein Hotel bestärkte sein Gefühl, dass London nicht mehr seine Stadt war. Er hatte sie abgeworfen wie eine Hülle.

Beim Anblick von Sam und Gilbert, die tadellos aussahen und ihre Eaux de Cologne im Waggon verströmten, fühlte Robert sich unwohl. Sein Anzug war zehn Jahre alt. Durch die Risse im Futter war die weiße Einlage sichtbar. Eine Motte hatte ein Loch in einen Ärmel gefressen, und auf dem Revers prangte ein Brandloch von einer Zigarette. Nichts davon hätte Liam gestört. Egal, ob Liam Kunden getroffen oder zu Techno getanzt hatte, seit Robert ihn kannte, hatte er sich immer in der gleichen Uniform aus nicht eingestecktem Hemd, locker sitzenden Chinos und abgetragenen Brogues gekleidet.

»Was ist das überhaupt?«, fragte Gilbert. »Ein Gottesdienst oder was?«

»Eine Aufbahrung«, sagte Robert.

»Und das heißt?«

»Ich glaube, wir gucken ihn einfach an.«

182

»Seinen Sarg?«

»Seinen Leichnam, falls der Sarg offen ist.«

»Und wenn nicht?«

»Dann den Sarg.«

Gilbert machte Anstalten, etwas zu sagen, überlegte es sich aber anders und schaute aus dem Fenster. Die Bremsen des Zugs heulten auf, dann quietschten sie. Robert sah das verfallene Lagerhaus und das krumme Bäumchen.

»Da wären wir«, sagte Sam und stand auf.

Ruckelnd öffneten sich die Türen, und die drei Männer traten hinaus auf den Bahnsteig. Sie gingen eine steile, schmutzige Treppe hinab in die zugige Schalterhalle, in deren Ecken welkes Laub und leere Chipstüten bebten. Es gab Ausgänge zu zwei verschiedenen Straßen. Gilbert sah auf sein Handy. »Hier entlang«, sagte er. Sie folgten einem schmalen Gehweg unter dem Mauerbogen der Brücke hindurch, über die ihr Zug gerade gefahren war. Ein Transporter ratterte vorbei, gefolgt von mehreren Autos, deren Motoren laut unter der Brücke widerhallten. Gilbert führte sie weg vom Lärm der Hauptstraße durch eine leere, mehr verlassen als friedlich wirkende Wohnstraße. Der Bürgersteig war uneben – die aufragenden grauen Platten waren die reinsten Stolperfallen. Die Doppelhaushälften waren alle im gleichen Stil erbaut, aber befanden sich in unterschiedlichen Stadien des Verfalls. Vor vielen standen Holzzäune, die durchhingen oder denen Latten fehlten. In den kleinen Vorgärten waren von der Sonne gebleichte Dreiräder aus Plastik zu sehen, rostige Grills und kaputte Puppen in vertrocknetem Gras. An einigen Fenstern hing Weihnachtsbeleuch-

tung. In einem Garten bellte ein Hund mit der Penetranz
einer Alarmanlage.

»Hat Liam in der Gegend gewohnt?«, fragte Robert.

»Ich glaube, in Islington«, antwortete Sam. Da fiel Robert
ein, dass er Liam einmal dort besucht hatte, in einer winzigen
Wohnung in der Nähe der Rosebery Avenue.

»Und was genau wollen wir dann hier?«, fragte Gilbert,
während er über eine zerrissene Mülltüte trat, aus der eine
prall gefüllte Windel und eine mit Soße verschmierte Alu-
schale ragten. »Hat er Familie hier?«

»Nein«, sagte Robert. »Bea hat mir erzählt, dass sie alle
aus Irland angereist sind.«

»Weiß einer von euch, wie er es gemacht hat?«, fragte Sam.
Robert und Gilbert schüttelten den Kopf.

»Ist es falsch, das wissen zu wollen?«

»Ich will es jedenfalls wissen«, sagte Robert.

Am Ende der Straße kreuzte eine wesentlich belebtere.
Gegenüber sahen sie das Bestattungsunternehmen. *Harmon
Brothers*. Durch das Schild wirkte es auf den ersten Blick wie
eine Anwaltskanzlei oder ein Immobilienmakler, aber Lamel-
lenvorhänge boten Schutz vor Einblicken von außen, und
unter dem Firmennamen stand in deutlich kleinerer Schrift
Familienunternehmen – Trauerfeiern & Bildhauerei. Liam
hätte die Widersprüchlichkeit des Worts »Trauerfeier« gefallen, dachte Robert. Er hatte eine Freude an der Formbar-
keit von Wörtern gehabt, daran, wie ein und dasselbe Wort
erhaben oder lächerlich klingen konnte oder beides zugleich.
Er hatte Spaß daran gehabt, das Absurde an einer Situation
zu finden, und das hätte er zweifellos auch in diesem Fall:

Menschen, die sich in einer schäbigen Ladenzeile irgendwo in der Nähe von Croydon einfanden, um jemandem die letzte Ehre zu erweisen. Zum ersten Mal war Robert wütend über das, was Liam getan hatte. Dass er depressiv gewesen war, hatte Robert nicht gewusst, aber es überraschte ihn nicht. Trotzdem fiel es ihm schwer zu glauben, dass er sich umgebracht hatte. Er wollte Bea fragen, wie Liam es getan hatte, aber er wusste nicht, wie, und er machte sich Sorgen, in welchem Zustand sie sich befand. Den Uhrzeiten ihrer Antworten auf SMS in den letzten Tagen zufolge schlief sie nicht.

Die Tür des Bestattungsinstituts war schwer und öffnete sich nur widerstrebend. Robert war, als würde er die Pforte zu einer Gruft aufstoßen. Er hielt sie Sam und Gilbert auf. Die Wände und der Teppich im Eingangsbereich waren in einer neutralen Farbe gehalten, die es schwierig machte, die genaue Größe des Raums einzuschätzen, als wären die Wände von Nebelschwaden bedeckt. Mehrere Menschen, alle in Schwarz, standen vor einer Empfangstheke aus billigem gelben Holz. Einige sahen herüber, als Sam, Gilbert und Robert durch die Tür kamen. Eine von ihnen, eine rundliche Frau in einem langen grauen Wollmantel, weinte; mit einer Hand klammerte sie sich an eine Ecke der Theke, die andere hielt sie sich vor das Gesicht. Sie sahen jung aus, was Robert daran erinnerte, dass er zehn Jahre älter war als Liam. Die Tür fiel zu, und als der Verkehrslärm nur noch ein gedämpftes Rauschen war, hörte Robert Laute, die klangen, als würden mehrere Menschen weinen. Sie kamen aus einem Gang zur linken Seite des Empfangsbereichs. Als Robert sich umdrehte, war er verwirrt, durch einen Torbogen eine zweite

Empfangshalle zu sehen, die offenbar identisch war mit der, in der er gerade stand, so als würde er in einen Spiegel blicken, in dem unerklärlicherweise sein Spiegelbild fehlte. Der Unterschied, stellte er augenblicklich erleichtert fest, bestand darin, dass der Boden des Duplikats mit einer Abdeckfolie ausgelegt war. Ein Handwerker in einer weißen Latzhose mit Farbklecksen ging am Torbogen vorbei und murmelte etwas Unverständliches. Irgendwo außer Sichtweite war das laute Gelächter mehrerer Männer zu hören: ein unzivilisiert wirkender Klang an diesem ruhigen Ort. Die Mitarbeiterin am Empfang stand auf und ging um die Ecke. Das Lachen verstummte, als hätte sie einen Hahn zugedreht. Sie sagte etwas, aber zu leise, als dass Robert sie hätte verstehen können. Mit ausdrucksloser Miene kehrte sie an ihren Platz zurück und tippte schnell und leise weiter. Das Telefon klingelte nur ein Mal, und sie hob ab. »Harmon Brothers?«, sagte sie ruhig.

Bea kam aus dem Gang, in dem Robert immer noch Weinen hörte. Es wurde immer lauter und aufgelöster. Bea sah erschöpft, aber irgendwie auch gelassen aus. Sie kam zu ihm, und er breitete die Arme aus. »Hey«, sagte er, während sie ihn drückte.

Sie umarmte Sam und dann Gilbert. »Ach, du!«, sagte Gilbert und zog die Mundwinkel nach unten. »Das sind Liams Freunde von der Uni«, erklärte sie und deutete auf die Gruppe an der Theke. »Robert, Sam und Gilbert haben alle mit Liam zusammengearbeitet«, stellte Bea sie im Gegenzug den Unifreunden vor. »Er ist …«, begann sie, unterbrach sich und schluckte. »Er ist dahinten.«

Sie folgten Bea um die Ecke. Vor ihnen, neben einer geöffneten Tür, stand eine weitere kleine Gruppe schwarz gekleideter Menschen. Durch die Tür sah Robert den goldbeschlagenen Kiefernsarg, der offen auf einem Tisch stand. Ein brauner Schuh war zu sehen. Der gehört Liam, dachte Robert, irgendwie überrascht, dass Liam seine eigenen Schuhe trug, Schuhe, die er getragen hatte, als er neben ihm hergelaufen war, und dass Robert jetzt nach Liams Tod einen davon sah und wiedererkannte. Er stellte sich vor, wie der Schuh geputzt, in das Zimmer gebracht und Liam über den Fuß gestreift worden war. Beim Anblick des Schuhs hätte er beinahe kehrtgemacht, durch den Korridor zurück auf die Straße, aber Sam und Gilbert gingen vor ihm auf die Menschen zu, die vor dem Raum standen, die weinenden Menschen, die Liams Familie sein mussten, und dankbar, einfach anderen folgen zu können und zu tun, was sie taten, ließ Robert sich mitziehen. Das Gesicht der Mutter war aufgelöst vor Trauer. Hatte sie die Schuhe geputzt? War sie mit der Hand hineingeschlüpft, um die Schuhcreme einzuarbeiten, und hatte sie die Gehfalten gespürt, die durch die Füße ihres Sohns entstanden waren? Der Vater, dessen stechend blaue Augen feucht und rot umrandet waren, lächelte Robert an und umfasste mit beiden Händen Roberts Hand. Neben ihm standen Liams Brüder und seine Schwester. Sie sah aus wie er. Ihre dunklen Augen waren geschwollen. Sie tupfte sie sich mit einer gezwirbelten Ecke eines Taschentuchs ab.

Dann war Robert in dem Zimmer und sah hinunter auf Liams sterbliche Überreste. Das Wort fühlte sich völlig falsch an. Das war Liam, nicht irgendein Rest von ihm: das grün karierte Hemd, die blauen Chinos, die glänzenden

braunen Brogues. Er war das – er schlief nur, trotz des weißen Schleiers über seinem Gesicht. Darunter sah Robert
etwas Bartwuchs, rot auf den Wangen und über der Lippe,
am Kinn schwarz wie Liams Haar. Auf seiner Brust lag ein
Buch, auf dessen Einband hinter Bögen zwei Boote auf
einem blauen Meer zu sehen waren. *Balcony of Europe*, las
Robert. Unter einer Hand klemmte ein Blackwing-Bleistift.
Robert erinnerte sich, dass er Liam einen geschenkt hatte, als
sie noch Kollegen gewesen waren, und ihm gesagt hatte, das
sei der beste Bleistift der Welt. »Krieg dich wieder ein«, hatte
Liam geantwortet. Bis eben hatte Robert das völlig vergessen. Die Wände verloren die Form, als Robert Tränen in die
Augen stiegen. Er legte den Arm über die Brust, hielt sich die
andere Hand ans Gesicht und presste die Finger auf die
Augen. Er schluchzte auf. Der Leichnam in der Kiste sah so
einsam aus. Robert wischte sich über die Augen und lehnte
sich an die Wand. Sam und Gilbert waren hereingekommen
und wieder gegangen. Zwei von Liams Studienfreunden
standen am Sarg. Robert ließ den Blick durch das Zimmer
schweifen, über die vielen Beigetöne. Der Sargdeckel war an
der Wand angelehnt. Daneben auf dem Boden standen ein
nicht angezündetes Teelicht und eine Flasche mit hellblauem
Händedesinfektionsmittel. Robert sah wieder in den Sarg. Er
hatte das alberne Gefühl, Liam könnte aufwachen. Durch
den Gazeschleier betrachtet, schienen sich die Linien des Ka-
romusters seines Hemds zu bewegen, als würde sich sein
Brustkorb heben und senken. Mit dem Schleier sah er aus
wie eine Braut. Wenn Liam sich aufsetzte, würde ihm der
Schleier vom Gesicht in einer fließenden Bewegung in den

Schoß rutschen. Wenn er, wieder gesund, aus der Kiste kletterte, würden Bleistift und Buch auf den Boden fallen.

Liams Mutter weinte. »Mein Junge«, sagte sie. Sie schrie nicht, und doch waren die Worte ebenso gellend. Sie kamen aus einem Teil von ihr, der nur dazu da war, diesen heiseren, hohlen Ton zu erzeugen. Sie stieß einen Schrei aus, und es klang, als würde er sie zerreißen. Robert wollte etwas sagen, aber es gab nichts, was er hätte sagen können. Sie weinten alle, die Mutter und die Familie. Schweigend ging er an ihnen vorbei.

Mittlerweile war der Empfangsbereich voll von Menschen. Robert entdeckte Danielle und Rosie, mit denen er früher zusammengearbeitet hatte. Sie waren beide zur selben Agentur gewechselt wie Liam. Vielleicht konnten sie Robert sagen, was passiert war. Manche unterhielten sich mit gedämpfter Stimme, aber die meisten standen nur da und lauschten den schrecklichen Klängen von Liams Familie. Es hörte sich an, als hätten sie es gerade erst erfahren. Robert wusste nicht, wo er hinsehen sollte. Er starrte auf den Teppich, sein Blick verengte sich, der Teppich schien zu pulsieren, genau wie Liams Hemd pulsiert hatte, genau wie alles pulsiert hatte damals an dem Wochenende mit Liam, dem letzten Wochenende, das Robert durchgefeiert hatte. Jemand fragte: »Wollen wir uns einen Pub suchen?«, und zustimmendes Gemurmel breitete sich aus. »Ich geb ihnen Bescheid«, sagte Bea und ging durch den Korridor zurück in Richtung der Klagelaute.

Nach der angespannten Stille im Bestattungsunternehmen waren der Verkehrslärm und der kalte, raue Wind eine Erleichterung. Auf dem Weg suchten sie auf ihren Handys nach einem passenden Lokal. »Kennt sich jemand in der Gegend aus?«, fragte Sam. Das tat niemand.

Mit Blick aufs Display sagte eine von Liams Unifreundinnen: »Oben am Bahnhof Thornton Heath wäre was. Zehn Minuten von hier. Ein Wetherspoons.«

Eine große Frau mit attraktiven, kantigen Gesichtszügen lachte und sagte: »Wir sind es Liam schuldig, uns ordentlich abzuschießen.« Ihre Stimme zitterte ein wenig.

Eine Nachricht von Karijn kam an. Hej, ich hoffe, es ist okay heute. Nicht allzu schlimm. Ich hab Heidi getroffen, und wir haben über Abendessen morgen bei uns gesprochen. Ich kann auch Ernesto fragen. Ich weiß, du wirst müde sein, aber ich dachte, es könnte nett werden. Was meinst du?

Hej, tippte Robert, sehr traurig, aber auch viel Liebe. Abendessen klingt gut. Während er die Nachricht abschickte, schlossen Danielle und Rosie zu ihm auf. »Ich kann es immer noch nicht fassen«, sagte Rosie und erzählte eine lange, wirre Geschichte über das erste Kundenmeeting, an dem sie mit Liam teilgenommen hatte und bei dem ihr klar geworden war, dass er, wie sie sagte, »so eine Art Genie« war. Gegen Ende hörten ihr mehrere Leute zu, und im Pub, einer kastenförmigen Höhle unten in einem schmutzigen Bürogebäude aus den Siebzigern, die von einer Reihe flimmernder Spielautomaten dominiert wurde, erzählte sich die Gruppe weiter Anekdoten. Robert fand sich neben der Frau wieder, die ihm zuvor aufgefallen war. Sie hieß Molly und kannte Liam aus dem Studium. Sie strich sich eine glatte braune Haarsträhne aus dem Gesicht. Sie hatte große hellgrüne Augen. Auch ihre

Nase war groß. Unentwegt wanderten ihre Hände von den Haaren zum Gesicht zu den Armen. »Woher kennst du ihn?«, fragte sie. »Kanntest«, korrigierte sie sich und lachte bedrückt.

»Wir waren früher mal Kollegen«, sagte Robert. »Seit meinem Umzug nach Berlin habe ich ihn nicht mehr gesehen, aber wir haben uns oft E-Mails geschickt. Neulich erst hat er geschrieben, dass er mich besuchen kommt.« Die Worte waren kaum ausgesprochen, da wollte er sie schon wieder zurücknehmen. Was bewies es schon, dass er vor Kurzem eine Mail von ihm bekommen hatte? Was musste überhaupt bewiesen werden? Er hörte Patricks Frage: *Standet ihr euch nahe?* »Und du?«, fragte er.

»Wir waren beide in Cambridge«, sagte Molly. »Im ersten Jahr waren wir mal kurz zusammen.«

»Man weiß immer gleich, wenn Leute in Cambridge studiert haben«, sagte Robert.

»Woher?«

»Weil sie es dir sagen.«

Sie lachte laut auf. »Leck mich.«

»Ich verstehe, warum Liam dich mochte«, sagte er.

»Weil ich trinke und ein loses Mundwerk hab?«

»Weil du offenbar klug und nett bist«, sagte er.

Das schien sie zu überraschen. Sie nahm sich einen Moment Zeit, bevor sie antwortete. »Stimmt, das bin ich«, sagte sie mit gespielter Arroganz und hochgezogener Augenbraue. Ihr Gesichtsausdruck veränderte sich. »Nein, ehrlich, das ist sehr nett von dir«, sagte sie.

»Ich geh eine rauchen. Willst du auch eine?«

»Nichtraucherin«, sagte sie mit einem Unterton, als hätte er versucht, sie auszutricksen, und sie hätte ihn durchschaut.

Robert trank ein Guinness, dann noch eins und noch eins. Jemand gab eine Runde Jameson aus. Er stellte fest, dass er eine SMS von Karijn nicht mitbekommen hatte: Ok, super. Ruf mich später an. X. Er steckte das Handy ein. Die Leute setzten sich um; immer mehr Tische wurden zusammengerückt, um Platz für die neu Eintreffenden zu schaffen. Im flimmernden Licht der Spielautomaten sah Robert, dass der Pub bis auf Liams Trauergäste größtenteils leer war: Ein paar einsame Männer waren über Zeitungen gebeugt, und zwei Frauen teilten sich einen Teller Nachos, zu ihren Füßen eine Anhäufung von Einkaufstüten.

Beim Trinken schlängelte Robert sich am Rande der Gespräche entlang. Manchmal spürte er die seltsame Gewissheit, dass er nicht gesehen werden konnte. Er unterhielt sich flüchtig mit einem von Liams Brüdern und dann mit jemandem namens Marcus, der mit Liam erst im Studium und später in den ersten Jahren in London zusammengewohnt hatte. In der Nacht, in der Liam sich umgebracht hatte, war er bei ihm gewesen. »Er wollte noch was trinken, aber meine Frau«, sagte er und deutete auf eine Schwangere ein paar Plätze weiter. »Wir bekommen ein Baby«, sagte er. »Sie wollte nach Hause.«

»Du hättest nichts tun können«, sagte Robert. »Glaub nicht, dass du das hättest verhindern können.« Aber er war sich nicht sicher, ob er das wirklich dachte. Vielleicht hätte ein weiteres Glas alles geändert. Vielleicht war der eigentliche Akt des Suizids, die kurze Tat, die einen vom Leben in den Tod stieß, immer nur eine Kurzschlusshandlung. Wenn das stimmte, dann bestand immer die Möglichkeit, es nicht zu tun, es aufzuschieben. Vielleicht hätte ihn ein weiteres Glas an dem Abend davon abgehalten und beim nächsten Mal etwas anderes und beim übernächsten Mal wieder etwas anderes. Er wäre nach wie vor suizidgefährdet gewesen, aber hätte noch ein Jahr, zwei Jahre, zehn Jahre gelebt. »Es war Liams Entscheidung«, sagte Robert.

Marcus schüttelte den Kopf, aber Robert wusste nicht, ob wegen Liams Tat oder wegen dem, was er ihm gerade gesagt hatte. Robert ging zur Toilette, und auf dem Weg zurück zum Tisch traf er Bea, legte ihr die Hand auf den Ellbogen und lotste sie zur Bar. Er bestellte zwei Whiskeys. »Auf ex«, sagte er. Sie nickte. Er leerte das Glas in einem Zug, und einen Moment später tat sie dasselbe. Sie schüttelten sich, keuchten, lachten. Sie lehnten sich mit dem Rücken an die Bar. Robert sah einem Mann zu, der einen Spielautomaten mit Ein-Pfund-Münzen fütterte. »Wie hat er es gemacht?«, fragte er.

Bea schwieg.

»Tut mir leid«, sagte Robert. »Das wollte ich dich eigentlich nicht fragen.«

»Er hat sich erhängt«, sagte sie. Im Licht der Automaten schimmerten die Tränen in ihrem Gesicht rot.

»Wo?«, fragte Robert.

»In seinem Kleiderschrank. Mit einem Gürtel.« Sie wischte sich übers Gesicht. Robert griff nach hinten nach einer Serviette und reichte sie ihr. Sie schnäuzte sich.

»Wer hat ihn gefunden?«

»Marcus.« Bea deutete auf den Mann, mit dem Robert zuvor gesprochen hatte. »Sie waren zusammen trinken. Am nächsten Morgen hat er ihn angerufen. Keine Antwort. Er hat sich bei Liam auf der Arbeit erkundigt und erfahren, dass er nicht im Büro war. Dann ist er zu ihm und hat die Tür aufgebrochen. Er meinte, er hätte nie gedacht, dass Liam zu so etwas fähig wäre, aber als es hieß, er sei nicht zur Arbeit gekommen, da wusste er es. Er war sich sicher, dass er es getan hatte.«

»Hättest du ihm das zugetraut?«

Eine Gruppe Männer in billigen Anzügen kam von der Straße herein. Robert beobachtete, wie sie lärmend die Bar ansteuerten, offenbar froh über den Feierabend. Auch Bea sah zu den Männern, aber ihr Blick war unfokussiert. Sie verschränkte die Arme vor der Brust und zog die Schultern hoch, als wäre ihr kalt. »Es ist unbegreiflich, aber alles andere als überraschend«, sagte sie.

»Hat er mal was erwähnt?«

»Manchmal kam so ein Spruch.« Sie klang ungeduldig. »Aber darüber reden und es durchziehen sind zwei Paar Schuhe, oder? Wenn er was Dummes in der Richtung gesagt hat, habe ich nur die Augen verdreht, nach dem Motto: ›Ach komm, du bist der klügste Mensch, den ich kenne.‹ Aber wie sich herausgestellt hat, war das nicht der entscheidende Punkt. Oder eben doch. O Gott.« Wieder fing sie an zu weinen, aber sie schüttelte Roberts Arm ab. Sie guckte nach oben und versuchte, sich mit dem kleinen Finger die weit geöffneten Augen trocken zu wischen. »Vielleicht«, begann sie und unterbrach sich. »Vielleicht ist es immer so, vielleicht

glaubt man immer, das kann nie passieren, bis es zu spät ist.«
Sie schnalzte mit der Zunge. »Willst du wissen, was am
schlimmsten ist?«

»Was?«

»Egal was ich sage, alles klingt furchtbar banal.«

Robert lachte, dann auch Bea. Zu lachen war eine Erleichterung.

»Hast du deinen Eltern jemals von Liam erzählt?« Als Bea
und Liam zusammengekommen waren, hatte sie Robert gesagt, dass ihre Eltern, die aus Nigeria nach Großbritannien
immigriert waren, nur einen Partner aus der gleichen Glau-
bensgemeinschaft akzeptieren würden.

»Nein«, sagte sie. »Ist das nicht erbärmlich? Sie wissen
nicht mal, dass ich gerade zu Hause bin.«

»Was hat ihn so aufgewühlt?«, fragte Robert.

Bea zog eine Augenbraue hoch. »Wie viel Zeit hast du?«

»Genug«, sagte er. Er hob den Finger, um den Barmann
auf sich aufmerksam zu machen, und bestellte noch zwei
Whiskeys.

»Nein, ich hatte schon genug«, sagte Bea.

»Hattest du nicht«, sagte Robert. »Das hat noch keiner
von uns.« Das Gefühl, das er empfand, war ihm vertraut.
Entweder ging er jetzt, oder er würde bleiben und bis zum
Umfallen weitertrinken. Zurück ins Hotel wollte er nicht.

Der Barmann schob die Whiskeys über die Theke, und
Robert gab ihm einen Schein. Er hob sein Glas und wartete,
bis Bea widerwillig auch ihres hochhielt. Er wusste nicht,
warum er sie zum Trinken animierte. »Auf Liam«, sagte er.
»Auch wenn er ein rücksichtsloses Arschloch ist.«

»Auf Liam«, sagte Bea. Sie tranken.

»Du wolltest gerade davon erzählen«, sagte Robert.

Bea schluckte hinunter und schüttelte den Kopf. »Wollte ich das?«

»Von Liams Leid.«

»Ach, Robert, ich will das nicht. Manchmal hat er sich selbst gehasst. Er hat sich für einen furchtbaren Menschen gehalten, für abgrundtief schlecht. Logik ließ er nicht gelten, er hat sich nicht vom Gegenteil überzeugen lassen. Es war, als säße er in einem Loch, und das Loch war so tief, dass er nicht hören konnte, was man sagte. Er konnte dich bloß von dort unten aus anschreien, das war komplett einseitig. Aber jedes Mal ist irgendwann etwas passiert, ich weiß nicht, was, und er offenbar auch nicht, aber dann ist er herausgeklettert, und es ging ihm wieder blendend, und dann haben wir vergessen, dass das Loch überhaupt da gewesen war.«

Aus dem nächsten Spielautomaten ertönte eine aufsteigende Akkordfolge. Der Mann, der ihn bediente, steckte noch mehr Münzen in den glutroten Schlitz. Am anderen Ende der Bar lachte eine Gruppe von Trauernden laut auf.

Danielle kam zu ihnen. »Robert, kannst du mir mal helfen?«, bat sie dringlich. »Gilbert hört gar nicht mehr auf, Liams Familie darüber vollzutexten, wie er und Liam sich zusammen die Kante gegeben haben. Sie müssen jetzt wirklich mal was anderes hören.«

Robert legte Bea eine Hand auf die Schulter und ging. Er folgte Danielle weg von der Bar und stolperte die Stufen zu dem Tisch hinauf, an dem Liams Eltern saßen. Gilbert saß neben der Mutter, eine Hand auf ihrem Knie, in der anderen ein fast leeres Bierglas. Seine Stimme war laut. Er sagte etwas, warf den Kopf zurück und lachte, und die gequält aussehende Frau mit dem kurz geschnittenen blonden Haar lächelte unbestimmt. Neben ihr saß ihr Mann: rundlich, gerötete Haut, weiße Haare und blaue Augen, die selbst im schummerigen Pub leuchteten. Er guckte starr geradeaus und zeigte keinerlei Reaktion auf das, was Gilbert sagte. Danielle beugte sich zu ihm. »Das ist Robert.« Ihr australischer Akzent in Verbindung mit der bewusst langsamen Aussprache – sie redete, als wären Liams Eltern senil – durchbrach das Stimmengewirr. »Er und Liam haben die Liebe zum Schreiben geteilt.«

Liams Mutter drehte sich zu ihm um. »Robert«, sagte sie und richtete den Blick auf ihn. »Sind Sie nicht der, der ein Buch geschrieben hat?«

»Ja«, antwortete Robert. »Mein aufrichtiges Beileid.«

»Bitte, setzen Sie sich«, sagte sie und zeigte auf den Stuhl, auf dem Gilbert saß. Mit einem aufgesetzten Grinsen stand Gilbert auf und winkte Robert heran.

Robert setzte sich. Liams Mutter lächelte ihn an. Sie berührte ihren Mann am Bein. Er schreckte auf und sah sie an. Seine Arme waren fest vor der Brust verschränkt, der Rücken ganz gerade. »Das ist Robert«, erklärte sie ihm. »Der Schriftstellerfreund, von dem Liam erzählt hat. Weißt du noch?«

»Robert, mein Freund, danke, dass Sie gekommen sind.« Liams Vater lächelte freundlich, aber sein Blick war immer noch unfokussiert. Robert war sich nicht sicher, ob er auch nur die leiseste Ahnung hatte, wovon seine Frau sprach.

197

Robert sagte ihnen, wie leid es ihm tue. Er erzählte ihnen, dass er Liam zwar schon lange nicht mehr gesehen habe, sie aber in Kontakt geblieben seien und er sich immer gefreut habe, von ihm zu hören. »Er hatte einen außergewöhnlichen Verstand«, sagte er.

Die Mutter nickte lächelnd, dann schürzte sie die Lippen, und Tränen liefen ihr über das Gesicht. Sie schluckte, blickte zur Decke des Pubs und nickte, und nur die Kopfhaltung verhinderte, dass die Tränen herabtropften. Wieder lächelte sie, den Blick weiterhin nach oben gerichtet. »Die Nase immer in einem Buch«, sagte sie mit zittriger Stimme.

»Als er ein Bub war, hat man ihn nicht von seinen Büchern wegbekommen«, erzählte der Vater. Er zeigte auf seine Frau. »Orla konnte mit ihm über so was reden. Ich nicht. Ich bin Ingenieur«, sagte er und sah Robert in die Augen. »Genau wie Ryan und Brendan.« Er deutete hinter sich, wo seine Söhne in einem Kreis von Trauernden standen und sich unterhielten. »Ich könnte mich nie mit so etwas befassen. Romane. Ich könnte das nicht«, sagte er und zuckte die Achseln, als hätte Robert die Behauptung infrage gestellt. »Was ist der Sinn dahinter? Das konnte er mir nie erklären.«

Orla hatte sich Liams Schwester Siobhán zugewandt, die mit bebenden Schultern leise schluchzte. Orla strich ihr über den Rücken.

Liams Vater neigte sich zu ihm. »Ich denke nicht«, sagte er, als würde er ihm ein Geheimnis anvertrauen.

Robert wartete darauf, dass er den Satz beendete, dann wurde ihm klar, dass er das bereits getan hatte. »Sie denken nicht?«

»Ich denke nicht«, wiederholte er. »Wenn ich nicht arbeite, hält mein Verstand einfach an.« Er legte die Fingerspitzen aneinander, dann bewegte er sie voneinander weg, was eine Explosion simulierte – oder, wie Robert vermutete, die Ausdehnung der Leere. »Und ich träume auch nicht, wenn ich schlafe. Die letzten acht Tage allerdings, da habe ich jede Nacht geträumt. Schreckliche Träume. Aber Liam, der hat die ganze Zeit nachgedacht. Ich hab ihn lieb, aber es ist, als wäre er gar nicht mein Sohn. Bei mir geht es um Rationalität. Absolute Rationalität. Er war irrational. Er hatte einen wachen Verstand, aber eine geplagte Seele.«

»Wer ist geplagt, Declan?«, fragte Orla. Siobhán hatte den Kopf in den Schoß ihrer Mutter gelegt, und Orla fuhr sanft mit den Fingern durch das Haar ihrer Tochter, bis sie eine Strähne zu fassen bekam und sie glatt an die Kopfhaut strich. Dann suchte sie nach der nächsten. Die Geste war auf eine so unpassende Art persönlich, dass Robert wegsehen musste. Jemand stellte ihm noch ein Guinness hin, er hob das Glas und trank. Vor seinen Augen flimmerte es. Eine Tonfolge erklang von den Spielautomaten, und Münzen schepperten in die Geldwanne. Robert hörte die klimpernden Münzen im Becher des Bettlers. Die Stimmen um ihn herum verschmolzen und wurden unverständlich.

»Robert hier, dem habe ich erklärt, wie mein Verstand funktioniert«, sagte Declan.

Orla lächelte freudlos. »Ja, dieser alte rätselhafte Apparat«, sagte sie.

»Nix rätselhaft«, sagte Declan und tippte sich mit ausgestrecktem, kurzem Zeigefinger an die Stirn. »Der ist halt ein

Mechanismus, und der will gepflegt werden, damit er nicht kaputtgeht.« Er lächelte Robert an. »Wenn ich abschalte, dann schalte ich ab. Ich erinnere mich nicht einmal an die Gesichter meiner Familie. Meine Frau, Brendan, Siobhán«, sagte er und deutete nacheinander auf alle drei. »Wenn ich aus diesem Pub gehen würde, in der nächsten Minute hätte ich ihre Gesichter alle vergessen. Ich weiß nicht, welche Farbe Orlas Augen haben. Ich kann mich nicht an die Augenfarbe meiner Tochter erinnern. Der Einzige von ihnen, an den ich mich momentan erinnern kann, ist Liam, und an das Foto des Gerichtsmediziners, das Orla mir letzte Woche gezeigt hat.«

Orla entwich ein Geräusch, ein zischendes Einatmen, als würde sie an etwas Heißem nippen. Siobhán lag still in ihrem Schoß, die Haare verdeckten ihr Gesicht.

»Ist es …«, begann Robert. »Hilft es, so zu sein?«

Declan legte Robert die Hand auf die Schulter. »Sie sind ein prima Kerl«, sagte er. »Liam hat große Stücke auf Sie gehalten, und es freut mich, dass er Sie zum Freund hatte.«

Orla streckte die Hand aus und legte sie auf die ihres Mannes, was den Druck auf Roberts Schulter erhöhte. Sie lächelte. Zwei Tränen liefen ihr über die Wangen, eine schnell, die andere langsam.

Declan drückte Roberts Schulter noch fester, nickte und ließ ihn los. Er hatte das Gefühl, nun wegtreten zu dürfen. Beim Aufstehen blieb er am Tisch hängen, die Gläser wackelten, Wein und Bier schwappten über. »Danke«, sagte er, weil er nicht wusste, was er sonst sagen sollte. Declans Worte hatten ihn aufgewühlt. Robert war sich nicht bewusst gewesen, wie tief Liams Kummer wirklich gegangen war, er hatte nie gedacht, dass die Ironie, die er so amüsant gefunden hatte, ein Zeichen von Verzweiflung sein könnte. Robert sah ihn neben seinen Anzügen und Hemden im Kleiderschrank hängen. Hatte er ihn vorher leer geräumt? Die Kleider aufs Bett gelegt? Er wusste nicht, ob er sie fein säuberlich gefaltet oder auf einen Haufen geworfen hatte. Noch ein Punkt mehr, den er nicht wusste. Leicht schwankend ging er zur Bar. »Hey, Cambridge«, sagte er.

Molly, die inmitten einer Gruppe von Trauernden stand, die Robert nicht kannte, drehte sich zu ihm um und stockte, ihre Augen weiteten sich erschrocken. »Jemand!«, sagte sie.

»Ich bin gerührt, dass du das noch weißt.« Er hob sein Glas, sie stießen an und lachten, als Guinness und Rotwein auf den Boden schwappten. »Robert«, sagte er.

»Das wusste ich! Das wollte ich gerade sagen«, erwiderte sie und drückte ihm entschuldigend den Arm. Sie nahm die Hand weg und strich sich die Haare zurück, dann kratzte sie sich am Hals. Ihr Schlüsselbein ragte wie zwei Henkel hervor und hielt die Träger des dünnen schwarzen Kleids auf Spannung. »Na ja«, sagte sie. Sie strich sich über den Arm, dann zupfte sie an ihrem Kleid, als wäre ihr Körper ein Instrument, dem sie Musik entlocken könnte.

»Lass uns irgendwo hingehen«, sagte Robert.

»Wohin?«

»Hauptsache, weniger ...« – er sah sich um – »... hier.«

»Du und ich?«, fragte sie.

»Ja. Außer ... Ich will mich einfach irgendwo anders betrinken.«

»Bist du das noch nicht? Ich nämlich schon.«

Er lachte. »Dann eben nicht betrinken. Betrunken bleiben.«

Sie zögerte und ging weg. Neben der Reihe Spielautomaten stand Robert da wie bestellt und nicht abgeholt und betrachtete die blinkenden Lichter. Dann war Molly wieder bei ihm, sie trug ihren Mantel. Sie reichte ihm die Hand. Er nahm sie, und sie gingen zur Tür. Jemand rief seinen Namen, aber er drehte sich nicht um. Robert war erstaunt, dass es draußen immer noch ein wenig dämmerig war. Er zückte sein Handy. Es war erst vier Uhr. Der Verkehr schleppte sich dahin. Vor ihnen stand ein Labyrinth aus Baustellenabsperrungen; Robert konnte nicht erkennen, wie man hinüber zum Bahnhof kam. Er entdeckte ein schwarzes Taxi mit eingeschaltetem Licht, winkte und zog Molly hinter sich her. Sie lachte und rief: »Taxi!«

Der Fahrer ließ das Fenster hinunter und neigte den Kopf heraus. »West End«, sagte Robert. Der Mann nickte, Robert öffnete die Tür, und er und Molly warfen sich nebeneinander auf den Rücksitz. Anfangs kroch das Taxi langsam durch den Verkehr, aber Richtung Streatham, wo sich die Gehwege allmählich mit Menschen füllten, kamen sie schneller voran. »Ich war seit Jahren nicht mehr hier«, sagte Robert.

»Ich glaube nicht, dass ich überhaupt schon mal hier war«, entgegnete Molly.

»Wo wohnst du?«

»Finsbury Park.«

»Mit jemandem zusammen?«

»Nein. Wohnst du in Berlin mit jemandem zusammen?«

Robert dachte, er hätte ihr schon von Karijn und den Kindern erzählt, aber vielleicht war das jemand anders gewesen. »Pub, Bar oder Hotel?«, fragte er.

»Pub«, sagte Molly entschlossen. »Nein, Bar. Moment, was ist der Unterschied?«

»Bars sind dunkler«, antwortete er.

»Dann Bar. Pub. Ach, mir egal. Wo ist dein Hotel?«

»King's Cross.«

»Dann lass uns doch nach King's Cross fahren.«

Ihm fiel ein Pub in der Nähe der British Library ein, in dem er früher immer gewesen war, aber er hatte den Namen vergessen. Gegenüber war ein gutes China-Restaurant mit vor Bratfett triefenden Speisen. »Hast du Hunger?«, fragte er.

»Wenn ich trinke, ess ich nichts.«

»Wie alt bist du, fünfzehn?«

»Dreiundreißig. Tut mir leid, dass ich dich enttäuschen muss.«

Robert drehte seinen Ehering zwischen Daumen und Zeigefinger. Er dachte, dass sie ihn gesehen haben musste, und fragte sich, ob er ihn abnehmen würde, wenn er sich sicher wäre, dass sie das nicht hatte. Sie guckte aus dem Fenster. Er sah auf ihre Beine, die in einer schwarzen Feinstrumpfhose steckten und unter dem gespannten Stoff am Knie weiß durchschimmerten. An den Füßen, die leicht nach innen zeigten, trug sie abgewetzte schwarze Ballerinas. Ihr dünnes schwarzes Kleid war kurz, und darüber trug sie einen langen schwarzen Mantel. Auch der zeigte erste Gebrauchsspuren – hier und da hatten sich Knötchen auf der Wolle gebildet. Sie band sich die Haare zusammen. Sie ließ die Hände sinken, die Linke lag leicht abgeknickt auf dem Schoß, die Rechte mit der Handfläche nach oben auf dem Sitz zwischen ihnen. Er überlegte, seine daraufzulegen.

»Armer Liam«, sagte sie.

Er lehnte den Kopf an die harte Kunststoffkopfstütze. »Ja«, antwortete er.

»Er hat sich erhängt, wusstest du das? In einem Kleiderschrank. In einem beschissenen Kleiderschrank«, sagte sie.

»Wäre es woanders besser gewesen?«

»Weiß ich nicht.« Sie hob die Hand vom Sitz und ließ sie wieder fallen. »Vielleicht.«

»Wo? Wo wäre es besser gewesen?«

Sie sah ihn an. Sie lächelte, dann verfinsterte sich ihre Miene. »Leck mich«, sagte sie. »Du weißt, wie ich das meine.«

»Tu ich nicht.«

»Ich aber schon.«

»Wäre ein Baum besser gewesen? Eine majestätische Eiche?«

»Leck. Mich.«

Robert war sich nicht sicher, ob sie flirteten oder sich stritten. Inzwischen waren sie in Brixton, wo er vor über zehn Jahren gelebt hatte. Das rote Neonlicht des Ritzy leuchtete im dunkel werdenden Nachmittag.

»Also, was treibst du in Berlin?« Molly hatte den Kopf weggedreht, zu den vorbeiziehenden Straßen.

»Ich bin Autor«, sagte Robert.

»Was schreibst du?«

204

»Bücher. Geschichten. Gerade schreibe ich über einen Oligarchen.«

»Erfunden oder echt?«

»Erfunden. Ich habe jemanden kennengelernt, der für einen gearbeitet hat. Er erzählt mir, wie das war, und ich mache daraus einen Roman.«

Molly lächelte. »Und was wird der Oligarch dazu sagen?«

»Nichts. Er ist tot.« Vorbei an der dunklen, weitläufigen Anlage des Kennington Parks erreichten sie Oval.

»Wie ist er gestorben?«

Robert zögerte. »Man hat ihn auf seinem Anwesen erhängt an einem Baum gefunden.«

Molly seufzte. »Klar.«

Robert erinnerte sich an die Fotos der Eiche, an der Wanjaschin aufgefunden worden war. Er dachte an Liams Fuß und daran, was für ein jämmerlicher Anblick es gewesen sein musste, wie sein Körper da an einer Kleiderstange gehangen hatte. Die Umstände um Wanjaschins Tod hatte er auf makabre Weise als aufregend empfunden und sich darauf gefreut, darüber zu schreiben. Nun wurde ihm beim Gedanken daran übel. »Tut mir leid«, sagte er. »Wir können das Thema wechseln.«

»Nein, schon okay. Warum hat er sich umgebracht?«

»Genau das ist es ja. Meinem Bekannten zufolge hat er das nicht.« In der Ferne sah Robert die Spitze des Shard. »Er sagt, er wurde getötet.«

»Getötet? Von wem?«

»Such's dir aus. Die russische Mafia, seine Feinde im Kreml, die Tschetschenen.«

»Wer bringt ihn in deinem Buch um?«

»Weiß ich nicht. Eigentlich geht es gar nicht darum.«

»Oh. Worum dann?«

»Es geht mehr um diesen Kerl, Patrick, der für den Oligarchen arbeitet. Als sein Boss stirbt, denkt er, er sei der Nächste. Er ist auf der Flucht und landet in Berlin.«

»Und die Mörder sind hinter ihm her?«

»Ja, aber in Wahrheit nicht. Eigentlich hält ihn niemand für wichtig genug, um ihn umzubringen.«

»Und wie steht er dazu?«

»Wer?«

»Der echte Patrick. Glaubt er, dass er aus dem Weg geräumt wird?«

»Er sagt, dass er verfolgt wird.«

»Ernsthaft?«, fragte Molly und drehte sich zu ihm. »Aber du – was, du glaubst ihm nicht?«

»Hab ich nicht. Oder tu ich nicht. Also anfangs dachte ich, er denkt sich nur irgendwelchen Mist aus, aber inzwischen bin ich der Meinung, dass er vielleicht wirklich glaubt, was er da erzählt. Als hätte er sich in einen Wahn hineingesteigert.« Für Robert lag ein gewisser Reiz in der Freiheit, Molly über sich erzählen zu können, was auch immer er wollte, zu streichen, woran er nicht denken oder was er nicht zugeben wollte. Die vielen Male, als er sich vor Menschen versteckt hatte, um sich nicht durch ihre Augen sehen zu müssen: Vielleicht hätte er stattdessen einfach lügen sollen, irgendwelche Geschichten erzählen, nicht weil sie stimmten, sondern weil er wollte, dass es so war. »Kann ich dir was erzählen, das sonst niemand weiß?«, fragte er.

206

Molly lächelte, und im Licht der vorbeiziehenden Straßenlaternen blitzten ihre Zähne auf. »Klar.«

»Der Kerl, der mir das alles erzählt, der weiß nicht, dass ich das für ein Buch verwende.«

»Was denkt er denn, was du damit machst?«

»Nichts. Er kennt sonst niemanden in Berlin, also treffen und unterhalten wir uns. Wir sind Freunde.«

Molly lachte. »Seid ihr nicht.«

»Ich bin für ihn das, was einem Freund am nächsten kommt.«

»Warum hast du ihm nichts davon erzählt?«

»Er hätte mich davon abgehalten.«

»Auch wenn es erfunden ist? Willst du denn gar nicht wissen, was Sache ist?«

»Wie gesagt, für ihn ist es vielleicht echt. Und selbst wenn er nur Unsinn erzählt, warum soll ich ihn vor den Kopf stoßen und als Lügner bezeichnen? Mir ist es egal, ob er lügt oder nicht. Mich interessiert nur die Geschichte.«

Molly betrachtete ihn. »Er ist dir ins Netz gegangen.«

Robert sah aus dem Fenster. Die Formulierung gefiel ihm nicht. Er wusste nicht, warum er ihr von Patrick erzählt hatte.

»Und du machst dir keine Sorgen, dass vielleicht wirklich jemand hinter ihm her ist?«, fragte sie. »Macht dir das keine Angst? Ich würde durchdrehen.«

Robert schüttelte den Kopf. Das Taxi holperte über ein Schlagloch, und durch die Erschütterung rutschten sie näher zusammen. Ihre Arme wurden aneinandergedrückt, und keiner von ihnen wich zurück. Lambeth. Um sie herum wurden die Straßen enger.

»Ich könnte echt einen Schluck vertragen«, sagte Molly.

Robert beugte sich vor und klopfte an die Trennscheibe. »Fahrer, meine Begleitung braucht dringend Alkohol.«

Molly lachte. Der Fahrer schaltete die Sprechanlage ein. »Ist das so, Herzchen? Das Gefühl kenn ich.« Er trat kurz aufs Gas, und Robert und Molly jubelten. Ab jetzt fuhren sie tatsächlich schneller: Sie hatten Glück mit den Ampeln, und der Verkehr vor ihnen lichtete sich, als sie über den Fluss fuhren, der in der Dämmerung glatt, flach und matt wie Eisen dahinfloss. Am anderen Ufer stadteinwärts: Aldwych, Holborn, Bloomsbury.

Auf dem Handy fand Robert den Pub. Als sie aus dem Taxi stiegen, schwand das letzte Licht aus dem Himmel. Ein fliederfarbenes Band hing über ihnen. Die Straßentische waren voll besetzt, jeder einzelne von den Heizstrahlern darüber in rotes Licht getaucht. Drinnen war sogar noch mehr los. Sobald sie ihre Getränke hatten, gingen sie wieder hinaus und drängten sich ans Ende eines Tischs, an der eine laute Gruppe Männer und Frauen saß, die allesamt rauchten und durcheinanderredeten. Der Tisch war zugestellt mit Weinflaschen und halb leer gegessenen Tellern – Oliven, weiße Bohnen, glänzende gebratene Paprika mit groben Salzkörnern. Molly bat einen der Männer um eine Zigarette, und er zündete sie ihr an.

»Du rauchst also doch«, sagte Robert.

»Nur wenn ich so betrunken bin wie jetzt.« Sie hob das Kinn und blies eine dünne Rauchfahne in die Luft. Manche Leute können das mit dem Rauchen echt gut, dachte Robert. Inzwischen war es dunkel, und wenn Molly den Kopf bewegte, verdeckte sie abwechselnd eine weiß leuchtende Straßenlaterne ein Stück weit hinter dem Pub oder gab den Blick darauf frei. Die blendenden Lichtblitze schienen eine Botschaft zu enthalten, eine Bestätigung oder Warnung vor dem, was Robert tat: Falls das Licht in fünf Sekunden aufblitzte, würde er sie küssen. Wenn nicht, würde er aufstehen und allein in sein Zimmer zurückkehren. Vor dem Licht wurde der Rauch ihrer Zigarette zu einer dicken weißen Wolke, die rasch in die Dunkelheit aufstieg. Die dem Heizstrahler zugewandte Gesichtshälfte kribbelte von der Wärme. Jemand am Tisch lachte mit manischer Intensität. Rundherum wurde geplaudert, aber es klang, als würde man eine Platte rückwärts abspielen. Wie lange hatte er zugehört? Wann hatte er zuletzt etwas gesagt? Molly lächelte ihn an und zog fragend die Augenbrauen hoch. »Entscheidungsschwierigkeiten?«

»Was?«

»Ich habe gefragt, ob du noch ein Glas willst.«

Er legte sich die Finger an die Schläfe. »Ich weiß nicht, ob ich das schaffe«, sagte er.

Sie nickte und sah weg, dann warf sie einen Blick auf ihr Handy. »Wird langsam spät«, sagte sie.

»Wir könnten zu mir ins Hotel.«

Sie sah die Straße entlang und hinunter auf den Gehweg. »Könnten wir«, sagte sie nachdenklich.

Robert war überrascht, dass er das ausgesprochen hatte. Sag Nein, dachte er.

»Okay«, antwortete sie.

Beim Aufstehen verlor er das Gleichgewicht und fiel beinahe zurück auf den Tisch. »Gott«, sagte er und lachte. Er kam sich dumm vor.

»Welche Richtung?«, fragte Molly.

Er sah nach links, dann nach rechts, um sich zu orientieren. »Da entlang«, sagte er. »Auf der anderen Seite vom Bahnhof.« Auf dem Weg die Straße entlang fühlte er sich unwirklich, als könnte er alles tun, überall hingehen, und nichts davon wäre von Belang oder hätte eine Bedeutung. Sie bogen in eine breite, aber ruhige Straße ein, an deren Ende rubinrote Bremslichter die Euston Road entlangströmten. An der Kreuzung hoben sie den Blick zu den Turmspitzen von St Pancras. Molly sagte etwas, aber im Verkehrslärm verstand Robert sie nicht. Er streckte die Hand aus und legte sie ihr auf die Schulter. Sie sah ihn an. Er näherte sich ihrem Gesicht, und ihre Nasen berührten sich. Gleichzeitig neigten sie beide den Kopf in dieselbe Richtung. Sie lachte, umfasste sein Kinn und legte den Kopf wieder schräg. Ihr Mund war warm. Er umfasste ihre Taille. Eine Hand legte sie ihm in den Nacken, mit der anderen hielt sie ihn an der Schulter. Während sich ihre Lippen berührten, hörte Robert das Rumpeln und Keuchen eines Lasters und das wespenartige Surren eines Rollers; er hörte eine Frau, die im Vorbeigehen »Keinerlei Anerkennung gekriegt« wiederholte; er hörte ein kratzendes Feuerzeugrädchen. Mit geschlossenen Augen hatte er das Gefühl, die Welt würde schwingen, als läge er in einer Hängematte. Er zog den Kopf zurück. Molly sah auf. Er spürte den Druck ihres langen, knochigen Körpers. Sie standen immer noch am Straßenrand, und um sie herum warteten Passanten darauf, die

210

Straße zu überqueren. Sie lösten sich voneinander. Sie drückte seine Hand. Die Ampel schaltete um, die Menge setzte sich in Bewegung, und sie wurden mitgetrieben. Das Gedränge um ihn herum empfand Robert als beklemmend. Es war, als wäre die gesamte Stadt in Bewegung. Er spürte, wie sich die Menschenmasse um ihn herum verdichtete. Um seine Brust zog sich ein Band zusammen. Bald würde die Menge zu einem völligen Stillstand kommen, und dann wäre er gefangen, kein Platz vor sich, kein Platz hinter sich, wie ein Tier in der Schlinge. Mollys Hand in seiner fühlte sich fremd an, merkwürdig schwer. Robert wollte sie abschütteln. Er wollte irgendwohin, wo es ruhig war. Irgendwohin, wo sonst niemand war. Schlafen wollte er und diesen langen, seltsamen Tag hinter sich lassen. Er löste seine Hand aus ihrer und rannte los. Er rempelte zwei Männer aus dem Weg, und was auch immer es war, das sie ihm hinterherbrüllten, es ging im hämmernden Puls unter. Molly rief seinen Namen, aber er drehte sich nicht um. Er trat vom Bordstein auf die Straße, um dem Gewimmel zu entfliehen, war aber nur ein paar Schritte weit gekommen, als jemand dicht hinter ihm laut hupte. Er sprang zurück auf den Gehweg, als ein Bus vorbeirauschte, und die seitlich verdrängte Luft schlug ihm heiß entgegen. »Robert!«, hörte er. Ohne einen Blick zurück rannte er weiter. Auf dem Platz vor dem Bahnhof King's Cross wurde er schneller, er preschte zwischen den Menschen hindurch, die eine letzte Zigarette rauchten, bevor sie in ihren Zug stiegen, vorbei an einem Mann, der die *Big Issue* verkaufte und zu dessen Füßen ein Hund lag, und an ein paar Jugendlichen, die im Schneidersitz im Kreis saßen, als wäre es Juli, und Dosenbier tranken. An ihnen allen lief er vorbei, immer schneller und schneller. Seine Beine fingen an zu brennen, sein Atem ging stoßweise, aber er wollte nur noch rennen und nie mehr aufhören. Das Einzige, was er fühlen wollte, war der Schmerz. Unter hoch aufragenden Platanen lief er die Pentonville Road hinauf. Bald hatte er es geschafft. Er verlangsamte seinen Schritt, seine Lunge brannte. Er schaute hinter sich: Ein paar Leute standen an einer Bushaltestelle; ein Mann ging mit seinem Hund den Hügel hinunter in die Richtung, aus der Robert gekommen war. Von Molly keine Spur. Er stemmte die Hände in die Hüften und atmete tief durch. Er lachte. »Du Trottel«, sagte er. Er sah hinauf zu den Wolken, die von den Lichtern der Stadt schmutzig lila gefärbt waren. Eine Gruppe junger Männer und Frauen kam die Straße entlang, sie lachten, redeten laut und nahmen kräftige Züge aus Flaschen. Anstatt ihm auszuweichen, gingen sie an ihm vorbei, als wäre er gar nicht da. Einen Moment lang war er mitten in der Gruppe. In diesem Augenblick und während er auf der Straße stand, ihnen hinterhersah und ihre Stimmen verklangen, hatte er zum zweiten Mal an diesem Tag das Gefühl, ein Geist zu sein.

Sein Hotel war in einer kurzen Seitenstraße, einer Sackgasse; ein unscheinbarer Neubau zwischen viktorianischen Stadthäusern aus schwarzen Ziegeln. Die Lobby war beengend und schmuddelig, auf dem Boden lag ein statisch aufgeladener braunroter Teppich, und in einer Ecke vertrocknete eine braunblättrige Kletterpflanze. An der Rezeption saß ein massiger Mann in einem gespannten Hemd mit schie-

212

fer Krawatte und aß einen Wrap. »Sehen Sie mich?«, fragte Robert so schroff, dass der Mann zusammenzuckte. Mit leicht geöffnetem Mund starrte er ihn an.

»Können Sie mich sehen?«, wiederholte Robert.

Der Mann nickte.

»Ich bin nämlich hier«, sagte Robert.

»Okay«, antwortete der Mann zögerlich.

Robert ging durch die Lobby zu einer Tür, die zum Treppenhaus führte.

»Wir haben auch einen Aufzug«, rief der Mann.

Robert achtete nicht auf ihn und wankte die Treppe hinauf. Vom Laufen waren seine Beine schwer. Das Blut rauschte ihm in den Ohren. Er taumelte gegen die Wand. Er hatte Hunger, aber noch einmal würde er nicht dort hinausgehen. Er öffnete die Tür zu seinem Zimmer, steckte die Schlüsselkarte in den Lichtschalterschlitz und ließ sich aufs Bett fallen. Wasser und Schmerztabletten, dachte er, aber er lag einfach nur da. Er wollte sich ausziehen, aber er konnte nicht aufstehen. Er sah Liam im Kleiderschrank, das Holz gemustert vom aufblitzenden Blaulicht. Karijn war da, mit dem Rücken zu ihm. Sie drehte sich um, ein verständnisloser Ausdruck auf dem Gesicht. »Du kanntest ihn doch gar nicht«, sagte sie. Ein Schleier bedeckte Liams Gesicht; ein einzelnes Barthaar kräuselte sich durch den Stoff. »Wir sehen uns«, sagte er und betrat den Kleiderschrank, der auf eine Straße hinausführte: Hanbury Street, Ecke Brick Lane, das Ende einer zweitägigen Sauftour, die mit einem Feierabenddrink an einem Freitag begonnen hatte, in einem Pub ganz in der Nähe des Piccadilly Circus, dann ein Lokal in Soho und noch eins in Holborn. Liam erwähnte ein Event in einem Club, zu dem er gehen wollte, irgendwo hinter der U-Bahn-Station Angel, und auf dem Weg dahin, nicht weit von dort entfernt, wo Robert in diesem Moment lag, fingen sie mit dem MDMA an. Liam hatte es portioniert und in Zigaretten-papierchen gewickelt in einer Tüte. Robert schrieb Karijn, die damals mit Sonja schwanger war, eine SMS, er werde spät nach Hause kommen, und dann noch eine, dass er erst mor-gens zu Hause sein werde. Sie blieben unten in dem kleineren Raum, einem Backsteinkeller, und tanzten zu Techno, der größtenteils aus Leerraum und Hall bestand: die Art, die einen immer größeren Sog entwickelte, je länger Robert zu-hörte. Die einzige Lichtquelle war ein Stroboskop, das ge-legentlich aufflackerte, bevor alles wieder in Dunkelheit stürzte. Robert verlor jegliches Zeitgefühl. Liam drückte ihm noch eine Bombe in die Hand, und danach gab es nur noch die Musik, die Finsternis und das Leuchtfeuer des Strobo-skops, das Gefahr oder Rettung signalisierte. Nach jedem Aufleuchten brannten sich ihm riesige, detailreiche Land-schaften in die Netzhaut.

Gefühlt war höchstens eine Stunde vergangen, als der rohe, rasende Beat abklang und mit brutaler Unmittelbarkeit die Lichter angingen. Der Raum, von dem Robert gedacht hatte, er sei noch voller Menschen, stellte sich als weitgehend leer heraus. Er und Liam legten die Arme umeinander, stie-gen die Stufen hinauf und gingen hinaus ins blasse Morgen-licht. Es war kurz nach sechs, und es wurde schon warm. Sie kauften sich Zigaretten und Energydrinks, gingen hinunter zum Kanal und folgten ihm Richtung Osten. Liam meinte, er wisse von einer After-Hour-Party irgendwo in Hackney Wick, auf der anderen Seite des Kanals, gegenüber der riesigen Baustelle des Olympiastadions. Als sie in Sichtweite des Stadions kamen, einer halb fertigen Schüssel, aus der mehrere grüne und gelbe Kräne ragten, hielten sie an, um sich auszuruhen. Sie setzten sich auf den Grünstreifen neben dem Treidelpfad, auf dem Jogger und Radfahrer vorbeizogen. Die Sonne brannte weiße Streifen aufs Wasser.

»Machst du das oft?«, fragte Robert.

»Ab und zu«, sagte Liam.

»Mit wem?«

»Mit Leuten. Allein.«

»Allein?«

Liam machte eine Kopfbewegung, als wollte er sagen: »Na und?« Die Beine hatte er Richtung Wasser ausgestreckt, mit einer Hand stützte er sich im Gras ab, in der anderen hielt er eine Zigarette. Sein weißes Hemd hatte braune Flecken von den gemauerten Kellerwänden. Robert hatte trockene Augen. Sein Magen krampfte sich zusammen. Ein Kribbeln durchlief ihn, teils vom MDMA, teils, vermutete er, von der Müdigkeit. Er überlegte, Karijn eine SMS zu schicken, und sah aufs Handy, aber der Akku war leer.

»Eine Frage«, sagte Liam, griff sich in die Hemdtasche und holte das Pergamintütchen heraus, das inzwischen zerknittert und vom ausgetretenen Pulver trüb war. »Was wollen wir damit anstellen?«

Robert betrachtete die Tüte. Die zerknüllten Zigarettenpapierchen sahen aus wie weiße Kaulquappen. Noch immer waren viele übrig. Sie wanden sich aneinander, als er ver-

215

suchte, den Blick scharf zu stellen. »Was denkst du denn, was wir tun sollten?«, fragte er.

»Ich finde, wir sind es uns schuldig, sie zu schlucken«, sagte Liam.

Ein paar Stunden lang irrten sie durch Hackney Wick, aber sie konnten die After-Hour-Party nicht finden. Robert rauchte zwanghaft. Er fühlte sich extrem high: Seine Haut kribbelte vor unmittelbarer Vorfreude, aber er war auch ruhelos – unzufrieden und sich bewusst, dass unweigerlich eine riesige, unbestimmte Enttäuschung bevorstand. Um elf fanden sie einen Pub am Kanal, der gerade aufmachte, und sie setzten sich zum Trinken ans Ufer. Hin und wieder schluckten sie noch eine Bombe. Liam ging zur Toilette, um MDMA zu sniefen, und als er an den Tisch zurückkam, sah er aus, als hätte ihm jemand eine Ohrfeige verpasst. Robert ging und tat es ihm nach: Es fühlte sich an, als würde er pulverisiertes Glas einatmen. Er war überzeugt, dass seine Nase jeden Moment anfangen würde zu bluten, aber als er sie abwischte, hatte er nur Pulver an der Hand. Ihm war, als wäre er auf einer anderen Achse als der Rest der Welt. Selbst die glattesten Flächen blieben nicht eben; alles, was er länger als ein paar Sekunden ansah, begann zu atmen. Er wusste nicht mehr, worüber sie sprachen, aber sie lachten viel. Jedes Mal, wenn er das Ende des Tags näher rücken spürte – eine Leere, auf die sie mit jeder Sekunde zuschlitterten –, unterdrückte er das Gefühl mit noch einem Glas, noch einer Zigarette, noch einem gewickelten Papier aus Liams Vorrat.

Es wurde Abend. Ein weiterer Club, dann die Wohnung von jemandem in der Nähe der Brick Lane. Er erinnerte sich, dass alles im Wohnzimmer in ein tief orangerotes Licht gehüllt war, und an arabisch klingende Musik. Er erinnerte sich an ein eingehendes Gespräch mit einer sehr dünnen Frau, die eine Bondagehose trug, die von oben bis unten mit Schnallen übersät war und an der Stoffriemen von einem Bein zum anderen verliefen. Robert wachte auf einer Couch auf und fand Liam schlafend am Fußende eines Betts, auf dem ein Knäuel aus vier bekleideten Personen lag, die Joints rauchten; die Bettdecke war voller Brandlöcher. Sie gingen hinaus in die gleißende Mittagssonne. Am gemauerten Schornstein der Truman-Brauerei zogen ein paar weiße Wolken vorüber. Ein Taxifahrer schlief in seinem Auto, die Rücklehne des Sitzes mit Perlenauflage war nach hinten gestellt, ein schuhloser Fuß ragte aus dem heruntergekurbelten Fenster. Am Ende der Straße sahen sie zwei Frauen in Kniestrümpfen und Pelzmänteln zu, die sich vor einer Graffiti-Wand in Pose warfen, während eine dritte Frau in der Hocke saß und Fotos schoss.

Liam rieb sich über das stoppelige Kinn, sagte: »Wir sehen uns«, und ging die Straße entlang Richtung Brick Lane, wo es von Menschen wimmelte. Für ihn gab es nur abrupte Abschiede.

Zum letzten Mal sah Robert ihn ein paar Sommer später bei einer Aufführung der *Orestie*. In der Pause gingen sie hinaus auf die heiße Straße und rauchten unter den grellen Glühbirnen des Theatervordachs. Liam nahm ein Buch mit Briefen von Samuel Beckett aus seiner Umhängetasche und las Robert etwas vor, worüber sie lachen mussten. Beim Verabschieden sagte Robert, dass ihm der Abend Spaß gemacht

217

habe und sie das bald wiederholen sollten. Liam sagte nur: »Klar«, und ging über die Whitehall Richtung Charing Cross. In Roberts Erinnerung sah er Liam noch lange nach, bis er ihn in der Menschenmenge aus den Augen verlor. Aber er wusste, dass die Erinnerung nicht echt war. Sie existierte erst, seit er gehört hatte, dass Liam tot war.

Robert wachte vollständig bekleidet auf. Seine Lider waren verklebt. Die Kehle brannte. Als er sich aufrichtete, schwappte ihm das Zimmer entgegen, dann wieder von ihm weg. Er stand auf und wollte nichts lieber, als sich wieder hinzulegen und zu schlafen, aber er hatte einen Flug zu erwischen.

Dank Kater-Paranoia kam er mit fast drei Stunden Puffer durch die Sicherheitskontrolle im Stansted. Er kaufte sich ein Sandwich und einen Kaffee, suchte sich einen Platz in der Abflughalle, klappte den Laptop auf und sah den Rechercheordner über Wanjaschin durch. Er hatte Word-Dokumente voller Notizen, PDFs mit Zeitungsartikeln, Listen mit Links. Wahrscheinlich war viel von dem gesammelten Material dasselbe, das auch Patrick für seinen Auftrag von Wanjaschin gelesen hatte. Daher empfand Robert eine Art Verbundenheit zu Patrick, und gleichzeitig hatte er das Gefühl, ihn wieder zu verfolgen, diesmal nicht auf der Straße durch die Stadt, sondern durch Dokumente und Artikel.

Mit der Warnung, Patricks Zeit mit Wanjaschin sei begrenzt, hatte Tom recht behalten: Zwischen der ersten Reise nach Buckinghamshire und dem Tod des Russen wurden Patrick nur vier oder fünf weitere Treffen gewährt, die meisten davon eilig einberufen und kurz. Aber eines, hatte er Robert erzählt, war anders gewesen. An dem Abend hatte Wanjaschin Patrick ins Lanesborough kommen lassen, wo er gern in der Library Bar des Hotels informelle Treffen abhielt. Patrick kannte niemanden von Wanjaschins Gesellschaft an dem Abend, bis auf Juri und Aleksej, die dabei gewesen waren, als Patrick ihn im Haus in Holland Park kennengelernt hatte, und die, wie er nun wusste, zwei seiner ältesten Geschäftspartner waren. Alle sprachen Russisch. Patrick trank einen Wodka Tonic, dann mehrere Gläser Mineralwasser und fragte sich, warum er herbestellt worden war. Es war noch ein Mann anwesend, den er kannte, aber der saß zurückgelehnt so still und regungslos in einem tiefen Sessel, dass Patrick ihn zunächst gar nicht bemerkt hatte. Doch als er sich vorbeugte und den großen, kahlen Kopf nach vorn streckte, erkannte Patrick ihn sofort: Boris Beresowski.

Er sah älter und schwächer aus als das Bild, das Patrick sich bei seinen Recherchen von ihm gemacht hatte. Patrick hatte gern von ihm gelesen, und besonders fasziniert hatte ihn ein langes Interview, das im Frontline Club gefilmt worden war und das er auf YouTube gefunden hatte. Der Mann darin war gebräunt und kräftig gewesen. Neben ihm auf dem Tisch hatte ein Glas Weißwein gestanden. Er war intelligent gewesen, charmant und hatte oft gelächelt. Aber Patrick traf ihn nur wenige Monate nach dem verlorenen Rechtsstreit gegen Roman Abramowitsch vor dem High Court, der verfügt hatte, dass Beresowski zweistellige Millionenbeträge für Abramowitschs Prozesskosten zahlen musste. Er war ausgezehrt und unrasiert, seine Bewegungen waren schwerfällig. Das einzige Mal, dass er überhaupt etwas von seiner alten Vitalität vermittelte, war, als er offenbar einer Aussage von

Aleksej energisch widersprach und sich mit der Handkante
wiederholt gegen die offene Handfläche schlug. Seine Finger,
fiel Patrick auf, waren überraschend lang und dünn. Nachdem er seinen Standpunkt klargemacht hatte, sank er sicht-
lich erschöpft in den Sessel zurück. Aber ein wenig später, als
Patrick dachte, Beresowski sei eingeschlafen, und die Gelegenheit nutzte, um das Gesicht des Oligarchen zu studieren,
schlug er die Augen auf und erwiderte Patricks Blick. Er
zwinkerte ihm zu, lächelte kurz und schloss wieder die
Augen.

Gegen Mitternacht, als das Treffen beendet war, forderte
Wanjaschin Patrick auf zu bleiben. Die Bar lichtete sich. Am
Nachbartisch saßen zwei von Wanjaschins Leibwächtern.
Der Besuch auf dem Land war fünf Monate her, und seit
Sotheby's, wo Patrick Wanjaschin so hitzig und habsüchtig
erlebt hatte wie noch nie – das Privatzimmer, in dem sie zu
Beginn der Auktion gewesen waren, hatte er ausgeschlagen
und war in die Haupthalle gewechselt, wo er seine Bietertafel
geschwungen hatte wie einen Streitkolben –, hatten sie sich
nur ein Mal gesehen. »Ich glaube, das Buch ist auf seiner
Prioritätenliste ziemlich weit nach unten gerutscht«, hatte
Patrick Robert erzählt. »Aber in dieser Nacht wollte er
reden, warum auch immer. Er hat gesagt, ich solle die Aufnahme starten, und dann hat er gar nicht mehr aufgehört zu
sprechen. Ich glaube, ich habe ihm keine einzige Frage gestellt.«

Er erzählte, wie er während der Perestroika angefangen
habe, Geld zu verdienen, und ein Deal zum nächsten führte:
Kupferarmbänder, Bankgeschäfte, eine Beratungsfirma, die

westlichen Investoren half, die gerade erst geöffnete russische Wirtschaft zu verstehen – und auszunutzen –, Immobiliengeschäfte, ein Radiosender, eine Zeitung. »An dem Abend hat er sich mir von einer ganz anderen Seite gezeigt«, sagte Patrick. »Nicht unbedingt bescheiden, das war er nie, aber verletzlicher, das vielleicht schon. Ich hatte den Eindruck, er wollte in eine Zeit zurück, in der alles noch mehr Sinn ergab.«

Robert las ein Interview im *Guardian*, das Wanjaschin 2006 nach der Ermordung Litwinenkos gegeben hatte. In dem Artikel war das außergewöhnliche Bild des Ex-FSB-Agenten abgedruckt, auf dem er ohne Haare im Krankenhaus lag; er sah gelassen aus, obwohl er von einer enormen Strahlendosis zerfressen wurde. Der Artikel, in dem Wanjaschin als »der Oligarch, von dem Sie noch nie gehört haben« bezeichnet wurde, begann mit einer Zusammenfassung der verschiedenen Situationen, in denen er Stellung gegen Putins Regime bezogen hatte. »Mein Russland«, wurde er zitiert, »wurde von Gaunern in dunklen Anzügen gekapert – ihr Unterschlupf ist der Kreml.« Das war kein übler Satz, den er sich wohl, wie Robert annahm, vorab zurechtgelegt hatte, aber der Journalist – James Siddell, der Leiter des Moskauer Büros der Zeitung – ließ sich von Wanjaschin nicht beeindrucken. Er beschrieb ausführlich Wanjaschins opulenten Lebensstil und konfrontierte ihn mit der gewissen Doppelmoral, die sich in einigen seiner Taten zeigte. Hatte er nicht eine eigene Bank gegründet, als er mit dem Moskauer Bürgermeister Immobiliengeschäfte gemacht hatte, und damit Geld eingestrichen, das eigentlich in die Stadt hätte zurückfließen sollen? Hatte er die Gewinne aus diesen dubiosen Geschäften nicht außer Landes gebracht, genau wie die »Diebe«, die er anprangerte? Wanjaschin wich der Frage nach der eigenen Bank aus und bemühte sich, seinen Aufenthalt im Exil als Prinzipientreue darzustellen. »In Russland ist der Staat alles«, sagte er. »Wer Putins Spiel nicht mitspielt, verliert alles. Sie stecken dich in eine Gefängniszelle, wie Michail Borissowitsch [Chodorkowski], oder in eine Kiste unter die Erde wie Sascha Litwinenko. Ich glaube, in so einer Situation würden auch Sie, ich und viele andere gehen.«

In dem Artikel kam Wanjaschin schlecht weg. Seine Äußerungen hatten etwas Aufgeblasenes, und die Art, wie Siddell zwischen ihm und Beresowski Parallelen zog, war herablassend. »Sowohl in Bezug auf seine Putin-Kritik als auch auf seinen Reichtum«, schrieb Siddell, »ist Sergej Wanjaschin ein Möchtegern-Beresowski.«

Sechs Jahre später eine weitere Parallele: Mit einem halben Jahr Abstand wurden Beresowski und Wanjaschin beide erhängt aufgefunden. Wurden sie von denselben Leuten ermordet? Aus denselben Gründen? Denkbar. Aber selbst wenn es möglich, ja sogar wahrscheinlich war, dass sie von ihrer eigenen Regierung getötet worden waren, konnte sich Robert nicht vorstellen, dass jemand wie Patrick auf derselben Liste stand. Doch dann fiel ihm eine Bemerkung von Wanjaschin ein, und er öffnete noch einmal den Artikel im *Guardian*. Siddell hatte wissen wollen, wie sehr Worte allein jemandem wie Präsident Putin tatsächlich schaden konnten. »Vielleicht nicht so sehr«, antwortete Wanjaschin, »aber ich habe nicht nur Worte. Bald wird es mehr über die Verbrechen zu sagen geben, die Putin und seine Regierung am russischen Volk begehen.« Wanjaschin führte das nicht näher aus. Siddell vermutete, er könnte eine Stiftung gründen, ähnlich wie Beresowskis International Foundation for Civil Liberties, die auf Menschenrechtsverletzungen in Russland aufmerksam machte und eine Menge Anti-Putin-Material produzierte. Aber was Robert auf dem Weg vom Terminal zum Gate beschäftigte, war Folgendes: Was Wanjaschin Siddell gesagt hatte, war fast aufs Wort identisch mit dem, was er fünf Jahre später auch Patrick gesagt hatte. Was genau hatte er in der Hand gehabt, und warum hatte er so lang gebraucht, um etwas damit anzufangen? Existierte es überhaupt? Das wollte Robert wissen, auch wenn er sich einredete, dass die Wahrheit für seine Zwecke nicht relevant war. Was zählte, war nur die Geschichte.

Nachdem er seinen beengten Platz gefunden und den Start angespannt überstanden hatte – mit Kater war er ein noch nervöserer Fluggast als sonst, weil er überzeugt war, dass jede Erschütterung und Drehung, jedes hydraulische Jaulen und Rumpeln von irgendwo unter ihm die ersten Anzeichen eines Absturzes waren –, las Robert einen Bericht über Wanjaschins Tod, den er auf einer Website namens *Crosshairs* gefunden hatte, die der Behauptung auf der reißerisch gestalteten Startseite zufolge »alle wichtigen Fakten zu politischen Morden« lieferte. Am Tag seines Todes hatte Wanjaschin etwas getan, das er noch nie zuvor getan hatte: Er hatte sämtlichen Leibwächtern freigegeben bis auf einen, den er etwas in High Wycombe erledigen schickte, und ging anschließend

224

allein durch die Wälder und auf den Wegen um sein Landhaus laufen. Warum war er allein joggen gegangen? Roberts Ansicht nach passten Wanjaschins Handlungen und die verschiedenen Erzählungen darüber, wie unglücklich er damals gewesen sei, zum Ergebnis des Gerichtsmediziners: Suizid. In dem Bericht im *Telegraph* über seinen Tod wurde zwar seine Fehde mit Putins Regierung erwähnt, aber mehr Gewicht darauf gelegt, dass er im letzten Jahr seines Lebens schwere finanzielle Verluste erlitten hatte. Auch der Polizei zufolge deutete nichts auf ein Verbrechen hin, aber einige Artikel, die in den folgenden Tagen und Wochen geschrieben worden waren, stellten diese Einschätzung infrage. In einem, der nur wenige Tage nach Wanjaschins Tod erschienen war, wurde die Kritik zusammengefasst, die er an Putin und seinen Beamten geübt hatte, und die Überlegung angestellt, ob sein Name auf die »wachsende Liste der in Ungnade gefallenen russischen Geschäftsleute und ehemaligen Geheimdienstler« gehörte, »die allem Anschein nach vom russischen Staat oder auf dessen Weisung hin im Ausland hingerichtet wurden«. Mehrere Wochen später wurden in einem Leitartikel im *Guardian* die Tatortarbeit und anschließenden Ermittlungen der Thames Valley Police kritisiert. Gelistet wurden mehrere rätselhafte Umstände, die dem Artikel zufolge niemand zufriedenstellend erklären konnte: Die Umgebung des Baums war niemals abgesucht worden, es wurden erst Fotos gemacht, als Wanjaschins Leichnam heruntergeholt worden war, und eine gerichtsmedizinische Obduktion wurde erst fünfzehn Tage später durchgeführt. Im Artikel wurden Parallelen zu den Todesfällen von Beresowski und

Alexander Perepilitschnij gezogen und Putin kritisiert, der darin als »Tyrann der Welt« bezeichnet wurde, »der ein Einschüchterungsspielchen mit den westlichen liberalen Demokratien spielt, die ihm zuwider sind«. Abschließend hieß es: »Ob Sergej Wanjaschin nun ein weiteres Opfer des Regimes von Wladimir Putin ist oder nicht, diese Häufung offenkundiger Hinrichtungen, die von den britischen Behörden weitgehend unbeachtet bleiben, stellt einen Affront gegen unsere Demokratie und ihren Schutz durch die Rechtsstaatlichkeit dar. Wenn wir unsere Missbilligung zum Ausdruck bringen wollen, dann sind sowohl auf britischer als auch auf europäischer Ebene strengere Maßnahmen erforderlich – nicht zuletzt die Verabschiedung des Magnitsky Acts, eines Gesetzes, das in den USA im vergangenen Jahr von der Obama-Regierung unterzeichnet wurde.«

Die unsachgemäße Arbeit am Tatort war verdächtig, aber so etwas konnte schon mal vorkommen. Die Frage, auf die Robert jedoch immer wieder zurückkam, die einzige Frage, die wirklich zählte, war, ob – falls Wanjaschin tatsächlich ermordet worden war – die gleichen Leute auch Patrick töten wollten. Laut dem, was Patrick ihm erzählt und er sich selbst durch seine Recherche zusammengereimt hatte, waren das einzige Motiv die Dateien, die Wanjaschin ihm geschickt hatte – Dateien, die Patrick eigenen Angaben zufolge nicht einmal lesen konnte und die wahrscheinlich nichts weiter als das Unvermögen hinter Wanjaschins Wunsch bewiesen, sich an den Leuten zu rächen, die ihm seine Geschäfte gestohlen und ihn ins Exil gezwungen hatten: ein Möchtegern-Beresowski, der etwas beweisen wollte, aber offenbar keine

Möglichkeit hatte, das auch tatsächlich zu tun. Er war ein Fantast. Was für ein anderer Schluss ließ sich daraus ziehen, dass er fünf Jahre lang angedeutet hatte, er habe schmutzige Geheimnisse über Putin, die das Ende seiner Karriere bedeuten würden? Robert stellte sich vor, wie Wanjaschin deprimiert und verzweifelt auf die Eiche kletterte und sich in der Hoffnung das Leben nahm, dass der Verdacht auf den Kreml fallen und er als weiteres Opfer eines korrupten Staates letzten Endes doch noch bedeutsam werden würde. Er sah Liams Schuhe, die auf fünf vor eins zeigten. Männer schlichen sich im blauen Morgenlicht durch einen Wald. Im Herzen des Waldes näherten sie sich nicht Wanjaschins Villa, sondern Roberts Wohnblock in Berlin. Geräuschlos stiegen die Männer die Treppe hinauf und strömten durch den Korridor auf ihn zu. Er wachte neben Karijn auf und wusste, dass die Männer da waren und sich näherten, aber er konnte sich nicht rühren – wie versteinert lag er im Bett. Er schreckte hoch, das Flugzeug war im Landeanflug.

Während Robert an den Rauchern vorbeiging, die sich in Schönefeld immer vor dem Terminal drängten, schickte er Karijn eine SMS: Gelandet! Bin in einer Stunde daheim. Soll ich was mitbringen? Er folgte dem überdachten Fußgängerweg von den Terminal-Hallen zur S-Bahn-Station, vorbei an dem Currywurstwagen, der für ihn zu einem Willkommen-zu-Hause-Symbol geworden war. Es war kalt. Auf der Wiese neben dem überdachten Fußgängerweg lagen mehrere Leute in Schlafsäcke eingepackt unter einem kleinen, kahlen Baum, an dem eine große blaue Ikeatasche schlaff von einem

Ast herabhing. Er ging durch die Unterführung auf den Bahnsteig, um auf seinen Zug zu warten. Der leere, verwahrloste Bahnhof vermittelte ihm ein trostloses Sonntagnachmittagsgefühl. Es war eine Endstation, und an mehreren Bahnsteigen standen Züge wie verlassen da. Als Robert hinter den Gleisen die Backsteinmauer einer Fabrik sah, musste er an Croydon und das Bestattungsinstitut denken. Er war froh, dass jetzt ein Meer und mehrere Hundert Meilen zwischen ihm und diesem Ort und allem anderen in London lagen. Sein Zug fuhr langsam in den Bahnhof ein. Ein paar Leute stiegen aus und zerrten ihre Koffer hinter sich her. Robert entwertete seine Fahrkarte, stieg in den Zug, und mit zwischen die Knie geklemmtem Koffer saß er auf seinem Platz. Geistesabwesend starrte er aufs Handy. Er war immer noch verkatert, und das war, wie er wusste, nicht nur der Grund für sein zerzaustes Erscheinungsbild, sondern auch für die schwermütige Stimmung. Heute Abend wollte er keine Gäste. Er wollte nur schlafen. Dumpf scheppernd schlossen sich die Türen der Bahn, und aus der Bremsanlage entwich zischend Luft. Langsam rollte der Zug an der kargen Landschaft rund um den Flughafen vorbei. Robert lehnte den Kopf an die Scheibe. Die Bahn nahm Fahrt auf. Er sah Wohnsiedlungen, Sportplätze und einen mit Graffiti besprühten ehemaligen Supermarkt. Ein paar Bäume klammerten sich noch an ihre gelben und roten Blätter, aber die meisten waren kahl.

Roberts Handy vibrierte. Eine Antwort von Karijn: **Alles gut hier. Situation unter Kontrolle dank Puzzles und Eis. Brauche nichts, nur dich.** Es war kurz nach vier. In einer halben

Stunde würde er zu Hause sein. An der scharfen Kurve kurz vor dem Ostkreuz fand die tief stehende Sonne eine Lücke in den Wolken, und der Waggon wurde von strahlend rotem Licht erfüllt. Das hatte etwas Bedrückendes, und als Robert beim Aussteigen vom selben roten Licht über den Bahnsteigen geblendet wurde, befiel ihn wieder große Traurigkeit. Er sah durch die schmutzigen Glaswände des Bahnhofs hinunter auf eine mit Sumach bewachsene Fläche. Die Hälfte lag im Schatten, die andere Hälfte leuchtete rot. Der Sonnenuntergang war niederschmetternd. Karijn und die Mädchen fühlten sich so weit weg an, als könnte er sie womöglich nie erreichen, und der Gedanke, dass die ganzen Menschen um ihn herum unter diesem geschmolzenen Licht nach Hause, aus- oder zur Arbeit gingen, war unerträglich. Er konnte nicht sagen, warum. Manchmal stieg eben dieses Gefühl in ihm auf und verschlang ihn, so war das nun mal. Er wusste es, konnte es aber nicht abschütteln: Es kam und ging, wie es wollte.

Das Licht wurde schwächer, während er mit der ratternden S-Bahn zur Schönhauser Allee fuhr. Es war Nacht. Als er in seine Straße einbog, roch er brennendes Laub und hörte den Klang eines Klaviers aus einem offenen Fenster. Es war dunkel. Die Straßenlaternen standen so weit auseinander, dass er jedes Mal in einen Fleck völliger Dunkelheit eintauchte, bevor er den nächsten Lichtkegel erreichte. Robert ging an dem japanischen Barista vorbei, der gerade seinen Laden absperrte. Er nickte ihm zu, aber der Mann bekam es nicht mit. Robert schloss die Haustür auf, ging durch den Eingangsbereich und über den Hof. Wie so oft stand die Tür zu dem Häuschen aus Holz, in dem die Mülltonnen des Blocks untergebracht waren, offen – was ihn, zu Karijns Belustigung, wütend machte. Kopfschüttelnd knallte er sie zu, als würde der Schuldige in seiner Wohnung vom Fenster aus zusehen und nun seine Nachlässigkeit bereuen. Das war so albern, dass Robert anfangen musste zu lachen, als er die Treppe zur Wohnung hinaufstieg; und immer noch lachte, als er mit den Beefeater-Teddys, die er den Mädchen am Flughafen gekauft hatte, in der Hand an die Tür klopfte.

Während Robert an der Spüle stand und Kartoffeln schälte, hörte er Karijn zu, die die Mädchen in den Schlaf sang. Sie waren fast mit dem Abendessen fertig gewesen, als er nach Hause gekommen war, und er hatte sie gebadet, bevor Karijn sie ins Bett gebracht hatte. Um halb neun waren er und Karijn mit Freunden verabredet. Er brauste die Kartoffeln ab, füllte einen Topf mit Wasser, salzte es und kippte die Kartoffeln hinein. Aus dem kleinen Regal über dem Kühlschrank nahm er eine Flasche Wein und schenkte sich ein Glas ein. Er schloss die Küchentür und schaltete das Licht aus, um in die Wohnungen der Nachbarn auf der anderen Seite des Hofs sehen zu können. Karijn fand das gruselig, aber Berliner zogen selten die Vorhänge zu, und er konnte nicht widerstehen, einen Blick in all die anderen Leben zu werfen, die das Gebäude beherbergte, zwei Dutzend Bühnen, auf denen täglich neue Stücke aufgeführt wurden. In der Küche war nur das leise Rauschen der Gasflamme auf dem Herd zu hören. Im Fenster direkt gegenüber war ein alter Mann, dem Robert die Rolle eines Universitätsprofessors zugeteilt hatte,

230

und hackte etwas. Das Licht in seiner Küche war warm und golden. Robert stellte sich vor, dass heitere, komplexe Musik den Raum erfüllte, vielleicht die Goldberg-Variationen. Ein paar Fenster weiter links lief auf einem kleinen Fernseher ein Fußballspiel. Ein Stockwerk tiefer saßen drei Frauen am Küchentisch und unterhielten sich. Eine von ihnen rauchte, und nach jedem Zug schnellte ihre Hand zum geöffneten Fenster, um die Asche von der Zigarette zu klopfen, wobei jedes Mal kurz rote Funken in der Abendluft aufleuchteten. Da waren Milchglasfenster, die zu Toiletten und Bädern gehörten und hinter denen manchmal schemenhafte Phantome auftauchten. Einige hatten zugezogene Vorhänge oder geschlossene Jalousien. Viele andere waren dunkel, die Bewohner unterwegs oder verreist, oder sie standen, wie Robert, beobachtend in der Dunkelheit. Aus den Szenen, die er sah, entwickelte er gern Erzählungen, aber wenn er gerade nicht zuschaute, vergaß er, dass es diese Menschen überhaupt gab und sich rings um ihn herum ihr banaler, perfekter oder katastrophaler Alltag weiter abspielte. Als er nach unten guckte, sah er einen Mann auf dem Hof, der zu seinem Fenster hinaufblickte. Instinktiv wich Robert zurück, obwohl er eigentlich nicht glaubte, dass man ihn sehen konnte.

»Was machst du denn da im Dunkeln?«, fragte Karijn. Er erschrak, und sie lachte.

»Gott«, sagte er. »Jedenfalls nicht auf meine offene Flanke achten.«

»Irgendwann wirst du noch verhaftet«, sagte sie. »Pack ihn wieder ein, ich mach das Licht an.«

Von der Helligkeit musste er blinzeln.

Karijn nahm den Deckel vom Schmortopf und eine Dampfwolke stieg auf.

»Riecht lecker«, sagte er. Der Wein hatte ihn hungrig gemacht, und er freute sich nun doch darauf, seine Freunde zu sehen. Er sammelte die Kartoffelschalen zusammen und warf sie in den Bioabfall. Auf einmal war er ungemein glücklich.

»Heidi und Frank bringen Nachtisch mit«, sagte Karijn, kam zu ihm und drückte ihn fest. »Erzähl mal. Wie war's?«

Er seufzte ihr ins Haar. »Es war traurig. Und seltsam.«

»Waren viele Leute da?«

»Ziemlich viele. Seine Familie, ein paar Arbeitskollegen, Freunde von der Uni.« Er dachte an Molly, an ihr Gesicht im halbdunklen Taxi. Er erinnerte sich, wie er sie am Straßenrand im Arm gehalten hatte.

»Wart ihr in der Kirche?«

»Nein, es war eine Aufbahrung.«

»Was heißt das?«

»Da ist der Leichnam bei einem Bestatter, in einem Beerdigungsinstitut, und man geht hin und sieht sich das an. Also sie oder ihn. Und man verabschiedet sich, spricht ein Gebet oder wonach einem sonst der Sinn steht.«

»Was hast du gemacht?«

»Ich wollte etwas sagen, aber ich konnte nicht klar denken. Ich stand einfach neben ihm. Wir müssen nicht darüber reden. Aber danke fürs Fragen.« Als Karijn elf Jahre alt gewesen war, hatte sich ihr Vater eine bakterielle Meningitis zugezogen und war innerhalb weniger Stunden gestorben. Robert wusste, wie ungern sie über den Tod sprach.

»Das Schlimmste ist, dass es nichts gibt, was man sagen

könnte«, antwortete sie. »Nein, es ist alles schlimm.« Sie schüttelte den Kopf. »Ach Rob, es tut mir leid. Hast du eine bessere Vorstellung davon bekommen, was passiert ist?«

»Eigentlich nicht. Depression. Ängste. Beschissener Gesamtzustand.«

Es klopfte an der Tür. Karijn drückte Robert noch einmal fest und ging sie öffnen. Er hörte sie mit Heidi und Frank auf Deutsch sprechen, während sie sich die Schuhe auszogen. Er nahm den Topf vom Herd und goss das heiße Wasser ab. Der Dampf stieg zum Fenster auf und hinterließ einen dünnen Film Kondenswasser.

Frank kam herein und schüttelte Robert die Hand. »Riecht gut«, sagte er auf Englisch.

»Was gut riecht, hat Karijn gekocht«, sagte Robert. »Es sei denn, du magst den Geruch von Salzkartoffeln.«

»Ich mag alles an Kartoffeln«, sagte Frank ernst.

»Er mag sie mehr als mich«, sagte Heidi, zwängte sich an Frank vorbei und umarmte Robert. »Wo ist Ernesto?«

Heidi und Frank wohnten dreißig Minuten mit der Straßenbahn entfernt, oben in Pankow. Ernesto wohnte in Mitte, das war näher, aber er machte immer den Eindruck, als käme er gerade von irgendetwas und würde gleich zu etwas anderem aufbrechen, und er war selten pünktlich. Niemanden störte das so sehr wie Heidi.

»Gib ihm eine Chance«, sagte Karijn. »Vielleicht überrascht er uns ja. Kommt, wir trinken was.«

Aber sie warteten so lange, dass sie schließlich beschlossen, ohne ihn anzufangen – »Ich fall gleich tot um, wenn ihr mir nichts zu essen gebt«, hatte Heidi nach dem zweiten Glas

233

Wein gesagt –, und sie waren fast mit dem Hauptgang fertig, als er an die Tür klopfte. »Tut mir leid, Robert.« Ernesto lächelte. »Ich wurde aufgehalten.«

Die anderen standen auf, um ihn zu begrüßen – Frank mit einem Händedruck, Heidi mit Küssen auf beide Wangen und Karijn mit einer kräftigen Umarmung. Sie waren schnell gute Freunde geworden, nachdem Robert sie einander vorgestellt hatte, und wenn Ernesto eine schlimme Trennung durchmachte, was mehrmals im Jahr vorkam, wandte er sich an Karijn. Dann saßen sie in der Küche, tranken Tee und redeten, oft noch Stunden nachdem Robert zu Bett gegangen war. Karijn hatte Robert erzählt, wie sehr sie die Gespräche mochte. »Ernesto denkt immer, wirklich immer mit dem Schwanz«, sagte sie. »Aber sein Schwanz ist ungewöhnlich klug.«

»Ich bin erstaunt, dass du es geschafft hast, Ernesto«, sagte Robert. »Von einem Tag auf den anderen? Lässt du es endlich mal langsamer angehen?« Selbst als Robert nur zum Clubben nach Berlin gekommen war, hatte Ernesto, der nie Drogen nahm und kaum Alkohol trank, immer länger durchgehalten als er. Er war in München geboren worden, wenige Tage nachdem seine Eltern aus Eritrea ausgewandert waren, aber mit siebzehn war er nach Berlin gezogen und schien mehr Berliner zu sein als sonst jemand, den Robert kennengelernt hatte. Ernesto kannte nicht nur jeden Club und jede Bar, sondern auch alle Türsteher. Mit ihm war Robert unterwegs gewesen, als er nicht vorm Berghain anstehen musste, was so unglaublich war, dass sich Robert jedes Mal, wenn er davon erzählte, wie ein Lügner vorkam.

Karijn brachte Ernesto einen Teller Eintopf, und Robert

schenkte ihm ein Glas Wein ein. Ernesto erzählte von der Eröffnungsparty einer Galerie, von der er gerade gekommen war. Robert ging in die Küche, um nach dem Strudel zu sehen, den Heidi und Frank mitgebracht hatten. Er warf einen Blick aufs Handy und stellte fest, dass er eine SMS von einer unbekannten Nummer erhalten hatte.

Wir müssen reden
P

Wann passt es dir?, antwortete Robert und steckte das Handy wieder ein. Er war überrascht, dass es fast umgehend vibrierte: Morgen 21 Uhr. Wegen dem Ort melde ich mich noch. Was hatte er nun wieder vor? Bevor Robert nach London geflogen war, hatten sie kurz miteinander gesprochen, aber das letzte Treffen war zwei Wochen her. In der Zeit hatte Robert oft an Patrick gedacht, aber, wie ihm bewusst wurde, an Patrick als Figur in seinem Roman, nicht an die Person in Berlin.

Im Wohnzimmer fand Robert Ernesto und Frank in einer offenbar hochtrabenden Unterhaltung, während Karijn und Heidi in der hinteren Ecke vor dem Bücherregal standen und sich ein großes Buch über das Polstern ansahen. Heidi hatte einen wöchentlichen Kurs bei Karijn angefangen.

»Nachtisch!«, sagte Robert.

»Wunderbar«, antwortete Ernesto mit vollem Mund und tunkte den letzten Rest Eintopf mit einem Stück Brot auf. Karijn und Heidi setzten sich, während Robert Stücke vom Strudel schnitt und herumreichte.

»Karijn hat mir verraten, dass du an etwas Neuem arbeitest, Robert«, sagte Heidi. »Darfst du davon erzählen?«

»Da gibt es nicht viel zu erzählen«, sagte Robert. »Mal sehen, wie sich das entwickelt.«

»Ach komm, Rob. Erzähl ihnen von ›den Russen‹«, sagte Karijn in gespielt dramatischem Ton.

»Russen?«, fragte Ernesto. »Verbrecher?«

»Nicht alle Russen sind Verbrecher«, widersprach Frank.

»Die, die Mitte aufkaufen, schon.« Ernesto wedelte mit der Gabel grob in die Richtung seines Bezirks. »Die treiben meine Ladenmiete in die Höhe. Dreckskerle.«

»Dieser ist jedenfalls ein Verbrecher«, sagte Karijn.

»Oh!«, sagte Heidi. »Jetzt musst du uns davon erzählen.«

»Oder kannst du das etwa nicht?«, fragte Frank. »Bist du dann in, äh, Gefahr?«

Robert lachte. »Du klingst wie jemand, den ich kenne. Okay, habt ihr schon mal was von Sergej Wanjaschin gehört?« Keinerlei Reaktion in den drei Gesichtern. »Also gut, er war ein sehr reicher russischer Geschäftsmann«, erklärte Robert.

»Reich wie … ein Oligarch?«, fragte Frank.

»Ja, genau. Reich genug für Hubschrauber und Häuser in London und an der Côte d'Azur und für eine Armee von Leibwächtern.«

Heidi nickte. »Ich fühl mich auf einmal sehr zu diesem Mann hingezogen.«

»Wenn er kein Verbrecher ist«, sagte Ernesto, »woher hat er dann die ganze Kohle?«

»Durch Verschiedenes. Zu Beginn der Perestroika war er

Taxifahrer, aber durch ein paar Deals ist er zu Geld gekommen, dann Immobilien, später Bankgeschäfte.«

»Immobilien und Bankgeschäfte? Typisch für Verbrecher«, sagte Ernesto mit erhobenem Zeigefinger.

»Okay, gut«, sagte Robert, schenkte sich Wein nach und gab die Flasche weiter. »Aber er hat auch einen Radiosender gegründet und eine Zeitung.«

»O Scheiße, russische Medien«, sagte Heidi. »Propaganda von früh bis spät – wie die verdammte DDR-Gehirnwäsche. Damit bin ich aufgewachsen.« Beim Mauerfall war sie zwölf Jahre alt gewesen.

»Jetzt vielleicht schon, ja«, sagte Robert. »Aber der Sender, die Zeitung, die waren unabhängig. Bevor sie vom Staat übernommen worden sind, haben sie Putin kritisiert. Wanjaschin ist kein Held, aber, ich weiß auch nicht, Russland war damals gesetzlos. Oder zumindest gab es keine Gesetze für vieles, was damals passiert ist. Aus einer komplett kontrollierten Wirtschaft wurde innerhalb weniger Monate ein freier Markt – das war verrückt.« Robert sah Frank nicken. »Wanjaschin hat tatsächlich etwas geschaffen – ein paar Gebäude errichtet, einen Radiosender gegründet, der etwas anderes als Propaganda ausstrahlte« – er sah Heidi an – »und Millionen von Menschen erreichte, während andere Leute, Leute wie Beresowski, das System ausnutzten und andere abzockten, vielleicht sogar Menschen umbringen ließen. Das hat Wanjaschin nicht. Und als man ihm seine ganzen Geschäfte weggenommen hat, ist er nach Großbritannien gegangen und hat Asyl beantragt – andernfalls hätte man ihn eingesperrt oder Schlimmeres.«

237

»Wer reich ist, bekommt Asyl«, sagte Ernesto. »Wer arm und nicht weiß ist, ertrinkt im Mittelmeer.«

»Was hast du mit dem zu tun?«, fragte Frank. »Warum schreibst du über ihn?«

»Ich – wir«, sagte er und deutete auf Karijn, »haben jemanden kennengelernt, der für ihn gearbeitet hat, einen Schriftsteller. Er ist nach Berlin gekommen, nachdem Wanjaschin gestorben ist. Er glaubt, er wurde ermordet.«

»Oh!«, machte Heidi.

»Verbrecher«, sagte Ernesto.

»Glaubt er?«, fragte Frank. »Was war die offizielle Todesursache?«

»Erhängen. Man hat ihn an einem Baum gefunden.«

»Also hat er sich umgebracht«, sagte Heidi.

»Möglich«, antwortete Robert.

»Er wurde ermordet«, sagte Karijn. »Hat das nicht Patrick gesagt?«

»Warum?«, fragte Heidi.

»Männer halt«, antwortete Karijn, und die Worte klangen wie ein erstickter Schrei. »Die wollen am reichsten sein, das größte Boot haben, das beste Buch schreiben. Diese ganzen Männer, die sich gegenseitig ausstechen, um sich Fabriken oder Öl oder Kupfer unter den Nagel zu reißen. Das ist zum Kotzen. Warum können die nicht zusammenarbeiten, anstatt sich umzubringen? Die Situation für alle besser machen, mal eine Sekunde nicht nur an sich selbst denken. Das ist …« – sie griff in die Luft, als versuchte sie, das richtige Wort zu fassen zu kriegen – »… würdelos.« Sie lehnte sich zurück. Alle schwiegen. »Fuck«, sagte sie und lachte. Sie umklammerte den Stiel ihres Glases. »Schenk mir Wein nach.«

»Abgesehen davon, dass Männer allgemein scheiße sind«, sagte Heidi, »und ja, da stimme ich dir vollkommen zu, warum hat man speziell diesen reichen Mann an einem Baum gefunden?«

»Mein Bekannter, der Schriftsteller, der glaubt zu wissen, warum«, sagte Robert. »Ich weiß nicht, ob er die Wahrheit sagt oder nicht. Für ganz glaubwürdig halte ich seine Geschichte nicht, aber er wollte sie erzählen, und ich helfe ihm dabei.«

»Nein, du bist auf ihn zugegangen«, sagte Karijn. »Die Geschichte zu erzählen, war deine Idee.«

Robert zuckte die Schultern und wünschte sich insgeheim einen Themenwechsel. Er wollte nicht mehr über Patrick und Wanjaschin sprechen. »Vielleicht läuft das sowieso ins Leere«, sagte er. »Wahrscheinlich eignet sich das besser für einen Artikel in einer Zeitschrift als für einen Roman.«

»Warum?«, fragte Ernesto.

»Vielleicht wäre es besser, einfach die Fakten darzustellen. In einer Geschichte muss man sie immer verdrehen, damit sie passen.«

»Robert«, sagte Frank, »wenn ich einem Kind oder den Eltern eine Krankheit oder einen Eingriff erkläre, den ich durchführen muss, sage ich ihnen dann, was ich aus medizinischer Sicht verstehe? Nein. Ich nehme das, was sie wissen müssen, und verpacke es in eine Geschichte. Das ist für alle wichtig. Geschichten sind ein Werkzeug, das uns zu verstehen hilft.«

239

»Aber du bist Arzt. Die Art von Geschichten, die ich erzähle, hilft niemandem.«

»Das sieht dieser Patrick bestimmt anders«, sagte Heidi. »Er hat dich dafür ausgewählt. Das ist eine große Verantwortung, klar, aber ich denke, er hat Glück.«

»Denk ich auch«, sagte Frank.

»Ich auch«, bestätigte Ernesto.

Karijn prostete Robert zu. »Trotz meiner jüngsten Kommentare zu Männern, die zusammenarbeiten, stimme ich auch zu. Er hätte es gar nicht besser treffen können.«

Robert fiel es schwer, ihr Lächeln zu erwidern. Er sah Mollys vom Licht der Straßenlaterne gelben Mund, der sich zu einem Grinsen verzog. Patrick, der zu seinen Füßen auf dem Gehweg lag. Er wollte ihnen sagen, dass er ein Lügner war. Dass nicht Glück, sondern Pech Patrick in diese Buchhandlung geführt hatte. Er könnte es ihnen sagen und dann Patrick. Er könnte es wiedergutmachen. Aber stattdessen zog er als Zeichen seiner Bescheidenheit den Kopf ein. »Na ja, Glück ist vielleicht zu viel gesagt.«

Karijn setzte zu einer Antwort an, aber etwas hinter Robert lenkte sie ab. »Mäuschen!«, sagte sie.

Nora stand im Nachthemd in der Tür und rieb sich ein Auge, das andere kniff sie geblendet zusammen. Die Haare standen ihr wild vom Kopf ab. Robert breitete die Arme aus, und sie tappte zu ihm und kletterte auf seinen Schoß, während Heidi, Frank und Ernesto sie säuselnd begrüßten. Nora vergrub das Gesicht in Roberts Brust, und er wiegte sie im Arm. »Sch, sch«, flüsterte er an ihrem Kopf. Sie war warm und roch schwer nach Schlaf. Froh über die Gelegenheit, das

Gespräch zu beenden, stand Robert auf und hob sie hoch, sodass ihre Wange auf seiner Schulter zu ruhen kam. So schlapp, wie sie in seinem Arm hing, würde sie sich ohne Protest wieder ins Bett legen. Als er durch die offene Tür das Kinderzimmer betrat, duckte er sich, damit Nora sich nicht den Kopf am Türrahmen stieß. Sonja lag, alle viere von sich gestreckt, auf dem oberen Bett; einen Fuß hatte sie zwischen den Sprossen der Leiter hindurchgesteckt, und er hing in der Luft. Robert kniete sich hin, nahm Nora vom Arm und legte sie behutsam auf dem unteren Bett ab. Als er aufstand und gehen wollte, jammerte sie: »Nein«, und klammerte sich an seine Hand.

»Ein Lied«, flüsterte er und stimmte »Yesterday« an, weil sie das zurzeit am liebsten mochte.

Als er die Textzeile über den Schatten sang, murmelte sie: »Das ist sein Geist.« Das tat sie jedes Mal. Er hatte keine Ahnung, woher sie das hatte.

Ihr fielen die Augen zu, ihr Atem wurde langsamer, und sie war eingeschlafen. Er blieb an ihrer Seite. Er wollte den schlichten, ruhigen Moment andauern lassen. Das Lied sang er nun so leise, dass es mehr eine Vibration in seiner Brust war als ein Ton aus seinem Mund.

Als er das Kinderzimmer verließ, standen Heidi und Frank im Flur und zogen sich ihre Mäntel an. »Danke, Robert!«, flüsterte Heidi. »Das war ein netter Abend. Beim nächsten Mal kommt ihr zu uns. Dann kocht dir Frank Kartoffeln.«

»Liebend gern«, sagte Robert. Er umarmte Heidi und schüttelte Frank die Hand.

»Viel Erfolg mit deiner Geschichte«, sagte Frank. »Karijn macht sich schon Hoffnungen, dass ihr mit dem Buch Millionäre werdet.«

»Als Verbrecher hätten wir wahrscheinlich mehr Glück«, sagte Robert.

Er schloss die Wohnungstür, drehte sich um und wollte zu Karijn und Ernesto ins Wohnzimmer zurück, überlegte es sich dann aber anders und ging stattdessen in die dunkle Küche. Der Raum roch angenehm nach Eintopf, und Robert lauschte dem beruhigenden Rumpeln der Spülmaschine. Er ging zum Fenster und sah hinaus, aber die meisten Wohnungen waren jetzt dunkel, und die wenigen beleuchteten zeigten nur leere Räume.

Im Wohnzimmer schenkte Karijn Ernesto einen Brandy ein. »Da ist er ja«, sagte sie. »Ernesto hat mir gerade erzählt, wo er heute Abend noch überall hinwill.«

»Heute Abend?«, fragte Robert.

»Ich geh nur in die Bar von einem Freund. Sie hat gerade erst aufgemacht.«

»Mein Gott«, sagte Robert. »Sind wir früher wirklich um diese Zeit noch in Bars gegangen?«

»Es ist noch nicht mal zwölf!«, antwortete Ernesto.

Karijn tätschelte Ernesto die Hand. »Du hältst uns jung.« Sie neigte ihr Brandyglas Richtung Robert. »Willst du auch einen?«

»Nein danke.«

»Komm schon«, sagte Ernesto, schenkte ein Glas ein und schob es Robert hin. »Wir müssen noch auf dein neues Buch anstoßen!«

Sie hielten die Gläser aneinander. »Welcher Trinkspruch?«, fragte Karijn.

»Auf ermordete Russen«, sagte Ernesto.

Karijn lachte. »Auf ermordete Russen!«

Robert stieß mit Ernesto und Karijn an und sah ihnen dabei nacheinander in die Augen. »Auf ermordete Russen«, sagte er.

Robert, der sich mit hochgezogenen Schultern gegen die Kälte schützte, sah im grellen Licht der Straßenlaternen den Regen in dichten Fäden fallen. Durch die Kapuze fühlte es sich an, als würden ihm Finger auf die Kopfhaut trommeln. Auf der kurzen Strecke von der U-Bahn-Station Samariterstraße kämpfte er gegen schneidenden Gegenwind, der anscheinend fest entschlossen war, ihn von dem Treffen abzuhalten.

Vor einer Stunde, als er schon dachte, er würde gar nichts mehr von Patrick hören, hatte er die nächsten Anweisungen erhalten. Die Antilope entpuppte sich als dunkle Kellerbar in Friedrichshain. Es war Freitagabend, und als Robert von der stürmischen Straße in den überfüllten Raum mit niedriger Decke kam, der fast ausschließlich von Kerzen beleuchtet war, brauchte er ein paar Sekunden, um sich zu orientieren. Eine Kontaktlinse saß nicht richtig, was die Kerzenflammen auflodern ließ und der Bar einen verschmierten, traumartigen Schleier verlieh.

In einem Nebenraum in einem tiefen, niedrigen Ledersessel fand er Patrick, der eine Baseballkappe tief ins Gesicht gezogen hatte. Auf dem Tisch vor ihm flackerte ein Teelicht in einem Einmachglas, daneben stand ein Glas Rotwein. Als Patrick ihn sah, deutete er auf den Sessel auf der anderen Seite des Tischs.

244

»Ich hol mir was zu trinken«, sagte Robert.

»Setz dich«, erwiderte Patrick. »Es wird nicht lange dauern.«

»Nicht?«, fragte Robert und öffnete den Reißverschluss seiner Jacke. Patrick klang wütend. Durch den Wechsel vom Wind und Regen in die warme Bar lief Roberts Nase. Nervös, weil Patrick ihn schweigend anstarrte, tastete er seine Taschen ab. In der Jeans fand er ein zusammengeknülltes Taschentuch und schnäuzte sich. »Also?«, sagte er.

Patrick blickte suchend zur Decke, mit einer Hand massierte er sich den Hals. »Als das Albie-Cooper-Buch herauskam, musste ich einiges einstecken.« Er lachte müde. »Die Sache ist die: Was die Leute an dem Buch mochten, war Albies Sensibilität. Seine Verletzlichkeit. Und genau das gefiel manchen überhaupt nicht. Vor allem nicht seinen Freunden, seiner Familie. Sein Bruder hat gedroht, mir die Beine zu brechen, sollte er mich jemals wieder zu Gesicht bekommen – wusstest du das?«

Robert schüttelte den Kopf. Patrick sprach ruhig, aber bei manchen Wörtern zitterte seine Stimme ein wenig. Mit beiden Händen umklammerte er jetzt die Armlehnen des Sessels.

»Das kann ich verstehen«, sagte Patrick. »Niemand mag das Bild von sich, das er zwischen zwei Buchdeckeln findet. Das ist, als würde man die eigene Stimme auf Tonband hören. Weißt du, was ich meine?«

»Ich denke schon.«

»Um ehrlich zu sein, ich habe Albie wirklich gelinkt. Er ist redegewandt und sehr reflektiert – untypisch für einen Fußballer. Das habe ich ausgenutzt. Ich habe dafür gesorgt,

245

dass er mich als Freund sieht« – Robert entging nicht, dass Patrick auf das Wort »Freund« besonderen Nachdruck legte –, »und so hat er mir alles Mögliche erzählt, was er mir sonst wahrscheinlich nicht verraten hätte. Er hat sich sicher gefühlt, obwohl er das in Wahrheit nicht war. Aber …«, sagte Patrick und hob einen Finger, »… Unterschiede: Albie wusste, dass ich ein Buch schreibe. Wir hatten einen Vertrag, auf dem sein und mein Name standen. Er durfte sogar den fertigen Text absegnen – anscheinend hat sich zwar weder er noch sonst jemand in seinem Umfeld die Mühe gemacht, ihn zu lesen, aber er hatte die Möglichkeit dazu. Also kann ich zwar verstehen, dass sein Bruder mir die Beine brechen wollte, seine Verlobte mich in der Zeitung einen Wichser nannte und Albie sich von mir enttäuscht fühlte, aber alles in allem habe ich nicht das Gefühl, dass ich mich wie der letzte Arsch verhalten habe.« Er holte etwas aus seiner Tasche. Robert erkannte den Gegenstand: seinen USB-Stick. »Aber das hier«, sagte Patrick, »das ist Diebstahl.«

Panik breitete sich in Roberts Brust aus, in seiner Kehle. »Wie kommst du darauf?«, fragte er.

»Das ist meine Geschichte«, sagte Patrick und klang fassungslos. »Oder glaubst du etwa, der Mist, den du da geschrieben hast, gehört dir?«

»Ja, das tue ich. Das gehört mir, Patrick.« Robert lehnte sich im Sessel vor. »Und das ist mein USB-Stick, also wo zum Henker hast du den her?«

»Was passiert in deiner Geschichte? Lerne ich dich kennen?«

»Was?«

246

»Patrick, in der Geschichte. Lernt er jemanden wie dich kennen?«

»Du willst wissen, wie es weitergeht«, sagte Robert und lächelte. »Das ist ein gutes Zeichen.«

»Leck mich, sag schon.«

Robert starrte Patrick an, der seinem Blick standhielt. Um sie herum gingen die Gespräche weiter. Ein Korken knallte, gefolgt von Jubel.

»Sag schon«, wiederholte Patrick. Die Worte klangen wie eine dringende Bitte.

»Das habe ich mir noch nicht überlegt.«

»Doch, ich glaube schon.«

Er hatte recht. Nach dem Gespräch mit Molly war er darauf gekommen. »Also gut, ja, der Ghostwriter ...«

»Patrick«, sagte Patrick.

»Patrick flieht nach Berlin und lernt dort einen anderen Schriftsteller kennen.« Er kam sich dumm dabei vor, Patrick die Geschichte zu erzählen, Patricks eigene Geschichte. Er war wütend auf Patrick, weil er ihn in diesen Hinterhalt gelockt hatte.

»Und was hält dieser andere Schriftsteller von dem, was Patrick ihm erzählt?«

Robert sah Patrick an. Er wollte nicht mehr darüber sprechen.

»Komm schon«, sagte Patrick. »Raus damit.« Schweigen. »Raus damit.«

»Der andere Schriftsteller«, setzte Robert an und unterbrach sich. »Hör zu«, sagte er, »ich kann verstehen, wie du darauf kommst.«

247

Patrick neigte den Kopf und kniff die Augen zusammen. »Du glaubst überhaupt nichts von dem, was ich dir erzählt habe, oder?«

Robert zögerte, dann antwortete er: »Manches schon.«

»Warum ich gehen musste? Dass ich in Gefahr bin?«

»Nein«, sagte Robert. »Das glaube ich dir nicht.« Er war überrascht, wie furchtbar es sich anfühlte, das auszusprechen. Als wäre es Verrat.

Patrick legte den USB-Stick auf den Tisch und betrachtete ihn. Er nahm seinen Wein und trank einen großen Schluck, dann stellte er das Glas behutsam zurück auf den Tisch. »Sie ist tot, wusstest du das?«, sagte er.

»Wer ist tot?«

»Aljona. Noch ein Name, bei dem du es verdammt noch mal nicht für nötig gehalten hast, ihn zu ändern.«

»Wann? Wie?«

Patrick winkte ab. »Du bist echt ein richtiges Arschloch, weißt du das? Dieser ganze Schnulzenmist in Wanjaschins Haus, deine Version von mir, die hofft, dass sie von ihm träumt. Ein neunzehnjähriges Mädchen, Herrgott noch mal.«

»Ich hab doch mitbekommen, wie du über sie gesprochen hast. Du mochtest sie.«

»Das heißt es für dich, eine Frau zu mögen? Ich will mit deiner Wichsfantasie nichts zu tun haben, okay? Ich will in deinem beschissenen Buch überhaupt nicht vorkommen, und ich will ganz bestimmt nicht, dass mein Scheißname da überall drinsteht!«

Patrick sprach so laut, dass sich mehrere Köpfe zu ihnen umdrehten. Sein Blick huschte durch den Raum.

»Ich habe nur einen zusätzlichen Konflikt eingeführt, um Spannung zu erzeugen«, sagte Robert langsam. »Das ist wichtig für die Geschichte.«

Patrick sah Robert an und strich sich über das Kinn. Er schwieg.

»Ich verstehe nicht, warum du dich so aufregst«, sagte Robert. »Du hast deine Geschichte einem Romanautor erzählt. Und das tun Autoren nun mal. Sie nehmen Erlebnisse von anderen und ... verfeinern sie.«

»Stehlen sie. Verschandeln sie.«

Robert legte den Kopf in den Nacken und sah seufzend zur Decke. »Ja, gut, dann eben verschandeln.«

»Ich dachte, ich würde mit einem Freund sprechen, nicht mit einem Autor.«

»Ich will wissen, woher du den USB-Stick hast«, sagte Robert.

Patrick trommelte mit den Fingern auf den Tisch. »Ich hatte so ein Gefühl, als du in meiner Wohnung warst«, sagte er. »Irgendetwas stimmte nicht. Also bin ich dir gefolgt, zurück nach Prenzlauer Berg und in ein Café, und habe zugesehen, wie du auf deinem beschissenen kleinen Laptop herumgetippt hast und was auch immer es war, was du geschrieben hast, auf deinem beschissenen kleinen USB-Stick gespeichert hast. Ich stand auf der Straße, im Dunkeln, und hab dich durchs Fenster beobachtet, und ich wusste es. Ich wusste es einfach.«

»Du bist mir gefolgt«, sagte Robert.

»Ja, ich bin dir gefolgt. Nicht nur ein Mal. Und ein paar Wochen später habe ich mir den hier besorgt.« Er deutete auf den USB-Stick auf dem Tisch. »Das war nicht schwer. Mach dir Folgendes klar: Was du getan hast, wird ein Nachspiel haben. Du hältst mich vielleicht für einen Spinner, der sich das alles ausgedacht hat, aber da draußen sind echte Leute, und die wollen etwas, und für die macht es keinen Unterschied, ob du glaubst, dass es sie gibt, oder nicht.«

»Drohst du mir gerade?«

»Ich nicht«, sagte Patrick und zeigte mit dem Finger auf Robert. »Das, mein Kumpel, geht auf deine Kappe.«

»Wie viel hast du dem Obdachlosen gegeben, damit er ihn klaut?«

Patrick huschte ein Lächeln über die Lippen. »Er hat ihn nicht eingesteckt. Er sollte dich nur ablenken. Ich habe mir den Stick genommen, als du mit deiner Tasche herumgefuchtelt hast. Ich war direkt neben dir, und du hast mich nicht einmal bemerkt. Glaub mir, wenn du verfolgt wirst, bist du der Letzte, der das mitbekommt.«

Patrick saß mit ausgestreckter Brust vorgebeugt da. Robert wollte aufstehen und ihn zurückstoßen. »Falls du mich für einen Schmarotzer hältst: Du bist auch nicht besser«, sagte er. »Die ganzen Bücher hat Albie Cooper verkauft, nicht du.«

»Die Geschichten anderer Leute zu erzählen, ist mein Beruf, Robert. Und sie wissen, dass ich das tue.«

»Aber du hast nicht die Geschichte erzählt, die Cooper wollte.«

»Alles in dem Buch ist wahr.«

»Aber ein Teil dieser ›Wahrheit‹ ist deine Version der Wahrheit«, sagte Robert und tippte mit dem Finger auf die Tischplatte. »Du hast die Zusammenhänge herausgearbeitet, die Küchenpsychologie ist von dir, du hast die ganzen scheinbaren Obsessionen zu einem großen Ganzen verknüpft. Nicht er.«

»Das ist nicht dasselbe.«

»Doch, ist es!«, sagte Robert und berührte mit dem Finger beinahe Patricks Gesicht. »Er hat dir Geschichten erzählt, aber du hast entschieden, was davon wichtig ist und was er wirklich damit gemeint hat, und am Ende hast du geschrieben, was du schreiben wolltest.« Robert lehnte sich zurück, holte tief Luft und hielt den Atem an. Langsam atmete er aus. »Du wusstest also Bescheid, als du mich angerufen hast?«, fragte er. »Als du meintest, wir müssen reden?«

»Ich hatte den Stick, aber ich hatte ihn mir noch nicht angesehen. Musste ich auch nicht. Ich wusste Bescheid.«

»Warum hast du dann nichts gesagt?«

Patrick runzelte die Stirn. »Weil dein Freund gerade gestorben war. Das konnte warten.«

Damit hatte Robert nicht gerechnet. Er sah weg, erst an Patrick vorbei, dann auf den Boden. »Danke«, sagte er.

»Wie war die Trauerfeier?«

»Schrecklich. In jeglicher Hinsicht.«

»Tut mir leid.«

Robert nickte. Ein paar Augenblicke vergingen. Er lauschte dem Stimmengewirr um sie herum. Dem bedeutungslosen Lärm.

»Er hat sich in einem Kleiderschrank erhängt«, sagte er. »Kannst du dir das vorstellen?«

»Wenn die Entscheidung mal gefallen ist, spielt der Ort wohl auch keine Rolle mehr.«

»Das dachte ich auch, aber jetzt bin ich mir nicht mehr sicher. Irgendetwas daran stört mich.«

»Dass es ein Kleiderschrank war?«

»Ja. Weil es so eng darin ist. Sich selbst so wegzuräumen. Das kommt mir falsch vor. Noch falscher.«

»Es ist schrecklich, aber er war dein Freund. Woanders wäre es genauso schlimm gewesen.«

»Vielleicht. Wie ist Aljona gestorben?«

Patrick nahm die Kappe ab und warf sie auf den Tisch. Er senkte den Kopf, hob die Hand und begann, sich mit Daumen und Mittelfinger die Schläfen zu massieren. »Sie hat sich in New York von ihrem Balkon gestürzt. Voll bis oben hin mit Drogen und Alkohol.«

»Aber du glaubst ...«

Patrick sah auf. »Was glaube ich?«, fragte er in schneidendem Ton.

»Weiß ich nicht. Zu allem anderen hast du doch auch eine Theorie: Wanjaschin wurde ermordet, du wirst verfolgt.« Auf einmal packte ihn die Wut über Patricks Wahnvorstellungen. »Sind sie gerade hier? Werden wir gleich geschnappt?«

»Robert, du hast gesehen, dass mir jemand gefolgt ist. Er ist uns beiden gefolgt.«

»Ich hab einen Kerl gesehen, der sich seltsam verhalten hat. Ich weiß nicht genau, was das war.«

»Glaub mir, das ist echt.«

»Warum bist du dann noch hier? Wenn du verfolgt oder bedroht wirst, oder was auch immer da bei dir los ist, warum bist du dann noch hier?«

»Ich habe einen Plan. Falls ich untertauchen muss, weiß ich, wohin ich gehen kann.«

»Wohin?«

Patrick schnaubte verächtlich. »Als ob ich dir das sagen würde.« Er leerte sein Glas und ließ sich im Sessel zurückfallen. Er wirkte erschöpft. Robert dachte, er sollte aufstehen und gehen, aber irgendetwas hielt ihn zurück. Patrick deutete auf das Glas. »Willst du einen?«

Die Frage hatte Robert nicht erwartet. Kurz wusste er nicht, was er antworten sollte. Er stand auf. »Ich geh uns was holen.«

Inzwischen war das Lokal noch voller, und Robert schloss sich der Menschenmenge an der Bar an. Beim Warten suchte er aljona model new york tot. Ein Artikel in der *New York Daily News* wurde angezeigt: Russisches Model stürzt in den Tod. Er tippte auf den Link, starrte auf das weiß strahlende Display und wartete darauf, dass der Artikel lud; der Empfang hier unten war schlecht. Er aktualisierte die Seite, aber der blendende Screen blieb leer. Er sah auf und stellte fest, dass der Barkeeper auf ihn deutete.

Vorsichtig trug Robert die Getränke durch die Menge. Er reichte Patrick ein Glas und setzte sich. »Cheers«, sagte er.

Patrick stieß mit Robert an, trank die Hälfte des Weins in einem Zug und atmete tief aus. »Ich habe über diese eine Geschichte nachgedacht, die Sergej mir erzählt hat«, sagte er. »Anfang der Siebziger hatte sein Vater ein kleines Boot auf einem See vor Moskau, und immer wenn er Zeit hatte, fuhr er mit Sergej und dessen Bruder hin. Das Problem war nur, dass das Boot einen lädierten Motor hatte, der ständig kaputtging. Wenn das passierte, mussten sie jedes Mal wochenlang auf ein Ersatzteil warten. Einmal hat der Vater Wasserskier besorgt, und Sergej und sein Bruder durften am Wochenende Freunde an den See einladen. Tagelang haben sie über nichts anderes gesprochen. Aber dann, am Sonntag, ist das Boot nicht angesprungen. Immer wieder hat Sergej seinen Vater gebeten, es noch einmal zu versuchen und noch einmal, aber sein Vater kannte das Boot und meinte, das habe keinen Zweck. Aber Sergej hat einfach keine Ruhe gegeben. Er wollte den Motor zerlegen. ›Bist du über Nacht Ingenieur geworden?‹, hat ihn sein Vater gefragt. Sergej war es egal, dass er nicht wusste, wie das ging, ihm war nur klar: Er muss es versuchen. Also gehen Sergejs Bruder und seine Freunde schwimmen, während Sergej und sein Vater den Motor ausbauen. Drei Stunden brauchen sie zum Auseinandernehmen, Überprüfen und um alles wieder zusammenzubauen. Die anderen haben ein Feuer gemacht. Sergejs Bruder bringt ihnen Würstchen. Er sagt, dass sie die Party verpassen, aber Sergej ist das egal – und wahrscheinlich ist es mittlerweile auch dem Vater egal.« Patrick unterbrach sich und nahm noch einen großen Schluck Wein. »Als der Motor wieder ganz ist, versuchen sie noch einmal, ihn zu starten, und … nichts.«

»Scheiße«, sagte Robert.

»Ja, oder?« Patrick zündete sich eine Zigarette an. »Und dann fragt er mich: Ist das eine schöne oder eine traurige Geschichte?«

»Was hast du gesagt?«

»Ich wusste nicht, was er hören wollte, aber irgendetwas

musste ich sagen. Also habe ich geantwortet, ich finde, das ist eine schöne Geschichte.«

»Und?«

»Er hat geschwiegen. Er hat mich nur verständnislos angesehen, wie er das manchmal tat.« Eine Frau, die dicht neben ihnen stand, machte einen Schritt zurück und trat Patrick auf den Fuß. Sie drehte sich um und hob entschuldigend die Hand. »Kein Problem«, sagte er, aber ohne sie anzusehen; er hatte den Blick immer noch auf Robert gerichtet. »Er hat mir die Geschichte erzählt, als ich ihn zum letzten Mal gesehen habe.«

»Wann war das?«

»Einen Monat vor seinem Tod. Er hat mich nach Buckinghamshire kommen lassen.«

»Wieder mit dem Hubschrauber?«

»Einer seiner Sicherheitsleute hat mich am Bahnhof abgeholt. Von dem Helikopter hatte er sich inzwischen trennen müssen. Und von der Jacht und dem Haus in London. Das Wetter war furchtbar. Man konnte nicht mal aus dem Fenster sehen. Es war, als ob das Haus untergehen würde.«

»Wie hat er gewirkt?«

»Völlig ausgelaugt. Er hat mir einen Brief von Tatjanas Anwälten gezeigt. Er meinte, sie wolle alles, was er noch habe. Immer wieder hat er sie die Liebe seines Lebens genannt: ›Wie kann die Liebe meines Lebens mir das antun?‹ Sprüche in dieser Art. Ziemlich schräg, wenn man bedenkt, wie er sie behandelt hatte.«

»War ... Tut mir leid, dass ich sie wieder erwähne, aber war Aljona noch da?«

»Nein, sie hatten sich getrennt.«

»Und seine Freunde?«

»Er meinte, alle seien weg. Tom jedenfalls, das wusste ich. Er hatte eine Stelle bei Putins Propagandasender RT angenommen. Das hat Sergej schwer getroffen.«

»Warum wollte Tom ausgerechnet dort arbeiten?«

»Geld. Wenn es um Tom geht, ist das die Antwort auf die meisten Fragen.« Patrick lächelte freudlos. »Aber ich konnte schon verstehen, warum er von Sergej frustriert war. Er hatte diese ganzen Pläne, aber die haben nie zu etwas geführt. Er konnte sich nicht lang genug konzentrieren. Seit zwei Jahren war ich dabei, aber das Buch kam nicht voran. Wir haben uns ein paarmal zusammengesetzt, das war alles. Er hat mich weiterbezahlt, und ja, das war super, aber ich hatte es satt, auf der Stelle zu treten. Ich wollte arbeiten, aber ich konnte keinen anderen Auftrag annehmen, falls er plötzlich wollte ...« Patrick wedelte mit der Hand. »Tom ist Produzent. Das macht ihm Spaß. Und RT hat ihm die Gelegenheit geboten, seinen Beruf auszuüben.«

»Hast du mit ihm gesprochen?«

»Seit Sergejs Tod hat er nicht mehr mit mir geredet. Reagiert weder auf meine Anrufe noch auf meine E-Mails.«

»Dann war er euch wohl beiden kein sonderlich guter Freund.«

»Da habt ihr ja einiges gemeinsam«, sagte Patrick, hielt sich aber mit dem gehässigen Unterton zurück. Er drückte seine Zigarette aus. »Ich glaube, Sergej hat in ihm tatsächlich jemanden gesehen, dem er vertrauen konnte, und davon gab es nicht viele. Als ich ihn besucht habe, ging bereits alles in die Brüche. Seine Ehe war am Ende, ganz offensichtlich, aber das galt auch für seine Geschäfte. Gerade war ein Deal geplatzt, auf den er gezählt hatte, irgendwas mit Diamantenminen in Sierra Leone, glaube ich. Er hat mir gesagt, es habe sich herumgesprochen. Und dass sich alle von ihm abwenden würden.«

»Was hatte sich herumgesprochen?«

Patrick zuckte die Achseln. »Dass er am Ende war, nehme ich an. Früher hatte er geglaubt, der britische Anstand und die Rechtsstaatlichkeit würden ihn schützen, aber inzwischen glaubte er das nicht mehr. ›Hier dreht sich alles ums Geld‹, hat er gesagt. Am Anfang war das noch gut, weil er sich seine Sicherheit erkaufen konnte. Aber wenn das Geld ausgeht, war's das mit der Sicherheit. Er hatte Angst. Er wollte nicht in die Stadt, er blieb lieber auf dem Land. Aber das Haus war wie eine leere Hülle. Die meisten Zimmer waren verschlossen. Er war allein. Da waren nur noch er und seine Sicherheitsleute, und sie haben sich von Tiefkühlpizza ernährt.«

»Hat er dir gesagt, dass sein Leben in Gefahr ist?«

»Nicht direkt. Aber er hat über den Bericht gesprochen, den Litwinenko für ein Sicherheitsunternehmen geschrieben hatte, bevor er ermordet wurde, und über Perepilitschnijs Dossier über Geldwäsche-Systeme und über die ganzen Leute, die Beresowski gegen sich aufgebracht hatte. Er meinte, das hänge alles zusammen, und dieser Adamow sei darin verwickelt.«

»Der Typ, der ihm zufolge den Radiosender und die Zeitung übernommen hatte?«

Patrick nickte. »Er war völlig auf ihn fixiert. Und seiner Ansicht nach war es kein Zufall, dass all diese Leute starben.«

»Was hast du gedacht?«

»Damals dachte ich, er würde durchdrehen. Er hatte keine Beweise – jedenfalls nicht, dass ich wüsste.«

»Was war mit den Dateien? Mit der ganzen Schießpulver-Sache?«

»Ich konnte mir keinen Reim darauf machen. Er hatte zwar gesagt, jemand würde mir das erklären, aber das hat nie jemand getan. An dem Tag haben wir nicht darüber gesprochen, aber so eine Art von Unterhaltung war das sowieso nicht. Er hat wirres Zeug gefaselt. Als hätte er ein Beruhigungsmittel genommen oder so was. Und er hat viel getrunken.«

»Warum hat er dich dann kommen lassen?«

»Das weiß ich nicht«, sagte Patrick. »Er wollte Gesellschaft. Vielleicht hatte er sonst niemanden mehr. Er hat von Geschäften gesprochen, die er abschließen wollte, von Fehlinvestitionen, über den Tod. Er meinte, ein Jahr zuvor habe er gedacht, Putin sei am Ende, aber jetzt sehe es so aus, als könnte er ewig weitermachen. Dann hat er mir die Geschichte mit dem Boot erzählt.«

»Sie muss ihm wichtig gewesen sein.«

Patrick lächelte. »Eine Zeit lang dachte ich das auch.«

»Wie meinst du das?«

»Ein paar Monate nach seinem Tod habe ich ein Buch über Beresowski gelesen, und darin habe ich die Geschichte gefunden. Ein paar Einzelheiten waren anders, aber die Geschichte war die gleiche. Wanjaschin hat sie gestohlen.«

»Warum?«

»Das wollte ich dich fragen. Warum sollte jemand so etwas tun?«

Robert biss nicht an. »Mochtest du ihn?«, fragte er.

Patrick sah hinauf zur dunklen Decke. Seine Kehle leuchtete im Kerzenlicht. »Mochte ich ihn?«, wiederholte er. Er senkte den Blick, um Robert in die Augen zu sehen. »Nein, ich mochte ihn nicht.«

»Warum?«

»Solange du mit ihm befreundet warst, war alles toll: Hubschrauberflüge, Breguets zum Geburtstag, das ganze Pipapo. Und die Gespräche mit ihm waren interessant, weil er interessiert war – er wollte sich austauschen, deine Meinung hören. Aber für Geld hätte er alles getan, und wer ihm in die Quere gekommen ist, den wusste er loszuwerden.«

»Muss man nicht so sein, um so weit zu kommen wie er?«

»Vielleicht, aber was ist das denn für eine Ausrede?« Patrick stützte die Ellbogen auf die Knie, die Hände ließ er locker. »Aber darum geht es eigentlich gar nicht«, sagte er. »Ich fand es furchtbar, wie er Aljona behandelt hat.«

»Du mochtest sie«, sagte Robert.

Patrick machte ein mürrisches Gesicht. »Nicht so, wie du denkst«, sagte er. »Sie war ein Kind. Ein kluges, schönes Kind, das ein besseres Leben verdient hat.«

Mit einem Mal wurde die Musik lauter: Die Nacht trat in eine neue Phase ein. Schreie und Gelächter erfüllten die rauchige Luft. »Was hast du in dem Buchladen gemacht?«, fragte Robert.

Patrick zupfte an einem Riss in der Armlehne des Sessels

herum. »Ich bin vorbeigelaufen, habe hineingeguckt und dich gesehen. Du sahst aus, als würdest du richtig dazugehören. Ich war wohl einsam. Und betrunken. Ich dachte mir, mit dem kann ich vielleicht reden. Also habe ich, als du nach einem Buch gegriffen hast, auch danach gegriffen.« Er sah zu Robert hoch. »Weißt du, dass ich außer dir niemanden in der Stadt kenne?«

»Ja.«

»Der Einzige, den ich kenne, und du hast mich angelogen. Du hast mich benutzt. Leck mich.«

»Patrick«, begann Robert, »ich bin ehrlich …«

»Ehrlich was? Du würdest Ehrlichkeit doch nicht mal erkennen, wenn sie …« Patrick wand sich auf seinem Platz und suchte nach dem richtigen Wort.

Da bemerkte Robert einen Mann ein paar Tische weiter, direkt hinter Patrick. Er starrte. Roberts Puls schoss in die Höhe. Der Mann stand auf. Robert rechnete damit, dass er auf sie zukommen würde. Er wollte etwas tun, aber konnte nur zusehen. Dann lächelte der Beobachter und umarmte einen anderen Mann, der seine Jacke ablegte und sich neben ihn setzte.

»Was?«, fragte Patrick, drehte sich um und folgte Roberts Blick.

»Gespenster und Phantome«, sagte Robert, und seine Angst schlug in Wut um. »Spukhäuser. Dieser ganze Blödsinn von wegen FSB, SWR, UFO. Vielleicht ist Wanjaschin ja wirklich ermordet worden, aber selbst wenn, wer bist du denn, dass sich irgendjemand für dich interessieren sollte? Du schreibst verdammte Fußballer-Memoiren.«

260

»Und du bist ein Dieb«, sagte Patrick. Er nahm den USB-Stick und warf ihn nach Robert. Er prallte von der Armlehne des Sessels ab und fiel auf den Boden.

Robert bückte sich und hob ihn auf. »Ich wollte das nicht schreiben, um dich zu ärgern, Patrick. Je mehr du mir verraten hast, desto wichtiger erschien es mir, die Geschichte zu erzählen. Ich wusste nur nicht, wie ich dich fragen sollte. Ich bitte dich jetzt, mir zu vertrauen.« Er war überrascht, wie sehr er sich plötzlich Patricks Erlaubnis wünschte.

»Aljona Kapeluschnik«, sagte Patrick.

»Was?«

»Die Leute, über die du schreibst, sind echte Menschen. Aljona Kapeluschnik«, sagte er und sprach den Namen überdeutlich aus, »war echt. Sie war zwanzig Jahre alt und stürzte vom Balkon ihrer Wohnung neun Stockwerke in die Tiefe.« Patrick stand auf und zog sich die Jacke an. »Ihr Körper landete so weit in der Straße, dass sie der Polizei zufolge mit Anlauf gesprungen sein muss. Mir ist es scheißegal, ob du noch einen Konflikt für deinen Spannungsbogen brauchst. Du kannst nicht einfach über Menschen schreiben, was du willst. Das geht einfach nicht.« Er drehte sich um und ging, und obwohl Robert seinen Namen rief, blieb er nicht stehen. Er ging weiter, durch das Gedränge in der Bar, die Treppe hinauf und hinaus in die Nacht.

Geschichten sind wie Münzen, dachte Robert, die von einer Hand zur nächsten wandern. Wenn man jemandem eine Geschichte erzählt, dann übergibt man sie ihm. Patrick und Wanjaschin, Cäsar und der Häduer, Bolaños Heroinsucht, Roberts Pilgerfahrt nach Blanes: Manche Geschichten verbreiten sich, andere versanden. Er sagte sich, dass der Roman, den er schrieb, Patricks Erfahrung nicht abwertete, sondern Anerkennung zollte. Wenn Patrick das nicht erkannte, war das bedauerlich, aber nicht Roberts Problem.

Robert war mit seinen Töchtern auf dem Weg zur Kita. Frost glitzerte auf dem Bürgersteig. Die Mädchen taten, als wären sie Drachen, und pusteten weiße Wölkchen ins Sonnenlicht. Er überlegte, wo er danach hingehen wollte. Er konnte es nicht erwarten, an dem Buch weiterzuarbeiten. Von Patrick würde er sich nicht davon abbringen lassen.

Er beschloss, auf der anderen Seite des Mauerparks in einem Café zu frühstücken, das er mochte. Bis auf ein paar Menschen mit Hunden war der Park leer, und als Robert über den breiten, gepflasterten Weg ging, der dort entlangführte, genoss er die Einsamkeit. Als er am Amphitheater vorbeikam, wo er sich vor vielen Jahren sonntags die krächzenden Karaokesänger angehört hatte, klingelte sein Handy. Er nahm es aus der Tasche. Die Nummer war unterdrückt. »Hallo?«, sagte er.

»Mr Robert Prowe?«, fragte ein Mann mit starkem Akzent auf Englisch. Die Verbindung war abgehackt, und die Stimme wirkte verfälscht: Sie klang unnatürlich tief.

»Ja?«, antwortete Robert und drückte das Handy fester ans Ohr.

»Hier spricht Dr. Schreiber vom St.-Hedwig-Krankenhaus. Spreche ich mit Robert Prowe, dem Ehemann von Karijn Jonsson?«

Robert packte die Angst. Am Ende des Parks, wo der gepflasterte Weg auf den Bürgersteig traf, blieb er stehen.

»Können Sie das bestätigen?« Die Stimme klang verzerrt, als würde er sie über Kurzwelle hören.

»Ja, der bin ich. Was ist los? Was ist passiert?«

»Ich muss Ihnen leider mitteilen, dass Ihre Frau heute Morgen in einen Autounfall verwickelt war, Mr Prowe.«

»O mein Gott.« Das war seine Stimme, aber es fühlte sich nicht an, als hätte er etwas gesagt. »O mein Gott«, wiederholte die Stimme.

»Sie ist leider sehr schwer verletzt.«

»Was soll das heißen?«, fragte er. »Wo ist sie?«

»Ihre Frau ist im St.-Hedwig-Krankenhaus«, sagte der Arzt langsam. »Das tut mir sehr leid, Mr Prowe. Sie müssen sofort herkommen. Sie ist sehr schwer verletzt.«

»Wo sind Sie? Wo ist das Krankenhaus?«, fragte Robert.

Stille. »Hier ist das St.-Hedwig-Krankenhaus«, sagte die Stimme. »Sie müssen sofort herkommen.«

Die Verbindung brach ab. Mit zittrigen Händen – ständig erwischte er die falschen Tasten – tippte Robert st hedwig krankenhaus in die Navigationsapp. Es lag in Mitte, zehn

263

Minuten mit dem Auto. Er startete Uber, aber die Seite lud nicht: Der blaue Punkt, der seinen Standort anzeigte, hing in einem leeren grauen Feld. Er klopfte mehrmals auf das Display, aber es tat sich nichts. Die Straße, auf der er sich befand, war groß und normalerweise stark befahren, aber er sah kein Taxi. Vielleicht sollte er auf eins warten, dachte er, aber er konnte nicht untätig bleiben. Er rannte über die Fahrbahn und die Straße hinunter, die sich vor ihm auftat. Der Bürgersteig war schmal, und die Pflastersteine wurden von Baumwurzeln hochgedrückt, darum lief er zwischen den kahlen Linden auf der Straße. Mit dem freien Arm holte er Schwung, unter dem anderen klemmte die Laptoptasche. Zu seiner Linken blitzte die tief stehende Sonne auf – immer wieder erschien und verschwand sie zwischen den Gebäuden. Er durchquerte blendende Lichtsäulen und tauchte in kühle blaue Korridore ein. Als er um eine Ecke bog, stieß er beinahe mit einem Buggy zusammen. Wütend redete die Frau dahinter auf ihn ein. Er starrte sie perplex an, dann rannte er weiter und überquerte im Sprint die Straße neben der Zionskirche. Er eilte den Weg hinauf auf das Kirchengelände, dann eine abschüssige gepflasterte Zufahrt hinunter, schlitterte und stürzte beinahe auf die vom Frost glatten Steine. Sein Atem ging stoßweise, seine Brust brannte. Die Straße führte bergab, und er ließ sich vom Schwung tragen. Die in die Fahrbahn eingelassenen Schienen reflektierten das Sonnenlicht. Geblendet kniff er die Augen zusammen und sah vor sich einen Park. Eine Abkürzung, dachte er und steuerte, ohne langsamer zu werden, den Eingang an. Er blieb mit dem Oberschenkel an einem Metallpoller hängen, und das Bein sackte unter ihm weg. Mit der Wange krachte er auf die rauen Pflastersteine und schürfte sich die Handflächen auf. Er versuchte aufzustehen, aber als er sich aufstützen wollte, knickten bebend die Arme ein. An der Wange spürte er kalten Stein. Er sog Luft ein und hustete – er hatte Splitt in der Kehle. Bunte Flecken tanzten ihm vor den Augen. Er sah sich um, da fiel ihm wieder ein, wo er sich befand und was passiert war. Karijn war verletzt. Sie brauchte ihn. Aber jemand hatte die Straße genommen und in einen merkwürdigen Winkel gedreht. Er testete, was er bewegen musste, um sich aufzurichten. Er spürte einen Ruck im Magen, und als er sich auf ein Knie stemmte, pochte das Bein. Blut strömte ihm aus dem Oberschenkel. Er schaute nach, sah aber nichts: Es war nur der Vibrationsalarm. Er tastete nach dem Handy, aber er kam mit den steifen Fingern nicht in die Hosentasche. Als er es endlich herausgezogen hatte, war bereits aufgelegt worden. Anruf in Abwesenheit: Karijn Jonsson, stand auf dem Display. Er nahm die Menschen wahr, die an ihm vorbeigingen oder auf Fahrrädern vorbeifuhren und großzügig zu ihm, dem Mann, der da ausgestreckt vor dem Parkeingang lag, Abstand hielten. Verwirrt sah er aufs Display. Hatte jemand ihr Handy gefunden? Er wischte die Benachrichtigung weg und ging zu den entgangenen Anrufen. Mit dem Daumen tippte er auf ihren Namen. Er taumelte zu einem niedrigen Metallgeländer, das ein Blumenbeet einrahmte, und ließ sich, mehr hockend als sitzend, darauf nieder. Er presste das Handy ans Ohr, und es klingelte. Inzwischen hatte er Tränen in den Augen. Sein Atem ging flach.

»Hallo?«

Karijns Stimme.

»Hallo? Rob?«

Ihre Stimme.

»Karijn?«, sagte er.

»Hej, ich habe gerade versucht, dich zu erreichen. Es geht um heute Abend.«

»Karijn, geht es dir gut?«

»Ja, alles gut. Was ist los? Du klingst komisch.«

»Ich wurde angerufen«, begann er und unterdrückte ein Schluchzen. Er nahm einen tiefen Atemzug und hielt die Luft an. Vom Laufen schmerzte ihm noch immer die Lunge.

»Rob?«

»Jemand aus dem Krankenhaus hat mich angerufen«, sagte er. »Die haben mir gesagt – die haben gesagt, du hattest einen Unfall.« Einen Moment lang hörte er nur leises Knistern in der Leitung.

»Was? Mir geht's gut. Bist du dir sicher, dass du das richtig verstanden hast?«

»Sie haben gesagt, es sei ernst. Ich dachte, du wurdest angefahren und bist vom Rad gestürzt. Scheiße.«

Ihr Tonfall wechselte von Verwirrung zu Sorge. »Haben die vielleicht eins der Mädchen gemeint?«

»Nein. Ich meine, ich weiß nicht …« Hatte er das womöglich missverstanden? Er war sich sicher, dass der Arzt gesagt hatte, Karijn sei verletzt, aber das stimmte offenbar nicht.

»Bist du dir sicher?«

Das war er nicht. »Ja, bin ich«, sagte er. »Aber ich ruf an und frage nach, okay?« Er legte auf und suchte die Nummer

266

der Kita heraus. Er wählte und wartete. Die Frau, mit der er sprach, teilte ihm mit, dass es den Mädchen gut gehe, sie habe sie gerade auf dem Spielplatz gesehen. Er bat sie, noch einmal nachzuschauen. »Please«, sagte er, dann wechselte er ins Deutsche: »Bitte, ich weiß, es ist, äh, nervig, aber bitte machen Sie es für mich.«

Dreißig Sekunden lang war sie weg. Als sie sich wieder meldete, klang sie gereizt. »Sie spielen«, sagte sie. »Genau dort, wo ich sie zuletzt gesehen habe.«

Robert rief Karijn an.

»Oh, Gott sei Dank«, sagte sie. Die Erleichterung war ihr anzuhören. »Gott sei Dank.«

Robert stand keuchend auf.

»Alles okay bei dir?«, fragte Karijn.

Er lachte. »Mir ging's schon mal besser.« Er untersuchte die freie Hand. Mohnsamenkleine Kiessplitter steckten in der Handfläche. Er hatte sich den Daumen aufgerissen.

»Was ist passiert?«

Er sah sich um. »Ich wurde angerufen, dann wollte ich zu dir laufen. Ich bin gegen einen …« Ihm fiel das Wort nicht ein. In seinem Kopf ging immer noch alles drunter und drüber. »Gegen ein … Dings, einen Pfosten gelaufen und hingeflogen.« Er sah an sich hinunter: Ein Hosenbein war zerrissen, und ein Fetzen schwarze Baumwolle hing herunter. Er beugte sich vor, um durch den Riss sein Knie zu begutachten. Erst als er hinsah, fing es an zu brennen: In der feuchten roten Schürfwunde steckten dunkle Kiessplitter. »Hab mir ein bisschen das Knie aufgeschlagen«, sagte er, »und – scheiße, wo ist …« Er sah sich nach der Laptoptasche um, und einige Meter entfernt entdeckte er sie neben dem Weg in einem Blumenbeet, der Inhalt war herausgefallen. »O Mann«, sagte er.

»Rob, was genau hat der Arzt gesagt?«

Er bückte sich, und mit der freien Hand sammelte er kraftlos seine Sachen ein; die Handfläche brannte. Zögernd steuerte er eine Bank an, und mit jeder Bewegung offenbarten sich neue Schmerzen. In seiner Erleichterung erschien ihm der Schmerz wunderbar. »Er meinte, er sei vom St.-Hedwig-Krankenhaus und du seist verletzt. Schwer verletzt.«

»Meine Güte«, sagte sie.

»Mensch, Karijn, es tut so gut, deine Stimme zu hören.«

»Ach, Rob«, murmelte sie. »Wie kaputt ist das denn.«

Er wischte sich mit dem Ärmel über die Augen. »Ah!«, sagte er wie aus Frustration, lachte und schüttelte den Kopf. »Warum hast du eigentlich angerufen?«

Einen Moment lang schwieg Karijn. »Ach Gott«, sagte sie, »es ging darum, ob du heute Abend die Kinder abholen kannst, aber passt schon.«

»Wieso denn? Das kann ich doch machen.«

»Nach der Sache jetzt kommt mir das so banal vor.«

»Älskling, glaub mir, ich bin froh, dass ich gerade mit dir über Alltägliches sprechen kann.«

Sie lachte. »Besser, als zu entscheiden, ob du meine lebenserhaltenden Geräte abschalten sollst?«

»Das ist nicht lustig.«

»Doch, ist es, aber gut. Ich brauch nur noch ein paar Stunden, dann bin ich mit diesem Polsterhocker fertig. Aber das kann ich auch morgen machen.«

»Nein, lass doch mich die Kinder holen«, sagte Robert und zuckte zusammen, als er aufstand und probeweise das verletzte Bein belastete. »Ich freu mich, dass du fragst. Ich freu mich über den Hocker. Ich freu mich über den, für den er bestimmt ist. Ich hol sie gern ab.«

»Also gut, wunderbar. Wenn du dir sicher bist. Sag Bescheid, wenn du zu starke Schmerzen hast oder komplett außer Gefecht bist. Oder wenn dich dieser Mensch noch mal anruft.«

»Ich liebe dich. Bis heute Abend.« Robert beendete das Telefonat und ließ sich wieder langsam auf der Bank nieder. Er spürte die kalte Luft am brennenden Knie. Sein Oberschenkel schmerzte. Die Hände pochten. Die Wange war taub. Der Himmel leuchtete grellweiß. Dann kam ihm ein Gedanke: Patrick hatte das getan. Das war seine Rache. Robert nahm sein Handy und rief die neue Nummer an, von der Patrick ihm eine Woche zuvor eine SMS geschickt hatte. Er landete bei einer standardisierten Mailboxansage. Robert legte auf und versuchte es bei Patricks alter Nummer. Rufnummer nicht vergeben. »Arschloch«, sagte er. Er schickte eine SMS an die andere Nummer – die gleiche Nachricht, die Patrick ihm an dem Abend, als Robert aus London zurückgekommen war, geschickt hatte: Wir müssen reden.

Robert fand eine Toilette und wusch sich behelfsmäßig die Wunden aus. Er durchquerte den Park zum Rosenthaler Platz und nahm den Zug nach Gesundbrunnen, wo er in die Bahn zur Schönhauser Allee umstieg. Als er die Treppe am Bahnhof hinaufging, schmerzte der verletzte Oberschenkel. Er überquerte die Straße, trat durch den Schatten der Hochbahnanlage und kam wieder ins Licht. Erst als er das gegrillte Fleisch im Dönerladen neben dem Balzac roch, wurde ihm bewusst, wie hungrig er war.

An der Theke wartete Robert auf einen Schisch Kebab und beobachtete die Passanten auf der Straße und die Menschen, die in die Tram ein- und ausstiegen. Das beruhigte ihn. Er nahm seinen Spieß mit zu einem Stehtisch auf dem Gehweg. Er aß schnell, spülte ihn mit Kaffee hinunter und warf den Becher und das Papier in den Mülleimer. In der Wohnung zog er die zerrissene, fleckige Kleidung aus, und bei jedem Strecken oder Beugen protestierte sein Körper. Unter der Dusche brannte das heiße Wasser an der Wange, dem Knie, den Handflächen. Er lehnte sich mit dem Rücken an die Fliesen und hielt das Gesicht zur Brause. Der Wasserstrahl ließ ihn abschalten.

Nachdem Robert sich abgetrocknet hatte, versorgte er die Platz- und Schürfwunden mit einem Antiseptikum und klebte sich ein großes Pflaster auf das aufgeschürfte Knie. An der Stelle auf dem Oberschenkel, wo er gegen den Pfosten gestoßen war, prangte ein schlimmer roter Fleck. Robert zog sich an, warf ein paar Schmerztabletten ein und trank einen halben Liter Wasser. Er suchte in seinem Mantel nach Zigaretten, fand aber keine. Im Sekretär im Wohnzimmer lag noch ein Beutel mit altem Tabak. Er war so pulverig, dass er beim Drehen an beiden Seiten aus dem Papier rieselte. Damit überhaupt noch etwas von der Zigarette übrig blieb, musste Robert das Ende zudrehen wie bei einem Joint. Er zündete sie an, während er die Balkontür entriegelte und hinaustrat. Er nahm einen tiefen Zug und gab sich einen Moment lang

270

dem befriedigenden Gefühl hin, das sich von der Lunge ausgehend ausbreitete. Die Temperatur sank. Der Hinterhof war kahl, und die Gemüsebeete waren bis auf die bloße Erde abgeerntet. Lange Grasbüschel lagen platt getreten und matschig da. Obgleich der Himmel grellweiß war, blieb es düster. Robert sah zum leeren Fitnessstudio, in dem alle Lampen hell leuchteten.

Auf dem Heimweg von der Kita kaufte Robert den Mädchen Lebkuchenmänner. Trotz der strengen Kälte wollten sie sie auf dem Spielplatz an der Ecke ihrer Straße essen. Sie legten sich in eine Betonröhre, ihren Lieblingsplatz zum Ausruhen zwischen Rutschen und Schaukeln, und Sonja gab Nora die Reihenfolge vor, in der sie die Gliedmaßen essen würden. Robert beugte sich hinunter, legte eine Hand auf den Beton und schrie, nur halb gespielt, vor Schreck auf. »Ihr seid ja verrückt. Da drin ist es eiskalt!«

»Du bist ulkig, Pappa«, sagte Sonja, anscheinend mehr aus Höflichkeit als aus Belustigung.

»Na gut, ihr kleinen Eiszapfen«, sagte Robert und richtete sich steif auf. »Dann macht mal.« Während er ihnen beim Essen zusah, fiel ihm ein altes Lied ein, das er immer gesungen hatte, wenn sie sich früher zusammen ein Bilderbuch mit dem Märchen vom Lebkuchenmann angesehen hatten: »Lauf, lauf, so schnell du kannst. Mich fängst du nicht, ich bin der Lebkuchenmann.« »Falls ich untertauchen muss, weiß ich, wohin ich gehen kann.« – Das hatte Patrick gesagt. Hatte er die Stadt bereits verlassen? Morgen Vormittag würde Robert zu seiner Wohnung gehen und nachsehen.

Was Patrick getan hatte, wollte er ihm nicht durchgehen lassen.

Inzwischen war der Spielplatz fast ganz dunkel. Die einzige Lichtquelle war die Straßenlaterne an der Ecke. In dem Schein war Roberts Atem als weiße Fetzen sichtbar. »Na los, Mädels«, sagte er. »Zum Abendessen gibt's Spaghetti.«

»Mit Ketchup?«, fragte Nora.

»Viel Ketchup.«

»Juhu!« Die Mädchen rollten sich aus der Röhre, Lebkuchenbrösel fielen von ihren Mänteln, und als sie die Straße entlangliefen, humpelte Robert ihnen hinterher.

Das Rezept für Kindergarten-Spaghetti hatte er von Heidi: Frankfurter Würstchen, Sahne und Ketchup. Es war gnadenlos süß, aber mit den Kindern aß er das gern. Karijn konnte kaum zusehen.

Während die Soße köchelte, goss Robert Wasser in den Espressokocher, löffelte Kaffee hinein und stellte ihn auf den Herd. Karijn schickte ihm eine SMS, in der stand, sie werde nicht vor neun Uhr zurück sein, ob das in Ordnung sei? Klar, antwortete Robert. Bleib so lang wie nötig. Hier ist alles unter Kontrolle. Kindergarten-Spaghetti! Einen Moment später kam ihre Antwort: Du bist ja eklig.

Robert und die Mädchen aßen zusammen, dann bürstete er ihnen die Haare, während sie Zeichentrickfilme ansahen, las ihnen im Kinderzimmer Geschichten vor, die warmen Körper zu beiden Seiten an ihn gedrückt, und sang ihnen im sanften rosa Schein des Nachtlichts vor. Nachdem sie eingeschlafen waren, döste er noch lange seitlich an Noras Bett gelehnt und lauschte ihrem Schnarchen.

Er las ein Buch, ein zweites großes Glas Wein auf dem Couchtisch, als Karijn nach Hause kam. Der Schlüssel klimperte in der Bakelitschale auf dem Flurtisch, und er hörte, wie sie den Fahrradhelm an die Garderobe hängte. Ihr Kopf erschien in der Tür. »Hej!«, sagte sie lächelnd. Ihr Haar war hochgesteckt, der Dutt war mit einem Bleistift aufgespießt.

»Hej«, sagte er. »Wunderschön siehst du aus.«

»Wie viel hast du getrunken?«

»Noch nicht einmal die Hälfte von dem, was ich trinken werde.« Er stand auf, ließ das Buch auf den Sessel fallen und ging zu ihr. Als Karijn ihn hinken sah, verzog sie mitleidig das Gesicht. »Ich bin so froh, dass du lebst«, sagte er und legte die Arme um sie.

Sie erwiderte die Umarmung. »Was sollte das denn? So seltsam.«

»Ich hab keine Ahnung, aber die haben mir einen Riesenschreck eingejagt.« Er löste sich von ihr und hielt sie an den Schultern fest.

»Hast du mit jemandem vom Krankenhaus gesprochen?«, fragte sie.

»Nein. Das hatte ich eigentlich vor, aber ... Sobald ich wusste, dass es dir gut geht, wollte ich gar nicht mehr daran denken.«

»Aber sie sollten das doch wissen, meinst du nicht? Was, wenn das auch anderen Leuten passiert ist? Oder, ich weiß nicht, wenn das eine andere Frau war, und die dachten nur, dass ich das wäre?«

»Wie soll das überhaupt gehen?«

Sie schüttelte den Kopf.

»Ich ruf dort an«, sagte er. »Hast du Hunger?«

»Ich habe in der Werkstatt Knäckebrot gegessen.«

»Und was ist mit Wein?«

»Ja. Ja, ja, ja. Ich gehe unter die Dusche und wasch mir die Chemikalien ab.«

Sie tranken die Flasche leer. Karijn erzählte Robert von dem Polsterhocker; Robert erzählte ihr von dem Picknick der Mädchen in der eiskalten Betonröhre. Sie besprachen, was vor der Abreise nach Schweden noch zu erledigen war, und Karijn nahm sich den Stift aus Roberts Buch und erstellte eine Liste. Sie saßen sich auf der Couch gegenüber, einer seiner Füße auf dem Boden und ihre zwischen seinen Oberschenkeln. Sie waren beide zu groß für das Sofa. Wenn sie zusammen darauf lagen, hatten sie oft das Gefühl, jeden Moment hinunterzufallen. Er umfasste ihre Wade und massierte sie durch den Baumwollstoff der Schlafanzughose. Ihr vom Wasser dunkles Haar, das glatt wie ein Vorhang herabhing, hinterließ feuchte Spuren auf dem T-Shirt. »Noch etwas?«, fragte sie.

»Nein, komm her, meine geliebte Planerin.«

Karijn richtete sich auf und kniete sich über ihn. »Du findest Organisiert-Sein vielleicht belanglos«, sagte sie und inspizierte seine aufgeschürfte Hand. »Aber ohne die Organisatoren unter uns keine Landwirtschaft. Ohne Landwirtschaft keine Zivilisation. Folglich keine Freizeit. Folglich keine Zeit zum Schreiben oder Lesen. Ohne Leute wie mich gäbe es dich gar nicht.«

Sie hauchte ihm einen Kuss auf die geschlossenen Lippen. Er öffnete den Mund, und sie küssten sich. Er hielt ihren

Kopf zwischen den Händen. »Ich hatte solche Angst um dich, Karijn.«

Sie hob einen Finger und wischte ihm eine Träne aus dem Gesicht. »Hör auf zu weinen und bring mich ins Bett«, sagte sie. »Die Auferstehung hat mich scharfgemacht.«

Durchs Zugfenster sah Robert die gepflegten Parzellen und knallbunt gestrichenen Lauben einer weitläufigen Kleingartenanlage. Sie verschwanden aus dem Blickfeld, und an ihre Stelle traten die Metallschluchten des Containerterminals am Westhafen. Er versuchte, sich zurechtzulegen, was er Patrick sagen würde, aber die Worte fügten sich einfach nicht zusammen – eifrig drängten sich immer andere Sätze vor, die ausgewählt werden wollten. Als er merkte, dass eine alte Frau ihn demonstrativ anstarrte, wurde ihm bewusst, dass er sich aus Nervosität rhythmisch auf die Oberschenkel trommelte.

Als Robert aus dem Bahnhof Jungfernheide ging, kam er an ein paar Jugendlichen vorbei, die am Fuße eines Hochhauses auf einem asphaltierten Platz Fußball spielten. Ihr Atem dampfte in der kalten Luft. Ein kräftiger Schuss ging am Tor vorbei, und der Maschendrahtzaun, der das Spielfeld umgab, schepperte, als würden Schlittenglocken läuten. Robert hatte den Weg zu Patricks Wohnung vergessen. Er zog einen Handschuh aus, rief die Navigationsapp auf dem Handy auf und tippte Patricks Straße ein. In der Ferne entdeckte er eine hohe Kirchturmspitze, an die er sich von dem letzten Besuch erinnerte. Er überquerte eine stark befahrene Straße und bog in eine ruhige Wohnstraße ein. Als er zwischen den hohen marzipangelben Wohnhäusern hindurchging und aus den Birken, die den Bürgersteig säumten, Vogelgezwitscher herabrieselte, gelang es ihm beinahe, die unangenehme Aufgabe zu verdrängen, die ihn hergeführt hatte. Er hörte, wie sich ein Fenster öffnete, das Bimmeln einer Fahrradklingel. Am Ende der Straße kam er an einem prächtigen Gebäude vorbei, das an eine Festung erinnerte. Am Eingang stand ein Mann in sehr weit geschnittenem Nadelstreifenanzug und Dufflecoat. Er rauchte einen Joint, dessen süßlicher, weichteilartiger Gestank in der kalten Luft hing. Der Mann lächelte ihn an, und Robert rechnete merkwürdigerweise fast damit, dass er ihm gleich anbieten würde, auch mal zu ziehen. Mit gesenktem Kopf eilte er weiter, bog erst links ab und dann rechts in eine baumlose Straße: Kamminer Straße. Gerade mal drei Wochen war es her, dass er zuletzt hier gewesen war, aber es fühlte sich viel länger an. Alles vor London schien lange her zu sein. Kalter Wind schlug ihm entgegen; er steckte die Hände tiefer in die Manteltaschen und vergrub das Kinn im Schal. Vom Atem wurde die Wolle feucht. In der grimmigen Kälte sah der eingekerbte Putz von Patricks Wohnblock noch trister aus. Ein paar Bewohner hatten offenbar versucht, die Fassade mit Blumenkästen zu verschönern, aber darin waren nur tote oder sterbende Pflanzen oder überhaupt nichts, was den kläglichen Anblick lediglich unterstrich. Soweit Robert sich erinnerte, war Patricks Balkon schmucklos, wenig Platz, nur ein schmutziger Plastikstuhl und eine mit Zigarettenstummeln gefüllte Bierflasche standen darauf.

Robert stieg die bröckelnden Stufen zu einer hölzernen Flügeltür hinauf, deren Farbe unten rissig war und abblätterte. Er überflog die Namen auf der Klingelplatte. Zwanzig Knöpfe und Namensschilder. Ihm fiel ein, dass Patrick gesagt hatte, er wolle nicht, dass sein richtiger Name an der Klingel stehe, aber einen Moment lang konnte Robert sich nicht erinnern, welchen er stattdessen verwendet hatte. Dann sah er ihn: *Bracknell*. Er klingelte und wartete ab. Er drückte noch einmal, aber weder ein Ton noch Licht ließen Rückschlüsse darauf zu, ob die Klingel funktionierte. »Komm schon«, murmelte er in seinen Schal, stampfte mit den Füßen und drückte ein drittes Mal auf die Klingel, aber die Gegensprechanlage blieb stumm.

Ein alter Mann, der einen Einkaufstrolley, wie Robert ihn von seiner Großmutter kannte, hinter sich herzog, näherte sich der Treppe. Mühsam begann er, sie hinaufzusteigen: eine Stufe, dann eine Drehung, um den Trolley hinter sich hochzuziehen, dann die nächste Stufe. »Entschuldigung«, sprach Robert ihn auf Deutsch an und ging ihm entgegen. »Kann ich …« Er machte eine Geste, als würde er den Trolley anheben.

»Ja, bitte«, sagte der Mann lächelnd.

Der Trolley war schwerer, als Robert erwartet hatte, so schwer, dass er kurz befürchtete, er würde von ihm die Treppe hinuntergezogen werden. Als er ihn die wenigen Stufen nach oben trug, folgte ihm der alte Mann, schnaufte und wiederholte: »Bitte.« Oben angekommen, lächelte er Robert an. Er war sehr klein, und das runde rote Gesicht und die Strickmütze ließen ihn wie einen Gartenzwerg aussehen. Robert zeigte zur Tür. Als der Mann einen Schlüsselbund aus der Tasche zog, ließ sein Lächeln nach. Er steckte einen

Schlüssel ins Schlüsselloch. Bevor er ihn umdrehte, sah er Robert an. »Wohnen Sie hier?«, fragte er.

»Ja, ja«, sagte Robert und klopfte seine Taschen ab, als hätte er nur seinen Schlüssel vergessen. Dem Gesichtsausdruck des alten Herrn zufolge war die Lüge nicht überzeugend, aber er stieß dennoch die Tür auf. Robert hob den Trolley über die Türschwelle und stellte ihn im Hausflur ab. Als die Tür zufiel, war er schon auf dem Weg die Treppe hinauf. Der alte Mann rief etwas, aber Robert verstand ihn nicht.

Drei Stockwerke weiter oben öffnete er die Tür, die vom Treppenhaus abging. Patricks Wohnung war die zweite auf dem Flur. Neben der Tür war eine Klingel, das Namensschild darunter war leer. Durch die Tür hörte Robert das dünne, aggressive Summen. Er ließ den Knopf los. Horchend wartete er. Noch immer wusste er nicht, was er sagen würde. Ein Teil von ihm wollte Patrick einfach nur eine reinhauen, sich umdrehen und gehen. Er schellte erneut, zwei kurze schrille Töne. Stille. Ohne sich Hoffnungen zu machen, klopfte er an. Als die Knöchel auf das Holz trafen, gab die Tür nach und schwang einen Spaltbreit auf. Er stieß sie weiter auf. »Hallo?«, rief er. Er betrat den kleinen Gang, in dem auf dem Teppich verstreut eine Sporttasche, einige Kleidungsstücke und ein paar Münzen lagen. Er ging in die Küche, wo jemand den Inhalt der Schubladen und Schränke auf den Boden geleert hatte: Er war übersät mit Lebensmitteln, Glasscherben und zerbrochenem Geschirr. In der Spüle war etwas verbrannt worden – neben dem Abfluss lag, glitschig wie Seetang, ein Klumpen nasser Asche. Der Raum roch noch immer nach Rauch. Vielleicht war derjenige, der das getan hatte, noch hier. Robert sah sich nach etwas um, womit er sich verteidigen konnte. Der Messerblock war leer. Er bückte sich und hob ein Tafelmesser auf. Er hatte Angst und kam sich lächerlich vor. Vorsichtig betrat er das Wohnzimmer. Auf dem Boden verteilt lagen Blätter, die von oben bis unten mit Text bedruckt waren. Er ging in die Hocke, sammelte ein paar auf, dann hörte er etwas und sah zum Schlafzimmer. Das Bett war abgezogen worden, die Matratze vom Lattenrost gezerrt und aufgeschlitzt: Aus zwei fransigen Rissen quollen schmutzig gelbe Fasern in der Farbe gebrauchter Zigarettenfilter. Er hörte Wasser tröpfeln. Langsam näherte er sich dem Bad und lauschte mit dem Ohr an der Tür. Bis auf das Wasser hörte er nichts. Behutsam legte er die Hand an die Tür und versuchte, sie aufzuschieben. Sie bewegte sich nicht. Sein Atem ging schnell und flach. Er zwang sich, ruhig und tief zu atmen. Er griff nach der Klinke und drückte sie langsam herunter. Die Tür bewegte sich. Mit einem kurzen Schrei stieß er sie mit aller Kraft auf. Sie knallte gegen die Wand und prallte zurück. Mit ausgestreckter Hand verhinderte er, dass sie ihm vor der Nase zuschlug. Er schob sie langsamer auf und sah, dass der Wasserhahn auf heiß gestellt lief. Der Spiegel war beschlagen. Robert drehte den Hahn zu. Ein Handtuch war vom Halter gerutscht, und Boxershorts lagen zusammengeknüllt in einer Ecke. »Was machst du hier?«, fragte eine Stimme auf Deutsch. Robert ging aus dem Bad, blickte den Flur entlang und sah an der Wohnungstür den alten Mann stehen. »Ich ruf die Polizei«, sagte er.

»Nein, bitte, nein«, antwortete Robert ebenfalls auf Deutsch und ließ das Messer fallen. »Freund.«

»Doch, ich rufe die Polizei.«

Ein paar Sekunden lang konnte Robert sich vor Panik nicht rühren, dann rannte er durch den Flur aus der Wohnung und rempelte den alten Mann beiseite. Robert spürte, wie er zusammensackte, hörte ihn fallen und aufschreien. Er riss die Tür zum Treppenhaus auf und hetzte mehrere Stufen auf einmal nehmend hinunter, wobei er auf jedem Treppenabsatz die Wand streifte. Er krachte gegen die Eingangstür und rammte zweimal mit der Schulter dagegen, bevor er an der Wand den Schalter zum Öffnen sah. Mit der Handfläche klatschte er dagegen und hörte das Schloss klicken. Er stieß die Tür auf und stolperte die Stufen zur Straße hinunter, verlor das Gleichgewicht und schlug mit den Knien aufs Pflaster. An den Prellungen vom Vortag blitzte der Schmerz wieder auf. Robert raffte sich auf und lief los, diesmal mit ruckartigen Bewegungen, und jedes Mal, wenn er auftrat, protestierten seine Gelenke. Er bog in eine Seitenstraße ein, dann in eine andere. Nach ein paar Minuten blieb er atemlos neben einer Litfaßsäule stehen. Er sah auf sein Handy und versuchte, sich zu orientieren. Eine Sirene heulte auf, und ein leuchtend orangefarbener Transporter raste vorbei: ein Rettungswagen. Bestimmt ruft der alte Mann die Polizei, dachte Robert. Er hatte ihn umgestoßen, ihn angegriffen. Er rannte wieder los, Richtung Fluss. Zwischen ihm und dem Wasser lag eine stark befahrene Hauptstraße. Er entdeckte eine Lücke, sprintete hindurch, und eine Hupe ertönte, als er die andere Seite erreichte. Zwischen dem Gehweg und dem unbefestigten Treidelpfad lag ein bewachsener Grünstreifen. Er ging darauf zu und wurde gewaltsam zu Boden geschleudert. Er sah den Himmel. Verwirrt setzte er sich auf. Sein rechter Arm fühlte sich schwer an. Ein paar Meter weiter stellte ein Mann sein Fahrrad auf. Er trug eine große, schmutzige Skijacke und Jeans und brüllte Robert an, aber zu schnell und zu wirr, und Robert verstand nicht, was er sagte. Nicht einmal die Sprache erkannte er. Der Mann beugte sich zu ihm hinunter und zeigte ihm sehr deutlich den Mittelfinger, dann stieg er aufs Rad und fuhr davon.

Robert stand auf. Sein rechtes Bein zitterte, und der rechte Arm war taub. Humpelnd zwängte er sich durch ein kahles Gebüsch, dessen spitze, starre Äste an seiner Kleidung zerrten. Der Uferweg war von faulendem Laub bedeckt. Die Sonne schien auf das Wasser. Eine Frau ging mit einem Hund vorbei. Sie sah Robert unsicher an, und der Hund schnüffelte aufgeregt an seinen Füßen herum. Robert ging, so schnell er konnte, ohne loszurennen. Wenn er das täte, dachte er, würde man ihm seine Schuld ansehen. Als er an einem vertäuten Flusskreuzer mit Glasdach vorbeikam, unterbrachen die beiden Männer, die das Deck schrubbten, ihre Arbeit und sahen ihn an. Am Ufer entlang verlief ein grünes Geländer. Im Wasser schwammen rote Bojen. Robert wollte auf die andere Seite, wo er sich in Sicherheit wähnte. Er rannte los. Irgendwo musste eine Brücke sein, aber er wollte keine Zeit damit verschwenden, auf dem Handy nachzusehen. Er blieb lieber in Bewegung.

Der Fluss machte eine Biegung, und Robert sah den grünen Metallbogen einer Brücke vor sich. Auf dem Weg dorthin stieg der Pfad an. Seine Sicht pochte im Takt mit dem Puls. Er war über dem Wasser und lief durch den gestreiften Schatten des Bogens und der Brückenpfeiler. Er hörte noch eine Sirene, und ein Polizeiauto raste über die Brücke auf ihn zu und an ihm vorbei. Am anderen Ufer blieb er bei einer Familie stehen, die neben einem Buddy-Bär für Fotos posierte. Allmählich normalisierte sich seine Atmung, und der Druck in der Lunge ließ nach. Er spürte, wie ihm der Schweiß am Körper hinablief. Im Gesicht fühlte er ihn in der kalten Luft herunterkühlen. Er besah sich die zerrissene Hose und die aufgeschürften Hände, die schwarzen Halbmonde unter den Nägeln. Er war an der Ecke einer schmalen, von Bäumen gesäumten Straße. Er folgte ihr und fand einen kleinen, geschützten Platz zwischen zwei Wohnblocks. Dort stand eine Bank. Er ließ sich auf die kalten Latten sinken und versuchte, sich einen Reim darauf zu machen, was er gerade gesehen hatte. Wer hatte das getan? Wonach hatten sie gesucht? Wo war Patrick? Er nahm sein Handy aus der Tasche und öffnete die Anrufliste, zögerte aber, bevor er Patricks Nummer antippte. Was, wenn jemand anders Patricks Handy hatte? Er fuhr sich mehrmals durch die Haare. Er wusste nicht, was er tun sollte. Karijn wüsste es, aber jetzt konnte er ihr das alles nicht mehr erzählen. Dafür war es zu spät. »Scheiße«, sagte er zu dem leeren Platz.

Beim Zurücklehnen spürte er etwas in der Gesäßtasche. Er zog die zerknitterten Blätter heraus, die er in Patricks Wohnzimmer auf dem Boden gefunden hatte. Er legte eins auf die Bank und strich es glatt. Sofort erkannte er die Wörter. Er hatte sie selbst geschrieben.

Eine Stunde später bog Robert in seine Straße ein, und auf jeder Etappe des Heimwegs, erst zu Fuß, dann U-Bahn, dann S-Bahn, hatte er damit gerechnet, angehalten und verhaftet zu werden. Aber abgesehen von ein paar Blicken wegen der zerrissenen, verdreckten Hose oder der angestrengten Bewegungen – das rechte Bein fühlte sich unglaublich schwer an und pochte vom Zusammenstoß mit dem Fahrradreifen –, war die Fahrt ohne Zwischenfälle verlaufen.

Als Robert über den Hof zu seinem Wohnblock ging, sah er, dass die Tür zum Mülltonnenhaus schon wieder einen Spaltbreit offen stand. Er wollte sie schließen, da hörte er, wie sich etwas hinter einem der großen Stahlcontainer bewegte. Ein Mann trat hervor und kam auf ihn zu. »Mein Gott!«, sagte Robert, wich zurück, dann erkannte er ihn: Es war Patrick.

Patrick hob beschwichtigend die Hände. »Tut mir leid«, sagte er. »Ich wollte dich nicht erschrecken.«

»Hat ja gut geklappt«, sagte Robert, dessen Gesicht vor Schreck glühte.

»Alles okay bei dir?«, fragte Patrick.

»Du solltest nicht hier sein.«

»Vergiss neulich Abend«, entgegnete Patrick. »Es ist etwas passiert.«

»Ich weiß. Ich komme gerade aus deiner Wohnung.«

»Scheiße. Waren sie da?« Patrick wich vor Robert zurück, als wollte er sich wieder hinter dem Container verstecken.

»Da war keiner«, sagte Robert. »Aber die Wohnung ist verwüstet.«

»Du bist dir sicher, dass niemand da war? Vielleicht ist

284

dir jemand gefolgt. Vielleicht hat dich jemand weggehen sehen.«

»Da war niemand. Nur ein alter Mann.«

»Was für ein alter Mann?«

»Einer deiner Nachbarn. Er hat gesagt, er ruft die Polizei, also bin ich weggerannt.«

»Mist, das ist nicht gut«, sagte Patrick. Er ging in dem Häuschen auf und ab, die Hände am Hinterkopf.

»Wurde bei dir eingebrochen?«, fragte Robert. »Das waren Einbrecher, oder?«

Patrick blieb stehen. »Einbrecher?« Er lachte. »Einbrecher? Verdammt, Robert, die waren das. Checkst du das nicht?« Er zischte beim Sprechen, als würde ihm jemand die Kehle zudrücken.

Vor Roberts Augen tauchte ein Bild auf: Patrick, der seine Wohnung selbst verwüstete – das war Teil einer Falle, und er war hineingetappt, aber das konnte unmöglich sein. Was, wenn Patrick tatsächlich die Wahrheit sagte? Robert fühlte sich verloren. Er hörte ein Klickgeräusch und ein dumpfes Knacken, als die Tür zur Straße aufgeschlossen wurde: Jemand kam. Robert sah Patrick an, legte sich einen Finger an die Lippen und schloss die Tür zum Mülltonnenhäuschen bis auf einen schmalen Spalt. Quietschend öffnete sich die Tür, die vom Eingangsbereich auf den Hof führte. Schritte näherten sich. Robert spähte durch den Schlitz zwischen Tür und Pfosten. Eine Frau in einem langen Ledermantel, die Robert kannte, trug eine prall gefüllte Einkaufstüte von Kaiser's, ging an dem Häuschen vorbei, öffnete die Tür zu seinem Wohnblock und betrat das Haus. Ihm dröhnte der

Kopf. Er lehnte ihn an das kühle, raue Holz der Tür. Er wollte Patrick wegschicken, ihn nie wieder sehen. Er wusste, das wäre das Vernünftigste. »Komm lieber mit hoch«, sagte er.

»Ich habe sie gesehen«, sagte Patrick. »Ich war auf dem Balkon und hab geraucht. Ich habe beobachtet, wie sie die Straße überquert haben, und sie an ihren Bewegungen erkannt. Ich war bereit. Bei mir steht immer eine gepackte Tasche. Die habe ich mir geschnappt und hinten im Hausflur gewartet.«

»Warum bist du nicht abgehauen?«

»Ich hatte keine Zeit mehr, das Haus zu verlassen. Ich habe gewartet. Dann habe ich sie an meine Tür klopfen hören. Sie haben sich etwas zugeflüstert. Irgendwie haben sie die Tür aufbekommen – nicht mit Gewalt –, und als sie drin waren, bin ich losgerannt.«

»Sie haben dich nicht gesehen?«

»Nein.«

»Und du bist dir sicher, dass das deine Russen waren? Es waren nicht vielleicht doch …«

»Vielleicht was?«

Robert zögerte. »Einbrecher«, sagte er.

Patrick schüttelte den Kopf. Diesmal reagierte er nicht so verärgert. »Ich habe sie reden hören. Das waren die.« Er klang erschöpft. Langsam hob er die Kaffeetasse und trank einen Schluck. Sie saßen im fahlen Nachmittagslicht am Küchentisch.

»Und draußen war niemand?«, fragte Robert. »Könnte dir

286

jemand hierher gefolgt sein?« Fürs Erste würde er mitspielen. Er wusste nicht, was er sonst tun sollte.

»Nein«, sagte Patrick. »Das wäre mir aufgefallen. Ich bin quer durch die Stadt gelaufen. Ich wäre gar nicht hergekommen, aber ich wollte dir Bescheid sagen. Anrufen kam nicht infrage. Ich will nicht mal mein Handy einschalten.«

»Warum nicht?«

»Vielleicht haben sie es gehackt.«

»Glaubst du das wirklich?«

Patrick zuckte die Achseln.

»Jemand hat mich angerufen und sich als Arzt ausgegeben«, sagte Robert.

»Wann?«

»Gestern. Mir wurde gesagt, Karijn sei verletzt worden. Das stimmte aber nicht. Ich dachte, du warst das.«

»Ich?«

Robert achtete auf Patricks Reaktion. Er war es nicht gewesen. »Weil du so wütend warst«, sagte Robert und schämte sich dafür. »Über das, was ich geschrieben habe.«

»Du dachtest also …«, setzte Patrick an und unterbrach sich. Er hob die Tasse, führte sie halb zum Mund und stellte sie dann achtsam wieder auf dem Tisch ab. »Du traust mir zu, dass ich behaupte, deine Frau sei verletzt? So eine Lüge traust du mir zu?«

»Ich kenne dich nicht, Patrick. Du machst nicht den Eindruck, als wärst du zu so etwas fähig, aber ich kenne dich nicht.« Robert sah zu dem kleinen schwarzen Rucksack, der an Patricks Stuhl gelehnt war. Die Vorstellung, dass dies nun anscheinend sein gesamter Besitz war, kam ihm lächerlich

287

vor. Falls die ganze Geschichte tatsächlich stimmte, hatte Patrick keine Chance. »Wir müssen mit der Polizei sprechen«, sagte Robert.

»Nein.«

»Warum nicht? Wenn das nicht alles erfunden ist, warum willst du dann nicht zur Polizei?«

»Schau doch, wie sie Aljona geholfen haben«, sagte Patrick. »Schau doch, wie sie Sergej geholfen haben. Sie wussten, dass er bedroht wurde. Er hat ihnen selbst davon erzählt. Aber dann stirbt er, und es gibt keine Mordermittlungen. Es gibt ja kaum einen Tatort – klar, erhängt, muss also Suizid sein«, sagte er und klatschte in die Hände. »Dir kommt das nicht verdächtig vor?«

»Und die Berliner Polizei, die steckt bei dieser Verschwörung auch mit drin? Ach komm.«

»Ich weiß nicht, was du von denen erwartest, Robert. Sollen die dir Personenschutz zuteilen, nur weil du einen verdammten Anruf bekommen hast? Und du denkst, ich bin der Spinner.«

»Willst du wirklich nicht melden, dass jemand in deine Wohnung eingebrochen ist und sie verwüstet hat?«

Patrick schüttelte den Kopf.

»Mein Gott!«

»Das passt dir nicht«, sagte Patrick verächtlich.

»Mach, was du willst«, sagte Robert. Er schaute in seinen Kaffee. Er konnte Patricks Blick spüren, dazu musste er gar nicht hochsehen. »Was?«

»Du glaubst mir immer noch nicht, oder?«

»Spielt das eine Rolle?«

»Wie kannst du mir nicht glauben?«

»Ich glaube schon, dass du selbst daran glaubst«, sagte Robert. »Aber ich denke, diese ganze Geschichte …«

»Diese ›Geschichte‹? Erzähl mir von dieser Geschichte, bitte, ich bin ganz Ohr.«

»Du steigerst dich da in etwas rein, und darum siehst du vielleicht Dinge, die nicht real sind.«

»Du hast meine Wohnung gesehen. Das war ›real‹, oder?«

»Ja, hab ich. Ich habe deine Wohnung gesehen, und vielleicht sind da ja wirklich ein paar Russen eingebrochen. Aber selbst wenn, heißt das nicht, dass sie die sind, für die du sie hältst. Die ganze Geschichte macht einen komplett verrückt. Ständig hast du erzählt, dass jemand hinter dir her ist, bis ich irgendwann selbst dachte, ich werde verfolgt. Ich habe jemanden in der Tram gesehen, und ich war davon überzeugt, dass er mich beobachtet, aber dann ist mir klar geworden, dass ich auch schon paranoid werde.«

»Robert, hör mir bitte zu«, sagte Patrick langsam und sah ihm in die Augen. »Wenn du glaubst, du wurdest verfolgt, dann wurdest du das auch. Mir ging es genau wie dir: Ich dachte, Sergej würde übertreiben oder das Ganze aufbauschen, um ein bisschen Drama zu machen. Aber dann ist er gestorben, und ich habe Angst bekommen. Große Angst. Danach sind ein paar Monate vergangen, und ich habe Zeitung gelesen, und obwohl manches falsch dargestellt wurde, gab es auch einiges, was glaubhaft war. Langsam dachte ich, dass es vielleicht wirklich Suizid war, wie es in allen Berichten stand. Dann habe ich eine SMS bekommen: ›Patrick, wir folgen dir. Wir sind dir auf den Fersen.‹ Und ich wusste Bescheid. Also vertrau mir«, sagte er und neigte sich näher zu Robert. »Der Anruf, die Tram, das sind die. Du musst von hier verschwinden.«

»Wir fahren nach Schweden. Da sind wir sicher.« Robert hatte keine Lust mehr, mit ihm zu diskutieren.

»Das ist gut«, sagte Patrick. »Ich geh auch weg.«

»Wohin?«

Patrick wandte den Blick ab. »Es gibt da einen Ort«, sagte er.

»Stimmt, du willst mir ja nicht sagen, wohin du gehst.«

»Du würdest lachen, wenn du es wüsstest«, sagte Patrick und stand auf. »Mein Zug fährt bald. Danke für den Kaffee.«

Robert begleitete Patrick zur Tür. »Hör zu«, sagte er. »Ich weiß, wahrscheinlich ist dir das egal, aber das mit dem Buch tut mir leid.«

»Du irrst dich, es ist mir nicht egal«, sagte Patrick und drehte sich zu ihm um. »Ich mochte unsere Gespräche. Als ich begriffen habe, dass du mich reingelegt hast, war das … Na, das spielt jetzt auch keine Rolle mehr.«

»Brauchst du was?«, fragte Robert. »Kleidung?«

»Nein.«

»Geld?« Robert überlegte, was er ihm sonst noch anbieten könnte. Er wollte, dass Patrick etwas von ihm annahm.

»Ich brauche nichts«, sagte Patrick. Er streckte die Hand aus. »Es wäre schön gewesen, dich unter anderen Umständen kennenzulernen, Robert.«

»Vielleicht ein andermal.«

»Ein andermal.«

Auf dem ersten Treppenabsatz blickte Patrick zurück und

winkte. Robert hob zum Gruß die Hand und schloss die Tür. Er ging in die Küche und räumte die schmutzigen Kaffeetassen in die Spülmaschine. Es wurde dunkel. Die Fenster der Wohnungen gegenüber waren in einem Flickenteppichmuster erleuchtet. Patrick, den Rucksack über einer Schulter, ging über den Hof, tauchte in Lichtflecken auf und verschwand wieder daraus. Wo ging er hin? Robert fragte sich, ob er Freunde oder Familie hatte, die ihm helfen konnten. Als die Tür zur Eingangshalle zufiel, spürte er mit niederschmetternder Gewissheit, dass er der Einzige war, der Patrick kannte, nicht nur in Berlin, sondern überall. Dass die Welt ihn vergessen hatte.

Es waren fünf Grad unter null, und als sie den Flughafen verließen, fing es an zu schneien. Karijn fuhr. Vor den Scheinwerfern tanzten die Flocken, und es sah aus, als würde das Auto durch einen unendlich langen Tunnel rasen. Kurz nach neun bogen sie von der Landstraße ab. Sie fuhren eine Anhöhe hinauf, und der zugefrorene See lag als glatte indigoblaue Fläche unter ihnen. Sie kamen an einem Pferd mit Zottelmähne vorbei, das auf einer beleuchteten Koppel stand, dann erhellten die Scheinwerfer eine gelbe Scheune. Nach dem Bauernhof tauchten sie in Dunkelheit ein, die nur von dem Schimmern der Häuser in der Ferne durchbrochen wurde. Auch die verschwanden, als die kurvenreiche Straße hinunter zum See führte. Dann beleuchteten die Scheinwerfer nur noch die regungslosen Äste der Kiefern.

Als Robert ausstieg und die eisige Luft ihn packte, atmete er zischend ein. Im Rachen brannte sein Atem wie Menthol. Die Mädchen schliefen.

»Schließen wir erst mal auf, bevor wir sie wecken«, sagte Karijn.

Robert nickte und ging zum Kofferraum, um ihre Taschen herauszunehmen. Es hatte aufgehört zu schneien. Auf dem Weg zur Haustür schaute er hinauf, und durch eine Lücke zwischen den Wolken waren weit oben Sterne zu sehen. Sie funkelten, als würden sie sich in einer Brise bewegen. Die klirrende Kälte fühlte sich reinigend an, und die große, freie Fläche des Sees, nicht sichtbar, aber zu spüren, lud die Luft elektrisch auf. Berlin fühlte sich weit weg an.

Das Haus war warm. Vor ein paar Tagen war Lars vorbeigekommen und hatte ihnen die Heizung angestellt. »Offenbar läuft die Pumpe«, sagte Robert, als er die Taschen innen neben der Tür abstellte. Sofort wurde sein Blick von dem See angezogen, dem dunklen Muster hinter dem Panoramafenster, aber dann schaltete Karijn das Licht ein, und an seine Stelle trat eine unscharfe Spiegelung des Wohnzimmers samt einem schwachen Abbild von ihm selbst. Mit Begeisterungsschreien rannten die Mädchen an ihm vorbei. »Schuhe!«, rief er ihnen hinterher. Karijn zog die Tür hinter sich zu. »Hast du das Auto abgeschlossen?«, fragte er.

»Das mach ich nie, weißt du doch.«

»Du bist echt zu vertrauensselig.«

Karijn beugte sich über eine der kleineren Taschen und nahm den Kulturbeutel heraus. »Wenn jemand den weiten Weg hier raus auf sich nimmt, um das Auto zu klauen«, sagte sie, »dann soll er es haben. Und meine Bewunderung gleich mit. Mädels, kom nu då! Zeit zum Zähneputzen. Ist es okay, wenn du sie ins Bett bringst? Dann kann ich auspacken.«

Immer wieder unterbrach Sonja die Gute-Nacht-Geschichte mit Fragen, was morgen geplant war und an den Tagen danach: »Gehen wir ins Schwimmbad? Kommt uns Mormor besuchen? Bleibt der See zugefroren? Bleiben wir lange hier?«

»Willst du die Geschichte nun hören oder nicht?«, fragte Robert nach dem fünften gescheiterten Versuch, die Seite vorzulesen. »Oder sollen wir jetzt einfach schlafen?«

»Nein!«

»Dann Schluss jetzt mit der Fragerei, okay?« Robert wusste, dass Sonja aus Müdigkeit so aufgedreht war. Nora hatte den Kopf in seinen Schoß gelegt, schlief schon beinahe und nuckelte geräuschvoll an ihrem Schnuller.

Er las die Geschichte fertig, und Sonja kletterte in ihr Stockbett, während er Nora vom Schoß gleiten ließ und sie zudeckte. Sie saugte einmal an dem Schnuller und kniff kurz die geschlossenen Augen fester zusammen. Robert schaltete das Licht aus, und übrig blieb nur noch der bernsteinfarbene Schein des Nachtlichts. »Soll ich was vorsingen?«, flüsterte er Sonja zu.

Sie schüttelte den Kopf, den sie unter dem Arm vergraben hatte.

»Soll ich gehen?«

»Nein«, sagte sie, die Stimme klang gedämpft. »Bleib da.«

»Okay«, sagte er, strich ihr übers Haar und lauschte den tiefer werdenden Atemzügen.

Ein paar Minuten später fand er Karijn in der Küche die Schränke inspizieren. »Ich fahr einkaufen«, sagte sie. Sie hatten beschlossen, auf dem Weg vom Flughafen nicht anzuhalten, um die Mädchen rechtzeitig ins Bett zu bekommen.

»Willst du nicht bis morgen früh warten?«

»Wir brauchen was zum Frühstücken. Das dauert nicht lang.«

Als Karijn weg war, machte Robert selbst einen Kontrollgang durchs Haus. Er überlegte, ein Feuer zu machen, aber das konnte Karijn wesentlich besser als er. Er ging in den Keller, knipste das Licht an, und die Leuchtstoffröhren erwachten flackernd zum Leben. In der Waschküche war es kalt. Durch das kleine Fenster auf Bodenhöhe, vor dem sich ein Häufchen verwehtes Laub angesammelt hatte, zog eisige Luft herein. Die Pumpe surrte leise. Er nahm seine Winterstiefel, schaltete das Licht aus und ging wieder hinauf. Im Küchenschrank fand er eine halb volle Flasche Whisky und schenkte sich ein Glas ein. Er zog Stiefel und Mantel an, nahm den Schlüssel von der Hakenleiste neben der Eingangstür und öffnete die Schiebetür zur Terrasse. Er schloss sie hinter sich, trat durch den beleuchteten Fleck vor dem Wohnzimmerfenster und stieg vorsichtig die Stufen zum See hinunter. Wegen des Laubs war der Boden unterhalb der Terrasse tückisch, rutschig von dem Regen vor Kurzem und vom Schneeschauer am Abend. Die Wolkendecke war weiter aufgebrochen, und der Mond schien blau auf die Eisfläche des Sees. Weiter draußen sah er noch nicht zugefrorene Stellen, wo der Wind das silbrige Wasser zwischen den Schollen durchdrückte. Als er auf dem steinernen Anleger stand, hörte er ein Geräusch, das klang, als würden Grillen zirpen: Das neu gebildete Eis regte sich durch die Bewegungen des Wassers. Zwar sah die Fläche stabil genug aus, aber so frisch, wie das Eis war, würde er ziemlich sicher einbrechen, wenn er es betrat. Falls der Wetterbericht stimmte und die Temperaturen nicht stiegen, würde das Eis in ein paar Tagen dick genug sein, um darauf zu gehen. Die ersten Waghalsigen

295

zeigten sich bestimmt schon morgen, aber im Moment war das Eis noch unberührt und menschenleer. Robert gefiel, dass sich der See im gefrorenen Zustand der eigenen Logik widersetzte und stattdessen zu einem weitläufigen Gelände ohne besondere Eigenschaften wurde, um das aus irgendeinem unbekannten Grund ein Ring aus Straßen und Behausungen gebaut worden war.

Er sah zu den fernen Lichtern der Autos auf der Landstraße. Eins davon war Karijn. Er wollte ihr erzählen, was alles passiert war, seit er Patrick kennengelernt hatte. Im Laufe der letzten beiden Monate hatte er sich gefühlt, als wäre ein anderer Mensch in ihm herangewachsen, ein Schattenselbst, von dessen Existenz sie nichts wusste. Er schämte sich dafür, aber ein Teil von ihm war auch neugierig und fragte sich, ob er dazu langfristig in der Lage wäre: ein geheimes Leben zu führen. Er könnte alles tun, vorausgesetzt, er hätte die Nerven, die Wahrheit, wenn nötig, zu verdrehen und zu verzerren und mit der Unehrlichkeit zu leben. Das brachte ihn dazu, das Leben nicht als ausgedehnte Ebene zu betrachten, sondern als übereinandergestapelte Realitäten. Durch diese Schichten konnte man nach Belieben auf- oder absteigen, aber das taten die meisten Menschen nie. Jemand wie Wanjaschin wusste, dass das Leben so funktionierte, und nutzte das aus, aber Robert glaubte nicht, dass er sein Experiment, auf diese Weise zu leben, seine Beziehung zu Patrick, hätte fortführen können, wenn es nicht ohnehin schon zu Ende gewesen wäre. Dafür war er nicht stark genug. Oder war sein Unwille, so zu leben, an sich schon eine Art von Stärke? Falls ja, verschaffte ihm das keine Befriedigung. Ein schneidender Wind peitschte ihm vom See entgegen, und er zitterte. Er nippte am Whisky und spürte ihn durch sich hindurchströmen. Er schaute zurück zum Haus und sah das warme Licht im Kinderzimmer. Auf seinem Posten fühlte er sich wie ein Wächter, der das Haus gegen alles verteidigte, was da draußen in der Dunkelheit lauern mochte. Er spannte den Oberschenkel an, um die Prellung zu spüren, und der stechende Schmerz war beinahe angenehm. Zu seiner Rechten, im Osten, sah er die Lichter von Sandared, wo Karijn aufgewachsen war. Es sah aus, als würden sie auf der Oberfläche des Sees blinken. Das gefrierende Wasser knirschte. Er stürzte den restlichen Whisky hinunter. Mit dem Brennen in der Kehle und der aufsteigenden Hitze in den Wangen kletterte er den Hang zum Haus hinauf.

Der Morgen war trist, und am Horizont türmten sich die dunkelgrauen Wolken auf wie Steine bei einem Felssturz. Der zugefrorene See hätte genauso gut eine gewaltige Bahn aus Beton sein können. Am Frühstückstisch planten sie den Tag. Robert sagte, er werde das Laub vom Rasen und von der Terrasse entfernen und die Dachrinnen reinigen. Die Mädchen wollten nachsehen, ob es das Lager noch gab, das sie letzten Sommer im Wald gebaut hatten. »Vielleicht wohnt da jetzt ein Bär drin«, sagte Karijn. »Oder eine Wolfsfamilie.« Sonja formte das Wort lautlos mit den Lippen zu Nora, und ihre Augen wurden groß.

»Oder ein paar Teenager«, sagte Robert.

»Die fürchterlichsten Kreaturen von allen«, sagte Karijn.

Die gefrorenen Blätter auf dem Rasen knackten unter Roberts Stiefeln. Die Temperatur war noch ein paar Grad gesunken, und er nahm an, dass die kleine, geschützte Bucht am westlichen Rand des Gartens, die immer als Erstes zufror, stabil genug sein könnte, um darauf zu laufen. Als er sie betrat – in den Stiefeln schlitterte er ein wenig –, hörte er ein tiefes Dröhnen unten im Eis, wie der gedämpfte Klang hin- und herschießender Laserstrahlen. Mittlerweile empfand er die unheimlichen Töne als beruhigend. Es war das hohe, klirrende Knacken, vor dem Karijn ihn gewarnt hatte: ein Zeichen dafür, dass das Eis nachgeben könnte. Nach ein paar zaghaften Schritten wuchs seine Zuversicht, und er marschierte los. Als er sich umdrehte, war er überrascht, wie weit er sich vom Ufer entfernt hatte. Von hier sah das Haus klein aus, der verstummte See riesig.

Robert holte Gartensäcke und eine Harke aus dem Carport. Am äußersten Ende des Rasens startete er, hinter dem verrottenden *friggebod*, das schon in schlechtem Zustand gewesen war, als sie das Haus gekauft hatten, und nun kurz vor dem Zusammensturz stand. Das Dickicht zwischen dem Rasen und der Straße bestand aus Eichen, Birken und Kiefern. Die Äste der Eichen und Birken waren kahl und bildeten ein Gitter, das den Himmel in ein chaotisches graues Mosaik zerteilte. Das Laub haftete aneinander, und als Robert es zusammenharkte, lösten sich die Blätter als Lappen vom Boden. Während er sich vom Seeufer zum Haus vorarbeitete, türmte er mehrere Haufen auf. Die Rasenfläche war groß; er brauchte eine halbe Stunde, und mit der Terrasse hatte er noch nicht einmal angefangen. Er war gerade dabei, das Laub in die Säcke zu stopfen, als Karijn mit zwei Kaffeetassen herauskam. Dankbar nahm er eine, pustete, und in der kalten Luft stieg der Dampf in Schwaden auf.

»Du solltest noch vor dem Mittagessen mit den Mädchen rausgehen«, sagte Karijn. »Um drei ist es schon dunkel.«

»Wir gehen zum Lager.«

»Ich mach euch eine Thermoskanne mit Kakao. Bleib aber nicht länger als eine Stunde mit ihnen draußen.«

»Glaubst du, ihnen wird langweilig?«

»Ich glaube, sie werden sich unterkühlen. Die britische Hälfte jedenfalls.«

Eine halbe Stunde später stiegen sie in den Wald. Die Mädchen trugen Schneeanzüge, Schals, Handschuhe und Mützen. In den vielen Schichten machten sie ausladende, langsame Bewegungen wie Astronauten. Der Boden war von einem Teppich aus kupferfarbenen Blättern, Nadeln und abgefallenen Zapfen bedeckt. Es war, als wäre der Winter noch nicht durch den Waldrand bis hierher vorgedrungen. Als Robert sich umdrehte und zusah, wie die Mädchen ihm eine Anhöhe hinauf folgten, dachte er, er könnte hier für immer leben, genau so. Frühmorgens würde er schreiben und vor dem Mittagessen Arbeiten erledigen, die rund ums Haus anfielen. Nachmittags wäre Zeit zum Lesen, zum Joggen und um E-Mails zu beantworten. Er wäre kompetent, geduldig und produktiv, jeder Makel – seine Negativität, die Reizbarkeit, das egoistische Bedürfnis nach Einsamkeit – würde weggesiebt werden und nur das Gute übrig bleiben. Er verstand nicht, warum er das alles hier aufgeben und in die trostlosen, kasernenartigen Straßen und wind-gepeitschten Alleen zurückkehren sollte, die nicht nach menschlichem Maß, sondern für Panzerkolonnen und Jungpionierparaden gebaut worden waren. Nach dem Schlamassel mit Patrick wollte er die Stadt erst recht hinter sich lassen.

Aber ihm war auch bewusst, dass der Rhythmus der Tage am See eintönig werden konnte. Selbst diese Schönheit wäre irgendwann langweilig, weil sie unvermeidlich und immer gleich war, während die Schönheit in der Stadt, wenn sie unerwartet aus der Tristheit durchschimmerte, wertvoller war. Hier, hinter dem See und dem Wald, gab es nur die Fernverkehrsstraße, die zu einer Stadt führte, die sich mit ihrem langweiligen Platz, der Ladenzeile und einem Einkaufszentrum irgendwo am Stadtrand nicht von tausend anderen wohlhabenden europäischen Städten unterschied. Das war ihm nicht genug.

»Pappa!«, rief Nora. Die Mädchen waren ein Stück hinter ihm. Noras Handschuh hatte sich an einem Brombeerstrauch verfangen und war ihr von der Hand gerutscht. Sonja lachte und deutete darauf.

»Nein!«, schimpfte Nora und stampfte wütend auf, weil Sonja über sie lachte.

»Was haben wir denn da?«, fragte Robert und ging zu zu den Mädchen zurück. »Ist das etwa eine Handschuhbeere?« Er beugte sich vor und drückte den Handschuh zusammen.

»Nein!«, sagte Nora verärgert, zeigte aber ein erstes Schmunzeln. Ein Hauch entwich ihrem Mund.

»Ich glaube, sie ist reif«, sagte er und beugte sich vor, um daran zu schnuppern. »Und sie riecht köstlich.«

Nora kicherte. »Nein, Pappa!«, sagte sie. »Das ist doch mein Handschuh!«

Robert sah sie aus zusammengekniffenen Augen an. »Ich esse jetzt diese Handschuhbeere.«

»Nein!«, rief sie.

Er pflückte den Handschuh vom Ast und reichte ihn ihr. »Na gut, du kannst ihn haben«, sagte er.

Sie hielt ihn vor den Mund und tat, als würde sie hineinbeißen.

»Schmeckt's?«, fragte er.

»Eklig.«

Er nickte. »Na los, weiter geht's.«

»Wie weit noch, Pappa?«, fragte Sonja mit gequälter Stimme und ließ vor lauter Erschöpfung demonstrativ die Arme vor sich baumeln.

»Ich glaube«, sagte Robert und tat, als würde er sorgfältig das Gelände studieren, »es ist gleich hinter dem nächsten Hügel.«

Das Lager hatten sie im Juli an mehreren Tagen gebaut, eine Art Wigwam-Konstruktion, für die sie Äste vom Boden aufgesammelt und an den Stamm einer großen Buche gelehnt hatten. Als es fertig war, kamen sie jeden Tag mit Decken und Essen, Malbüchern und Stiften und was die Mädchen beim Aufwachen sonst noch für unverzichtbar hielten: einen Taschenspiegel, ein Plastikeinhorn, Karijns altes Klapphandy.

Sobald das Lager in Sichtweite kam, stellte Robert fest,

dass die Mädchen nicht die letzten Bewohnerinnen gewesen waren. Die meisten Äste waren noch da, wo sie sein sollten, aber es lagen Bierdosen, Zigarettenstummel und kleine braune Tütchen mit benutztem Snus herum. Steine formten einen Kreis um die dunklen Überreste einer Feuerstelle.

»Wer war hier?«, fragte Sonja und stapfte durch das Lager. »Von wem ist der ganze Müll?«

»Sieht mir nach Jugendlichen aus«, sagte Robert und stupste mit der Schuhspitze gegen eine zusammengedrückte Dose. »Offenbar hat hier jemand eine Party gefeiert.«

»Das ist unfair!«, sagte Sonja. »Sollen die doch ihr eigenes Lager bauen.« Sie war den Tränen nahe.

»Ja, das sollten sie wirklich«, sagte Robert und sah, dass Nora sich bückte und nach einer der zerdrückten goldenen Dosen griff. »Lass das liegen, Nora«, sagte er. »Aber wir können hier aufräumen. Dann ist das Lager wieder so gut wie neu.«

Skeptisch sah Sonja sich um. »Alles ist kaputt«, sagte sie. »Ich hasse Jugendliche.«

»Verständlich«, sagte Robert. »Wir können morgen noch mal mit Müllsäcken herkommen und alles sauber machen, ja? Vielleicht helfen uns sogar ein paar Waldtiere.«

Sonja legte das Kinn auf die Brust und grinste übertrieben, wie sie es nur tat, wenn er Quatsch machte. »Nein, so was machen die nicht, Pappa!«

»Vielleicht hast du recht. Die Tiere in diesem Wald sind ziemlich faul.« Nora war davonspaziert und versuchte, auf einen moosbedeckten Baumstamm zu klettern. »Vorsicht, Norri!«, rief Robert. Dicke Wolken hatten sich über die

Sonne geschoben, und der Wald war dunkel geworden. Allmählich wurde die Kälte schneidend. »Wer will Würstchen?«, fragte er.

»Ich!«, rief Nora.

»Ich! Ich! Ich!«, sagte Sonja und hüpfte auf und ab.

»Ich kann sie schon riechen. Ihr auch? Na los, gehen wir.«

Der Wind war stärker geworden, und als sie hinunter zum Haus wanderten, knackten die Äste der Kiefern über ihnen. Hinter den Bäumen sah Robert den blaugrauen glatten See. Zwei Vögel, schwarze Fleckchen am Himmel, flogen von Osten nach Westen darüber. Sein Handy vibrierte. Er vermutete, Karijn wollte wissen, wo sie waren, aber die Nachrichtenvorschau zeigte eine unbekannte Nummer mit der Ländervorwahl +34. Er öffnete sie und blieb stehen. Hi, Robert. Das wird erst mal meine letzte Nachricht sein, aber ich wollte dir Bescheid sagen, dass ich dir auf deiner Pilgerfahrt gefolgt bin. Mach's gut und viel Glück. Robert sah hinauf zum leuchtend grauen Himmel. Mehr Schnee, dachte er. Der Wind pfiff stärker, und die Äste peitschten. Nora zerrte an seinem Ärmel. Weiter unten am Hang drehte Sonja sich um und legte den Kopf in den Nacken, um unter der Kapuze hervorgucken und zu ihnen hochsehen zu können.

»Alles ok, Pappa?«, fragte Nora besorgt, wodurch sie wesentlich älter wirkte.

»Ja, alles gut«, sagte Robert und ließ das Handy wieder in die Manteltasche fallen. »Holen wir uns ein paar Würstchen.«

»Juhu!«, sagte Nora, packte ihn an der Hand und rannte

los. Nach hinten gelehnt, um das Gleichgewicht zu halten und zu verhindern, dass sie beide stürzten, eilte er neben ihr den Hang hinunter.

Mit einem Stück Brot wischte Robert den letzten Rest Senf vom Teller, als Karijn ihn fragte, ob er nach den Fallen gesehen habe. Im Sommer hatten sie mehrere im Dachboden aufgestellt, weil sich die Mäuse dorthin verkrochen, wenn es kälter wurde. Als er im Oktober hier gewesen war, hatte er sie nicht überprüft.

Der Dachboden war nicht baulich vom restlichen Haus getrennt, sondern überragte das Wohnzimmer und die Küche. Er war leer bis auf einen niedrigen Tisch, eine zusammengerollte Yogamatte und einen durchgelegenen Futon, auf dem Robert und Karijn schliefen, wenn sie ihr Zimmer Gästen überließen. Ein Windstoß rüttelte am Dach. Vor der runden Luke fiel dichter Schnee. Robert schaute hinter den Futon und stellte fest, dass zwei der Fallen zugeschnappt hatten. Eine Maus sah aus, als würde sie schlafen – der Bügel hatte sich ihr so tief ins Genick gebohrt, dass er nicht sichtbar war. Die Maus lag auf der Seite, als würde sie die Falle als Kopfkissen benutzen. Das Gesicht der anderen Maus war vom Bügel zerschlagen worden. Die kleinen Körper hingen schlaff herab, als Robert die Fallen aufhob und in eine Mülltüte warf.

»Und?«, rief Karijn von der Spüle aus, als er hinunterging. Die Mädchen saßen in Malbücher vertieft am Tisch.

»Zwei«, sagte Robert und zog seinen Mantel an. Draußen war es fast völlig dunkel. Der Schnee peitschte ihm nass und

304

unnachgiebig gegen die Wangen. Er ging zum Carport, knipste das Licht an und suchte nach einem Eimer, dann stapfte er über den Rasen, froh über die Arbeit des Vormittags. Seit dem Besuch im Oktober musste Lars gemäht haben, noch vor dem Laubfall. Er hatte noch eine Flasche Whisky für ihn. Am nächsten Morgen würde er ihn mit den Mädchen besuchen.

Robert ging bis zum Dickicht und leerte die Tüte aus. Er nahm die erste Falle und öffnete den Bügel. Die Maus fiel auf die Erde. Er hob sie am Schwanz auf und schleuderte sie ins Unterholz. Mit der zweiten Maus tat er dasselbe. Dann warf er die Fallen in den Eimer. Er zitterte. Er kehrte zum Carport zurück und stellte den Eimer mit den Fallen dort ab. Reinigen würde er sie später. Er ging nach hinten zur Terrasse. Auf der anderen Seite des Sees bewegten sich Autoscheinwerfer in gemäßigtem Tempo. Der Verkehr brummte leise wie ein Generator. In der Dunkelheit waren die Lichterbündel von Sandared zu sehen und dahinter, über den Hügeln, nur als Spiegelung in den Wolken, der diffuse Schein von Borås. Hier, am anderen Ende des Sees, wo die Häuser abgeschirmt und vom nächsten Nachbarn weit entfernt standen, war alles finster.

Robert zückte sein Handy und öffnete die Textnachrichten. Im Schein des Displays war sein Atem sichtbar. Er tippte Patricks SMS an und schrieb: Du hast recht, ich musste lachen. Ich hoffe, dort geht alles gut. Er schickte die Nachricht ab und genoss noch einen Moment lang die Stille, dann ging er ins Haus.

Am Flughafen hatte Robert *Die Eiskönigin* auf DVD gekauft. Karijn machte ein Feuer im Kamin und erlaubte Sonja und Nora, länger aufzubleiben und den Film anzusehen. Sie machte Popcorn, und die Mädchen quietschten vor Vergnügen, als die Maiskörner in der Pfanne poppten.

»Vielleicht gehen wir morgen Elsas Schloss suchen«, sagte Robert, als der Film anfing. Vom Feuer tanzten Licht und Schatten durch das Zimmer.

»Ehrlich?«, fragte Sonja.

»Auf jeden Fall.«

»Versprich nichts, was du nicht halten kannst«, sagte Karijn.

»Es ist nicht leicht zu finden«, erklärte er, »aber wir geben uns Mühe, ja?«

Sonja nickte abwesend, den Blick auf den Fernseher gerichtet, wo Männer Eisblöcke aus einem zugefrorenen See hievten. Roberts Handy vibrierte. Er drehte sich von Nora weg, die sich an ihn gelehnt hatte, und zog das Handy aus der Hosentasche. Er hatte damit gerechnet, von Lars zu hören, aber der rief immer an. Vielleicht Patrick, dachte er. Hoffentlich. Es war eine deutsche Nummer, aber er kannte sie nicht. **Wir sind hier Robert. Wir folgen dir,** lautete der Text in der Vorschau. Er öffnete die SMS. Mehr stand da nicht. Das Handy brummte in seiner Hand, als noch eine SMS reinkam. **Falls du Familie liebst, komm jetzt allein raus.** Robert blickte zum Fenster und erwartete, jemanden dort hereinschauen zu sehen. Da war nichts als die dunkle Terrasse. Schwarze Bäume vor violettem Himmel. Unvermittelt stand er auf, und Nora kippte zur Seite.

»Pappa!«, schimpfte sie, ohne den Blick vom Fernseher abzuwenden. Er ging zur Tür und zog die Stiefel an. Als er sich den Mantel überstreifte, rief Karijn: »Wo willst du hin?«

»Hab die Fallen vergessen. Dauert nicht lang.«

»Muss das jetzt sein?«

»Dann hab ich meine Ruhe«, war seine unsinnige Antwort. Als er eine Mütze aufsetzte und nach der Türklinke griff, war ihm, als wäre er in einem Traum, und die Tür könnte sich zu allem Möglichen öffnen: Grasland, einer leeren Wand, einem tosenden Meer. Doch als er sie aufmachte, sah er nur die vertraute Einfahrt und die leuchtende Laterne am Straßenrand. Der Wind hatte sich gelegt. Langsam und gerade fielen die Schneeflocken vom Himmel. Er trat von der Veranda. Das passiert nicht wirklich, dachte er. Das ist wieder ein Streich. Jemand verarschte ihn. Zwischen den Bäumen sah er weißes Licht: Es blendete ihn. Wie unter Zwang ging er über den Rasen darauf zu. Seine Beine zitterten. Seine Atmung war nicht mehr als ein Luftschnappen. Ihm war schwindlig. Wenn er nach unten sah, wirkten die Füße unfassbar weit entfernt. Das Gras knirschte laut. Das Licht bewegte sich in einem kleinen Kreis, als würde es ihn animieren. Er betrat das Unterholz, gefrorener Adlerfarn knackte unter seinen Füßen. Als er zwischen den Bäumen hindurchging, hatte er das Gefühl, als würde er sich einen Weg durch eine Menschenmenge bahnen. Auf einer kleinen Lichtung zwischen drei Birken standen zwei Männer. Der eine war klein und schlank, der andere groß und kräftig. Das Licht ging aus. »Robert Prowe«, sagte der Kleine. Russe, dachte Robert. Er brachte keinen Ton heraus. Diese Männer, der kleine mit dem langen, schmalen Gesicht, der große mit dem schwarzen Bart und der breiten, unförmigen Nase, die konnten nicht echt sein. Sie konnten unmöglich hier sein. Er streckte eine Hand nach ihnen aus. Der Größere packte ihn am Handgelenk und verdrehte ihm den Arm, sodass er sich Richtung Boden krümmte. Der Mann hielt Roberts Arm ausgestreckt und drückte mit der anderen Hand schmerzhaft auf Roberts durchgestreckten Ellbogen. Die Finger waren unnachgiebig wie Metallbolzen. Nur etwas mehr Druck, dachte Robert, und sein Arm würde brechen. Blut schoss ihm ins Gesicht. Der Mann zwang ihn in die Knie, und die Kälte des Bodens stieg ihm wie Eiswasser in die Oberschenkel.

Der Kleinere ging neben ihm in die Hocke. »Handy«, sagte er und hielt die Hand hin.

Robert tastete nach seiner Hosentasche und versuchte, den Winkel, in dem der andere Arm gehalten wurde, nicht zu verändern. Er gab dem Mann das Handy. »Wer sind Sie?«, fragte er.

»Spielt keine Rolle«, sagte der Mann. »Guck.« Er hielt ein Handy hoch, und Robert sah seine Küche in Berlin. Sein und Karijns Schlafzimmer. Das Kinderzimmer. »Rhinower Straße«, sagte der Mann. »Schöne Wohnung.«

»Was haben Sie in meiner Wohnung gemacht?«, fragte Robert.

»Wir machen, was wir wollen«, sagte der Mann. Er nickte, und der andere ließ Roberts Arm los. Sein Handgelenk brannte. Der Ellbogen pochte. »Jetzt sind wir hier bei dir und deiner Familie. Um etwas Geheimes zu finden.« Der

Mann zog die Augenbrauen hoch, als hätte er einen aufregenden Vorschlag gemacht.

»Was für ein Geheimnis?«, fragte Robert.

»Ich stelle Fragen«, sagte der Mann sanft. »Du antwortest nur. Wo ist Patrick?«

»Das weiß ich nicht«, antwortete Robert. Ihm drehte sich der Magen um. Der Schrecken fuhr ihm in die Eingeweide.

»Wo?«

»Ich weiß es nicht.«

»Wo?«

»Ich weiß es nicht.«

»Wo?« Er sprach wie ein Roboter. Er klang, als könnte er das Wort bis zum Morgengrauen wiederholen.

»Ich weiß es nicht«, sagte Robert. »Ich kenne ihn kaum.«

Der Mann seufzte. »Du kennst Patrick Unsworth nicht? Du gehst zu ihm nach Haus, Robert. Du triffst ihn im Café. Du machst nachts Party mit ihm. Vielleicht fickst du ihn, ist mir egal. Aber du kennst ihn. Du kennst ihn.«

»Ich kenne ihn flüchtig. Ich weiß, dass er überlegt hat, Berlin zu verlassen. Aber ich weiß nicht, ob er weg ist oder wohin er gegangen ist.«

Der Mann stand auf und schnaufte ein wenig von der Anstrengung. Er holte etwas aus seiner Gesäßtasche, hielt es vor sich in die Luft, dann ließ er den Arm nach unten schnellen. Mit rasch aufeinanderfolgendem Klicken fuhr eine Teleskopstange aus. Robert versuchte aufzustehen, aber er wurde rücklings an den Armen gepackt und nach hinten gerissen. Jemand verdrehte ihm die Arme und stieß ihn auf den Bauch. Die Stange peitschte ihn hinten auf den Oberschenkel. Der

309

Mann ächzte und schlug Robert noch einmal. Diesmal traf es den Ellbogen. Es fühlte sich an, als wäre er gebrochen. Übelkeit stieg in Robert auf, in der Kehle, im Bauch. Stöhnend drückte er das Gesicht auf den kalten Boden. Der Mann setzte sich im Schneidersitz neben ihn. Er sagte etwas auf Russisch, beruhigende, leise Worte. Er streichelte Robert wie ein Haustier. »Sitz, Robert, sitz.«

Der Mann zerrte an seiner Schulter, und Robert rollte sich auf die Seite. Er drückte sich hoch, bis er mit unbeholfen unter sich angewinkeltem Bein dasaß. Sein Oberschenkel pochte. Der Ellbogen fühlte sich an, als stünde er in Flammen. Hitze und Kälte durchströmten ihn in Wellen. Robert holte Luft und kämpfte gegen den Brechreiz an. »Ich weiß, Sie wollen was anderes hören«, sagte er, »aber ich weiß nicht, wo er ist.«

Der Mann tippte auf sein Handy. Mit erhobenem Finger las er vor: »Du hast recht, ich musste lachen. Ich hoffe, dort geht alles gut.«

Robert verstand nicht. »Ist das mein Handy?«, fragte er.

»Mein Handy«, antwortete der Mann. »Ich sehe alle SMS, rein, raus. Alle Anrufe.«

»Wie?«

»Robert«, sagte der Mann und wedelte mit dem Handy, »das ist nicht schwer. Das kann sogar die kleine Sonja.« Er schaute auf den Bildschirm. »›Ich hoffe, dort geht alles gut.‹ Wo ist ›dort‹? Das sagst du mir jetzt, oder er« – er deutete auf den Mann hinter Robert – »geht in dein Haus. Ich versichere dir: Das willst du nicht.«

Robert wurde am Kopf gepackt und so gedreht, dass er

310

zum Haus sehen konnte. Der Schein des Feuers tanzte in den Fenstern. Entweder war er in ein anderes Leben gefallen, oder diese Männer waren aus Untiefen zu ihm aufgestiegen. »Und wenn ich es Ihnen sage?«, fragte er.

»Sag es uns, sag es niemandem sonst, glückliche Familie.«

Er sah Patrick vor sich, der vom Bürgersteig zu ihm aufblickte, ein Auge geschlossen, die Lippe aufgeplatzt. »Blanes«, sagte er.

»Was?«

»Blanes.« Es war nur ein Wort. Er wiederholte es. »Blanes. In Spanien.«

»Wo in Blanes? Adresse.«

»Weiß ich nicht«, sagte Robert, und mit einem Mal wurde ihm bewusst, dass die Informationen, die er ihm geben konnte, vielleicht nicht genug waren. »Die Stadt ist nicht groß«, sagte er flehentlich. »Er ist dort.«

Der Mann stand auf. Auch Robert versuchte aufzustehen, wurde aber runtergedrückt. »Wenn wir gehen. Sag, du hast dein Handy verloren.« Sie gingen durch die Bäume davon.

»Woher weiß ich, dass Sie Ihr Wort halten?«, rief Robert ihnen hinterher. Sie blieben stehen und sahen zu ihm zurück. Der Kleinere sagte etwas, und der andere lachte. Sie drehten sich um, gingen weiter und wurden schon bald von der Dunkelheit verschluckt. Robert blieb auf dem Boden liegen und hielt sich den Arm. Er konnte sich nicht bewegen, selbst wenn er es gewollt hätte. Er lauschte seinem Atem. Für eine Weile schrumpfte seine Welt nur darauf zusammen. Er hörte einen Motor anspringen, und der Ton veränderte sich, als das Auto den Hügel hinauffuhr, der vom Haus wegführte. Das

311

Scheinwerferlicht flackerte zwischen den Bäumen. Er hörte den Motor noch lange, als das eigentlich gar nicht mehr möglich war.

Der Film war zu Ende. Karijn und die Mädchen schliefen aneinandergekuschelt auf dem Sofa. Robert setzte sich auf den Couchtisch. Schmerz durchzuckte ihn. Beim Aufwärmen pochten seine Finger. Er betrachtete Karijn, Sonja und Nora. Das tat er immer noch, als Karijn, er wusste nicht, wie lange später, die Augen öffnete. »Da bist du ja«, murmelte sie.

Sie trugen die Mädchen ins Bett. Robert sagte Karijn, er werde gleich nachkommen. Im Wohnzimmer ging er auf und ab, das Licht war aus, das Feuer bis auf die Glut heruntergebrannt. Der Himmel hatte aufgeklart, und im Mondlicht leuchtete das Eis auf dem See. Er nahm eine Schachtel Zigaretten aus der Schublade in der Küche, zog seinen Mantel an und betrat die Veranda. Wegen der Außenbeleuchtung wirkte die Nacht dahinter noch dunkler, darum entfernte er sich ein paar Schritte vom Haus und wartete darauf, dass sie ausging. Die Nacht war größtenteils still, aber bei jedem Geräusch – Schnee, der von einem Ast fiel, ein Rascheln irgendwo im Dickicht – fuhr Robert zusammen und spähte in die Dunkelheit, um zu sehen, ob die Männer zurückkamen. Er ging um das Haus herum, aber die freie Fläche des Sees beunruhigte ihn, daher blieb er auf der Waldseite. Mit jeder Stunde, die verging, fühlte sich die Begegnung weniger real an. Er ließ das Gefühl zu. Er begrüßte es. Das alles war nicht real. Es existierte nicht mehr. Er war der Einzige, der davon wusste, und er würde niemals darüber sprechen. Das schwor er sich, als er in der Dunkelheit vor dem Haus stand und sich gleich die nächste Zigarette anzündete.

DANKSAGUNG

Vielen Dank an Claudia Bülow, Eric Chinski, Rachel Cusk, Annette Excell, Emmie Francis, Edmund Gordon, Christian House, Traci Kim, Toby Leighton-Pope, Josefin Lindeblom und die Familie Lindeblom, Emma Paterson, Natasha Randall, Eleanor Rees, Julia Ringo und alle bei FSG, Leo Robson, Josephine Salverda, Siemon Scamell-Katz, Deepa Shah, Josh Smith und alle bei Faber, May-Lan Tan und Sarah Whitehead.

Vielen Dank an den Arts Council England und die Society of Authors für die finanzielle Unterstützung.

Die folgenden Bücher und Artikel waren mir beim Schreiben dieses Romans eine große Hilfe: *Putins Netz* von Catherine Belton, *Putin's Kleptocracy* von Karen Dawisha; *Der Mann ohne Gesicht* von Masha Gessen, *Mafiastaat* und *Ein sehr teures Gift* von Luke Harding, *The Oligarchs* von David E. Hoffman, *Londongrad* von Mark Hollingsworth und Stewart Lansley, *The Invention of Russia* von Arkadij Ostrowskij, *Nichts ist wahr und alles ist möglich* von Peter Pomerantsev; und der 2017 veröffentlichte BuzzFeed-Artikel »From Russia With Blood« von Heidi Blake, Tom Warren, Richard Holmes, Jason Leopold, Jane Bradley und Alex Campbell.

Vielen Dank vor allem an Sofia, Astrid und Sigrid.

»Revolutionär«
The Atlantic

Vincents Leben ist geprägt vom Unterwegssein. Früh verlässt sie ihre Heimat, Vancouver Island, nachdem ihre Mutter von einem Kanuausflug nicht mehr nach Hause kommt. Sie wächst bei ihrer Tante in Toronto auf. Als auch ihr Vater stirbt, kehrt sie zurück und beginnt als Barkeeperin im Hotel Caiette zu arbeiten. Dort lernt sie Jonathan Alkaitis kennen, einen New Yorker Investor. Sie ergreift die Gelegenheit und folgt ihm an die Ostküste der USA, spielt seine Ehefrau, lebt im Luxus, ohne sich darin zu verlieren. Dann schlägt die Finanzkrise zu, Alkaitis steht vor dem Nichts, wird zu 170 Jahren Gefängnis verurteilt, und Vincents Leben wird ein weiteres Mal in unvorhergesehene Fahrwasser gelenkt.

Emily St. John Mandel
Das Glashotel
Roman

Aus dem Englischen von Bernhard Robben
Hardcover mit Schutzumschlag
Auch als E-Book erhältlich
www.ullstein.de

»Ein seltenes Juwel«

Entertainment Weekly

Iris ist nach einem One-Night-Stand schwanger, treibt ab und begegnet sehr viel später zufällig dem ahnungslosen Vater ihres ungeborenen Kindes wieder. Eine namenlose Mittzwanzigerin, die in einer WG wohnt, schreibt eines Nachmittags ohne ersichtlichen Grund ihrem alten Highschool-Englischlehrer eine E-Mail. Beim Blick auf die Passwörter ihres Ehemanns realisiert Debbie, dass ihre Ehe vollkommen geheimnislos geworden ist. Und Suzanne holt eine Übersprungshandlung aus der Vergangenheit ein, wodurch sie vielleicht endlich die einzig richtige Entscheidung treffen kann.

Die Erzählungen in Objekte des Begehrens sind pointierte Erkundungen weiblicher Identitäten und hellsichtige Auseinandersetzungen mit der vielleicht wertvollsten aller Währungen unserer spätmodernen Gegenwart: dem Sinn.

Clare Sestanovich
Objekte des Begehrens
Erzählungen

Aus dem Englischen von Claudia Voit
Hardcover mit Schutzumschlag
Auch als E-Book erhältlich
www.ullstein.de

claassen